タゴール
10の物語

ラビンドラナート・タゴール

大西正幸：訳・解説

西岡直樹：挿画

めこん

タゴール　10の物語

目次

訳註の（B）はベンガル語、
（H）はヒンディー＝ウルドゥー語、
（S）はサンスクリット語
の発音に近い表記であることを表す。

郵便局長

পোস্ট্‌মাস্টার

郵便局勤めの最初の仕事が、ウラプル村の郵便局長である。ほんとうにちっぽけな村だ。近くに藍工場《ニール＝クティ1》があるため、そこの白人の主《サヘブ》が八方手を尽くして、この新しい郵便局を開かせたのだ。我らが郵便局長は、カルカッタ育ち。田舎の小村にやって来て、まるで陸に打ち揚げられた魚のような有様である。暗い八方屋根《アート＝チャラ2》の茅葺き小屋の中に、彼の事務所がある。小屋のほど近くにはホテイアオイに覆われた池があり、その周りは藪に囲まれている。藍工場《ニール＝クティ》の代理人をはじめ、そこで働く者たちはほとんど暇がない上、都会の旦那方の相手には、まったくそぐわない。

カルカッタ育ちの青年となれば、なおのこと、人付き合いも不器用である。見知らぬ場所に出向けば、過度に我を張るか、物怖じするか。これでは土地の人びととの交流は望めない。かと言って、とりたてて仕事があるわけでもない。時には詩を書くこともある。その中身はと言えば、日がな一日、木末《こずえ》の葉の揺らぎと空の雲を眺めながら、人生はまこと幸福に過ぎゆく、といったものだ

1　インド藍の生産のため、一八世紀末から一九世紀にかけて、イギリスの東インド会社がベンガル・ビハール各地に建てた、煉瓦造りの大掛かりな工場。管理事務所および白人管理人の住居を兼ねた。

2　四方屋根《チャール＝チャラ》(四方になだらかに広がる屋根)の上に、それと同じ小ぶりの屋根を載せた形式の屋根を指す。のちに四方屋根の吹き抜けの露台もこう呼ばれるようになった。

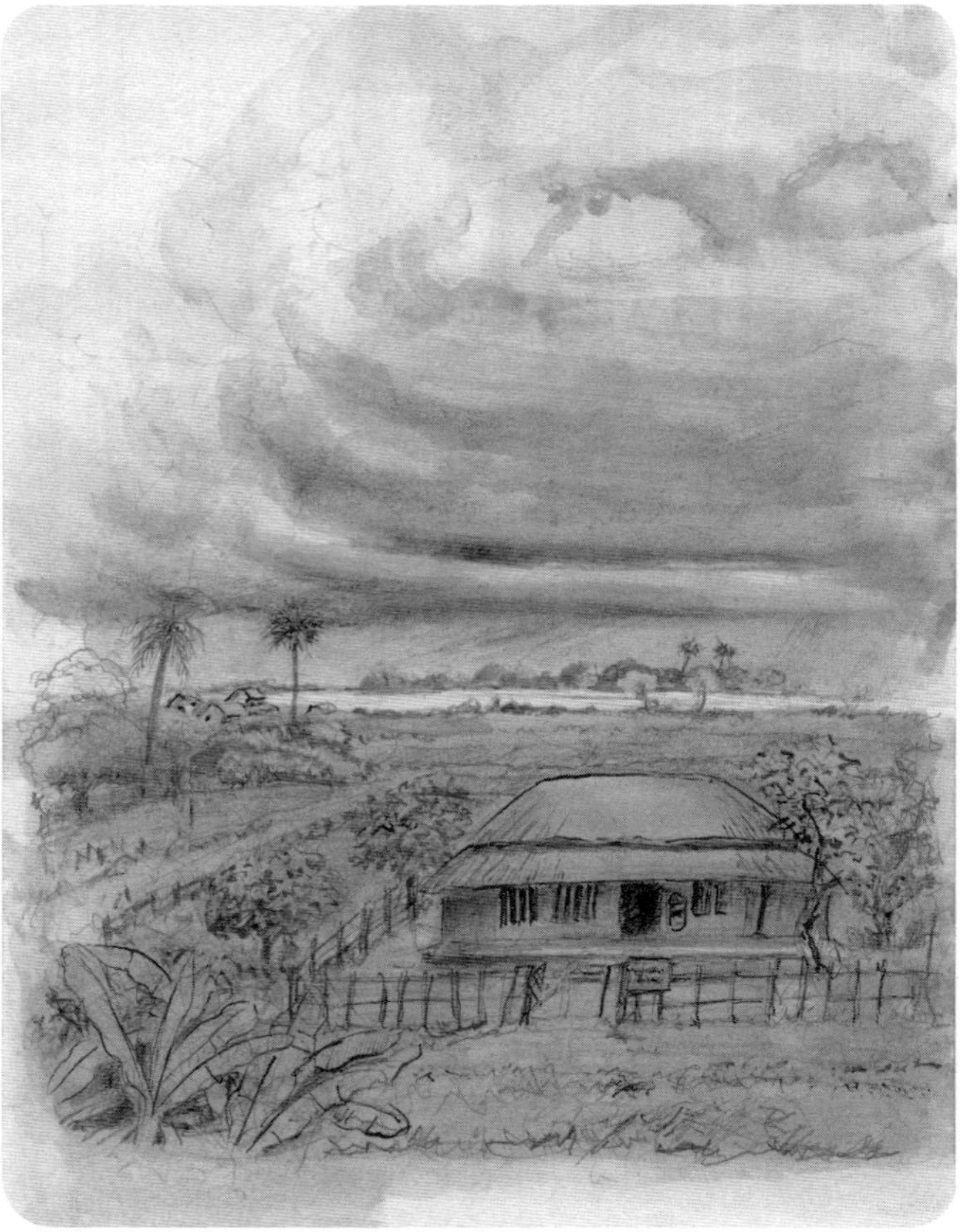

――だが、神のみぞ知る、もしアラビアの夜話に登場する何かの魔物が訪れて、すべての木々を一夜のうちに枝葉ごと根こそぎ引っこ抜き、舗装道路を造り、高屋《こうおく》を並び建てて空の雲を視界から遮《さえぎ》りでもしてくれたなら、今や半死半生のこの良家の坊っちゃまは、再び息を吹き返すことができたかもしれないのだ。

郵便局長の実入りはごくわずかである。手ずから料理して食べなければならず、日常の用は、親も身寄りもない村の娘が足す。娘はその見返りに、日々の貧しい食い扶持《ぶち》を得る。名前はロトン、歳は一二、三。嫁ぎ先が見つかるとも思われない。

日が落ちると、村の牛飼いの家からは蚊遣《かや》りの煙が輪を描いて立ちのぼり、そこここの灌木の茂みからは蟋蟀《こおろぎ》のすだく音、彼方では大麻を常用する村のバウル[3]の一団が、両面太鼓《コール》と合わせ鉦《コロタル》[4]の響きに合わせ、声を張りあげて唄い始める――そんな時、暗い縁側にひとりすわり、木が揺

3　民間の密教《タントラ》修行者の一派。信愛派《ヴァイシュナヴァ》の信愛歌も歌う（信愛派は、ヴィシュヌ神の化身クリシュナ神とその伴侶ラーダーを信仰する、ヒンドゥー教の一派）。

4　「コール」（B）は真ん中が盛り上がった胴長の両面太鼓。「コロタル」（B）は鐘青銅製の、一対の小ぶりのシンバル。それを左右の掌に持って打ち鳴らし、リズムをとる。いずれも信愛派の歌の伴奏に欠かせない。

れ動くのを目のあたりにすると、詩人とは言いながらも、ややもすれば怯えのあまり、心臓の動悸が止まらなくなる。ランプの細々とした明かりを部屋の片隅に灯し、郵便局長は呼ぶのである――「ロトン！」

ロトンは、戸口にすわってこの呼び声を待ち侘びていたのだが、一度呼ばれただけでは中に入ろうとしない。こう答える、「何ですか、旦那様《バブー》[5]、どうしてお呼びに？」

郵便局長：「何をしてるんだい、おまえ？」

ロトン：「今すぐ竈《かまど》の火を熾《おこ》さないと――台所の――」

郵便局長：「台所の仕事は後でいい――タバコの用意をしておくれ」

まもなく両の頬っぺたを膨らませ、煙管《コルケ》の火皿[6]にふうふう息を吹き込みながら、ロトンの登場。その手から煙管《コルケ》を受け取ると、郵便局長は不意に尋ねる、「ねえロトン、おまえ、母さんのこと、思い出すかい？」

そんなこと、とても一言では言えない。思い出せることもあれば、思い出せないこともある。母親より父親の方が、彼女を愛していた――父親のことなら、ぽつぽつと胸に浮かぶ。まる一日働いた後、父親は、夕暮れ時に家に帰ってきた。そんな夕べの思い出の一つ二つが、たまたま彼女の胸に、鮮明な絵のように焼きついている。そんな話をしながら、ロトンは、そろそろと、郵便局長の足下の地べたにすわり込む。弟がひとりいた――はるか昔のある雨季の日、水溜まりの縁で、折れた木の枝を釣竿代わりに、二人一緒になって魚釣りのまねごとをしていたことがある――もっとずっと重大な出来事よりも、この思い出のほうが、しきりに彼女の胸に浮かんでくる。こんな話をしていると、時には夜が更けてしまうこともあった、そんな時、郵便局長は面倒になり、料理をしようという気も失せてしまう。朝の食べ残しがある。ロトンは手早く竈の火を熾し、ローティ[7]を何枚か炙《あぶ》って持ってくる――二人の夜の食事は、それだけで足りた。

日によっては、日が暮れた後、その広大な八方屋根《アート＝チャラ》の小屋の隅にある事務所の、木の腰掛け台にすわって、郵便局長も自分の家の話を始めることがあった――弟、母、姉のこと、家を離れひとりこうして部屋にすわっていると、思い出されて胸が締めつけられるようになる人びとのこと。

5　英領時代に勃興した、ベンガルのヒンドゥー中間層《ミドルクラス》男性への呼称。英語による近代教育を受け、植民地行政の一翼を担った。

6　「コリカ、コルケ」（B）、素焼きの縦長の煙管《きせる》。上部の火皿にタバコないし大麻の葉を入れて火をつけ、下の吸い口から喫する。

7　粗挽きの小麦粉を練って平らにしたものを火に炙って作る、薄く丸いパン。当時、農村ではまだ普及していなかった。郵便局長がカルカッタでの習慣を持ち込んだものか。

いつも胸に浮かんではくるが、藍工場《ニール＝クティ》の代理人たちとの間では、決して話題にできないようなことどもを、ひとりの無学な小娘を相手にしゃべり続ける——だが、それが不釣り合いなこととは、決して思わなかった。しまいには娘は、会話のはしばしに、彼の家族を母さん、姉さん、兄さんなどと、まるでずっと昔から知っていた人のように呼ぶようになった。その上、自分のちっぽけな心の画布《キャンバス》に、彼らの顔かたちを想像して描くまでになったのだ。

ある雨季の雲が切れた真昼時、やや温かみを帯びた気持ち良い風が吹いていた。陽射しを浴びて、濡れた草や木々からは、特有の匂いが立ちのぼっていた。疲れた大地がその熱い息吹きを、肌の上に吹きつけているかのようだった。そして、どこかの頑迷な鳥が一羽、自然の法廷に立ち、単調な調べに乗せて、昼の間中ずっとその訴えを、まことに哀れな声で何度も繰り返していた。郵便局長には仕事がなかった——その日の雨に洗われ滑らかに輝く木の葉のさざ波、降伏した雨が高く掲げる白旗とも言うべき、陽光に白く照らされ幾重にも層を成して盛りあがる雲の群がり——それらは真に見るに値する光景だった。郵便局長はそれを眺めながら思っていた——こんな時、傍らに誰かひとり、本当に自分の伴侶と言えるような人がいたとしたら——心にぴったりと寄り添う、ひとりの愛らしい人が。次第にこうも思えてきた——あの鳥はそのことを、何度も繰り返し訴えているのだ、そして、この人気ない木々の影に覆われた、午後の日の木の葉の騒《ざわ》めきが伝えようとしているのも、いくらかはそうしたことなのだ、と。誰もこんなことを考えもしなければ、信じもしないだろうが、長い休日の森閑と静まり返った午後、小村の安月給で雇われた郵便局長の胸の中には、このような思いがとめどなく湧いてくるのである。

郵便局長は深いため息を一つつくと、呼び声をあげた、「ロトン！」

ロトンはその時、グァバの木の下に足を投げ出し、まだ青いその実を食べていた。主人の声を聞いて急いで駆けつけ、喘ぎながら言った、「兄様《ダダ＝バブー》[8]、何かご用？」

「おまえに、少しずつ読み書きを教えてやろう」

こう言うと、郵便局長は、昼の間中ずっと、彼女を相手に、「母音のオ」「母音のア」[9]を始めた。そしてこの調子で、日を待たずして、子音と母音の組み合わせ文字にまで至ったのだった。

スラボン月[10]、止むことのない雨。運河、池、側溝は、すべて水で溢れた。昼も夜も蛙の鳴き声

---

8 最初「バブー（旦那様）」と呼んでいたロトンは、ここで、より親しみをこめた「ダダ＝バブー（兄様）」に呼びかけを変えている。

9 ベンガル語のアルファベット。ベンガル語の文字は、子音字の周りに母音の短縮形を組み合わせて作る。

10 西暦七月半ば〜八月半ば。雨季の、最も雨が多い季節。

と雨音。村道に人の往き来はほとんど見られない――市には舟に乗って行かねばならない。

ある日のこと、朝から大雨になった。郵便局長のちっぽけな生徒は、長いこと扉の傍にすわって待っていたが、他の日ならほぼ決まった時間にかかってくる声が、その日に限って聞こえてこない。それで彼女は、自分から、籐編みの文具入れを手に、おそるおそる部屋の中に歩を進めた。見ると、郵便局長は自分の寝台に横たわっている――休んでいるのだと思って、できるだけ音を立てないように再び部屋から出ようとすると、突然声がした――「ロトン！」

急いで引き返した――「兄様《ダダ＝バブー》、眠っていたの？」

郵便局長の苦しそうな声――「調子がよくないんだ――額に、手を当てて、みてくれないか？」

このまったく寄る辺ない異郷の地、降りしきる雨の中、病に苦しむ身体を、少しでもいたわってもらいたいと願う。熱い額に触れる、ホラ貝の腕環[11]をつけた柔らかい手の感触が思い起こされる。故郷を遠く離れ、ひとりっきりで病苦に横たわるこの自分の傍らに、情愛に満ちた女性の現《うつ》し身、母や姉がすわっていてくれたらという願い――郷里を離れたこの孤客の切望が、この時、無に帰することはなかった。少女ロトンはもはや少女にとどまらなかった。彼女はその刹那、直ちに母親に成り代わり、田舎医者を呼び寄せ、時間通りに丸薬を呑ませ、夜通し寝もやらず枕元に寄り添い、自ら病人食を調理し、そして何度も繰り返しこう訊いたのだった、「ねえ、兄様《ダダ＝バブー》、少しは具合が、よくなった？」

長い日々病に伏せたあげく、ようやく郵便局長は、弱った身体のままに床上げをした。もうたくさんだ、ここから何とか転勤させてもらわねば、と心に決めた。すぐさまカルカッタの上司に当てて、当地が瘴癘《しょうれい》の地であることを理由に、転勤を願う手紙を認《したた》めた。

病人の世話から解放されて、ロトンは再び、扉の外の彼女の居場所を占拠した。しかし、前のように彼女を呼ぶ声は、もはや聞かれなかった。時々中を覗いてみると、郵便局長は、ひたすらぼおっとしたまま、木の腰掛け台にすわっているか、寝台に横たわるばかりだ。ロトンがこうして呼び声がかかるのを待ち侘びている間、郵便局長は、落ち着かない心で、申請の返事が来るのを心待ちにしていた。少女は扉の外にすわったまま、彼女が昔学んだ字を、何百回も復誦した。突然声がかかった日に、文字の組み合わせの数々が頭の中でこんがらがってしまうことを、彼女は何よりも怖れていた。一週間あまり経ったある日の夕暮れ時、ついに声がかかった。ロトンはわくわくしながら部屋の中に入った、「兄様《ダダ＝バブー》、私を呼んだ？」

郵便局長は言う、「ロトン、明日、ぼくは行くことになったんだよ」

11　ホラ貝の腕環は結婚したヒンドゥー女性が身につける。

ロトン：「どこへ行くの、兄様《ダダ＝バブー》？」
郵便局長：「家に帰るんだよ」
ロトン：「いつ戻ってくるの？」
郵便局長：「もう戻ってこないよ」
ロトンはそれ以上、何も聞かなかった。郵便局長が自分から説明した――転勤の申請をしたがそれが認められなかったこと。それで彼は仕事をやめて、家に帰ることにしたのだ、と。その後、長い間、どちらも何も言わなかった。ランプの灯はチラチラと燃え続け、小屋の古びた屋根の一角からは、土製の受け皿の上に、ポタポタと雨水が落ち続けた。
しばらくして、ロトンはそろそろと立ち上がると、台所でローティを炙り始めた。他の日のような手際の良さは見られなかった。頭の中に、いろいろな思いが、次々に湧いてきたのだろう。郵便局長の食事が終わると、少女は彼に訊いた、「兄様《ダダ＝バブー》、あたしを兄様《ダダ＝バブー》の家に、連れて行ってくれる？」
郵便局長は笑って答えた、「そんなこと、どうしたらできるんだい？」
そうすることがどんな理由でできないのか、そのことを少女に順を追って説明するのが、必要だとは思わなかった。

夜通し夢の中で、あるいは目覚めている間も、少女の耳には絶えず、郵便局長の笑い声が響き続けた――「そんなこと、どうしたらできるんだい?」

夜明けに郵便局長が起きてみると、水浴用の水はもう用意されていた。カルカッタでの習慣に従って、彼は汲み水で水浴するのが常だった。いつ出発するのか、そのことを少女は、どうしても彼に訊くことができなかった。朝早く必要になるかもしれないと思い、夜更けに起きて、川から水を汲んできておいたのである。水浴の後、彼女を呼ぶ声が聞こえた。黙ったまま部屋に入り、主人の指示を待ちながらその顔をひとたび見遣った。主人は言った、「ロトン、ぼくに代わって新しく来る人に、ぼくと同じようにおまえの面倒をみるよう、伝えて行くからね。ぼくがいなくなったからと言って、おまえは何も心配しなくていいよ」

こうした言葉が、真実の情愛に基づく優しい心遣いから発せられたことに、疑いの余地はない。だが、女心は理解を超えている。ロトンはこの長い歳月、主人のどんな叱言《こごと》にも黙って耐えてきたのだが、この優しい言葉には我慢することができなかった。一気にこみ上げてくる感情に任せて、泣き出しながら言い放った、「もういい、兄様《ダダ=バブー》! 誰にも何も、言わなくていい! あたし、ここにいたくない!」

郵便局長は、ロトンのこのような振舞いを、それまで見たことがなかった。呆気《あっけ》にとられたままだった。

新任の郵便局長がやって来た。仕事の引き継ぎがすべて終わると、前郵便局長は出発の準備を調えた。出発する時、ロトンを呼んで言った、「ロトン、ぼくはおまえに、今まで何もやることができなかったね。お別れに、少しお金を置いて行くからね。これでしばらくは、やっていけるだろう」

旅路で必要になるいくらかの費用を除き、給料の残りすべてをポケットから取り出した。とその時、ロトンは地べたに身を投げ、彼の足に縋りついて言った、「兄様《ダダ＝バブー》、お願い、どうかお願い！あたし、何もいらない！　あたしのこと、誰も、何も、心配しなくていい！」

言い終わると、一駈けでその場から姿を消した。

前郵便局長はため息をつくと、手に布袋を下げ、肩に傘をさしかけ、青と白の線を引いたブリキの衣装箱を人夫の頭に載せて、そろそろと舟に向かって進んだ。

舟に乗った時、そして舟が岸を離れた時、雨のために膨れあがった河水が、大地から溢れ出す涙そのもののようにあたりを覆いつくした時、彼は胸のうちに引き裂くような痛みを感じ始めた――ひとりのちっぽけな村の少女の哀れを誘う顔の絵が、彼の心の目には、この世界の奥底を覆いつくす言葉にならない苦痛そのもののように映り始めた。一度は心底からこう思った、「戻ろう、世界の膝元から見捨てられたあの孤児を、一緒に連れて行こう」――だがその時にはもう、風を受けて帆は膨らみ、雨季の河流はいや増しに速く、舟ははや村境を過ぎ、岸辺には焼き場が姿を現した――そして、河流に漂う旅人の漂泊の心には、このような真理が浮かんだのだった――人生には、どれだけこのような別離、このような死があることか。戻ったところで何になろう。この地上では、誰しも、誰のものでもないのだ、と。

だがロトンの心には、どんな真理も浮かびはしなかった。郵便局のある小屋の周りを、ただひたすら、涙に暮れて巡り続けるだけだった。その胸には、おそらく、兄様《ダダ＝バブー》がもしかすると戻ってくるかもしれぬという、微かな願望が湧いていたのだろう――その願いに縛られて、彼女はどうしても遠くに行くことができなかった。

ああ、愚かな人間の心よ！　過ちは決して正されることなく、道理に基づく判断は、はるか手遅れとなった頃に頭の中に届く。明らかな証拠を目にしても信じることなく、心は無益な望みに何が何でもしがみつく。そしてついにある日、心血を吸い尽くしたその望みは、血の絆を断ち切って姿をくらましてしまう。その時ようやく気づいたと思いきや、心はまた、次の過ちに束縛されることを待ち焦がれるのだ。

坊っちゃまの帰還

খোকাবাবুর প্রত্যাবর্তন

ライチョロンとその主人のオヌクルは、どちらも、ベンガルでは バラモンに次ぐ高位の種姓《ヴァルナ》であるカヨスト（書記階級）の出身。同じカヨストでありながら、オヌクルはイギリスのインド支配とともに勃興した「バブー」と呼ばれるヒンドゥー中間層《ミドルクラス》に属し、カルカッタで高等教育を受けて法律家としての職を得、裕福な生活を送っているのに対し、田舎出のライチョロンは無学で、故郷に妻を置いて、ひとりオヌクル一家に仕える身である。

物語に登場するパドマ河は、東ベンガル（現バングラデシュ）を貫通する大河、ガンガー（ガンジス河）の本流。西ベンガル州のムルシダバド県で、フグリ川を分岐させた後、ジョムナ河、メグナ河と合流、ベンガル湾に注ぐ。解説の地図（三〇三ページ）参照。

一

ライチョロンが最初に旦那《バブー》一家に働きに来たのは、一二歳の時だった。出身は、ジョショル県。[1]長髪、大きな両の眼、黒光りする肌の、痩せぎすの少年。出自はカヨスト。彼の主人たちも、カヨスト。旦那《バブー》家の一歳の赤ん坊の、お守りと養育の手伝いが、彼の主な仕事だった。

その赤ん坊は、次第にライチョロンの部屋を離れ、学校へ、学校を出てカレッジへ、しまいにはカレッジを卒業して下級民事裁判所に勤めるようになった。だがライチョロンは、いまだに彼の下僕のままだ。

ライチョロンには、もう一人主人が増えた。奥方が嫁いでいらしたのだ。そのため、主《あるじ》のオヌクル旦那《バブー》に対してライチョロンが行使していた権限のほとんどは、新しい女主人の手に渡ってしまった。

だが、新しい女主人は、ライチョロンの従前の権限をいささか減らしたとはいうものの、新た

1　英領時代のジョショル(旧名ジョショホル、英名ジェソール)県は、現バングラデシュのジョショル、ジナイドホ、マグラ、ノライルの四県と、インド西ベンガル州北24ポルゴナ県北東部から成る、広い地域を指す。

な権限をひとつ与えて、その多くを補ってやった。オヌクルには、少し前に、男の子が一人生まれた——そして、ライチョロンはその子に係りっきりとなり、ついにはその子を完全に手なづけてしまった。

こんなにも勢いよく揺さぶってくれ、こんなにも手際よく両手でつかんで空に投げあげてくれ、顔に顔を近づけてこんなにも音を立てながら頭を左右に振って見せ、返事がないのがわかっていながら、こんなにも意味のない訳のわからぬ質問を節回しをつけながら投げかける——こんな調子なので、ちっぽけなオヌクル二世は、ライチョロンを見ると、嬉しさにはち切れんばかりだ。しまいには、はいはいしながら細心の注意を払って家の敷居を跨《また》いだり、誰かが捕まえに来ると、キャッキャッ笑い声をあげながら、素早く手の届かぬ所に隠れたりするようになる——この子のこの類《たぐ》い稀な知恵と判断力を目にして、ライチョロンは驚きに我を忘れた。そして母親のところに赴くと、その驚きを隠そうともせず、誇らしげにこう言う、「奥様、坊っちゃまは、大きくなったら判事になって、五千ルピーも稼ぐようになりますよ」

地上に生まれたどんな人間の子も、この年齢には、敷居を跨ぐ等々の有り得ないような知恵を発揮するのだということに、ライチョロンの思考は及ばなかった。こうしたことは、将来判事になることを約束された幼児にとってのみ起こり得べきこと、と思われた。

ついには、よちよち歩きを始めるという、驚嘆すべき事態となった。おまけに母親をかあ、叔母をばあ、ライチョロンをチョンノと呼ぶようにすらなった。ライチョロンは、この信じられぬ知らせを、誰彼となく触れ回り続けた。

何より驚くべきことは、「母親をかあ、叔母をばあと呼ぶのに、このわしを、チョンノと呼ぶことなんです！」

実際、幼な児の頭に、こんな知恵がどうやって浮かんだのか、言うのは難しい。大人の中にさえ、このような類い稀な知恵を発揮した者はかつていなかっただろうし、たとえいたとしても、世間の人は、そのような人間こそが将来判事の地位を獲得するのだ、などとは思わなかったに違いない。しばらくすると、ライチョロンは、口に縄を咥《くわ》えて馬の真似をしなければならなくなった。さらには格闘士になり、幼な児と格闘する羽目に陥った――負けて地面に倒れてやらないと、大変な騒ぎになった。

この頃オヌクルは、パドマ河畔のある県に転勤になった。オヌクルは、息子のために、カルカッタから押し車を一つ取り寄せた。繻子織《しゅすおり》の上衣、頭には錦糸の帽子、手には黄金の太い腕環、足には一対の足飾り《モル》[2]——こうして着飾らせると、ライチョロンは、この生まれたての王子様を、朝と夕方の二回、押し車に乗せて散歩に連れ出すことになった。

雨季が訪れた。飢えたパドマ河は、果樹園、村、田畑を、次々にその口に呑み込み始めた。砂洲に茂る薄《すすき》の野や、ギョリュウ[3]の木々も、水底に沈んだ。水に削られた河縁がジャブジャブ崩れ落ちる絶え間ない響き、轟きわたる河水の咆哮に、あたり一帯は騒《ざわ》めきたち、凄まじい勢いで奔《はし》る水泡の群れは、河水の矢のような速度をありありと見せている。

午後、曇ってはいたが、雨の降る様子はまったくなかった。ライチョロンのちっぽけで気まぐれな主人は、どうあっても家の中にいたがらない。押し車の上にすわり込んだ。ライチョロンは、押し車をそろそろと押しながら、稲田の縁を通って河辺にまでやって来た。河には一艘の舟もなく、野には人っ子ひとりいない——雲の切れ目からは太陽が、向こう岸の人気ない砂岸に無音の豪奢な輝きを浴びせながら、地平に沈み行く用意をしているのが見てとれた。その静謐の中で、幼な児は、不意に一方を指さして言った、「チョンノ、お花」

少し離れた湿地帯の上に、巨大なコドンボ[4]の木がひとつ。その上方の枝に、花がいくつか咲いている。幼な児の物欲しげな眼差しは、そちらに惹きつけられた。二、三日前、ライチョロンは、コドンボの花を木の棒に突き刺して花車を作ってやったので、子供はそれに縄をつけて引っ張るのにすっかり夢中になった。その日ライチョロンは、もはや轡《くつわ》をはめる必要がなかった。馬から馬丁へと昇進したのだった。

チョンノは、泥濘《ぬかるみ》に足を取られてまで花を採りに行く気になれなかった——それで、あわてて反対の方角を指さして言った、「ほーらごらん、あっちに鳥がいるよ。そーら、飛んで行っちまった。鳥さん、おいで、こっちへおいで」こんなことをあれこれ言い続けながら、勢いをつけて車を押し始めた。

---

2 「モル」は主に子供の足首に巻きつける銀の足飾り。単純な装飾が施され、歩く時、小さな音を立てる。

3 「ボン＝ジャウ」（B）、和名ギョリュウ（御柳）。五メートルほどの高さになる落葉性の小木。川の砂地などの湿地に生える。葉は小さい鱗状、円筒状に密集したピンク色の細かい花を咲かせる。トキワギョリュウ（「ジャウ」（B））とは別種。

4 「コドンボ、コドム」（B）、「カダムバ」（H、S）。高さ一五メートルほどの高木。雨季になると、上方の枝に、淡黄色の花を集合した、毛の生えた小さな鞠のような美しい花を咲かせる。ラーダー＝クリシュナ神話にゆかりの木。その樹下でクリシュナは竹笛を吹き、乳搾りの娘たちを惹きつけたと言われる。

だが、将来判事になろうかという幼児を、こんなケチなやり方で騙そうとしてもムダというものだ――とりわけ、四囲に目を惹くようなものが何もないのに、想像上の鳥を餌に注意を惹きつけようとしても、長続きしないのは明らかだった。

「じゃあ、車の上でじっとしているんだよ。パッと行って、お花を採って来るからね。絶対に、河の方に行っちゃ、ダメだよ」ライチョロンはこう言うと、膝までドーティー[5]をたくし上げ、コドンボの木に向かって進んだ。

だが、こうして河岸へ行くのを禁じたことで、幼な児の心はコドンボの花から離れ、一瞬にして河の方へと向かった。そこでは水が、コロコロジャプジャプ音を立てて走っている。まるで何万もの幼な児たちが、ばかでかいライチョロンの手から何とか逃れて、コロコロ笑う水流となり、行ってはいけない場所に向かって、急ぎ足で逃亡しているかのようだ。

彼らのこうした悪戯《いたずら》の模範を目にして、人間の幼な児の胸はときめいた。押し車からそおっと下りて河縁に向かった――一本の長い草の穂を拾い、それを釣竿に見立て、身を乗り出して魚を

5　ドゥティ（B）、インドのヒンドゥー男性の日常の下衣。裾模様のついた長く白い布で両足を巻くように包み、余った裾を畳んで腰や腹に差し込む。

釣ろうとした――戯れる水流たちは、聞き取りにくいコロコロ言葉で、幼な児を彼らの遊び部屋へと、繰り返し手招きする。

ザブッという音が一つ。だが、雨季のパドマの河岸に、こんな音は、いったいいくつ、聞かれることだろう。ライチョロンは、ドーティーの裾いっぱいにコドンボの花を集めた。木から下りて、笑みを浮かべながら押し車の傍に来た。見ると誰もいない。四囲を見渡したが、どこにも、人の気配すらない。

一瞬にして、ライチョロンの全身の血は凍りついた。地上世界のすべてが色を失い、灰色の靄《もや》で覆われたかのようだった。破れた胸の底から振り絞るように、ひとたび、声を限りに呼び叫んだ、「ぼっちゃまーあ――大事な、大事な、わしの、ぼっちゃまーあ」

だが「チョンノ」と答える者は誰もなく、幼な児の悪戯《いたずら》っぽい笑い声も聞かれなかった。パドマ河は相も変わらず、ジャプジャプコロコロ奔《はし》り続けた、まるで何も知らない者のように。地上のこんな些細な出来事に心を配る余裕など、どこにもない、と言わんばかりに。

夕闇が迫るのに彼らが戻らないので、母親は不安を募らせ、四方に人を遣った。彼らがカンテラを手に河岸に来て見ると、ライチョロンは、夜の吹き荒れる風さながら、野の隅々にまで響かんばかりに、「ぼっちゃま！――わしの、ぼっちゃま！」と、かすれ声で叫びながらうろつき回っている。しまいには、家に戻ると、奥方の足下にバタリと身を投げ出して倒れ込んだ。いくら問い質しても、「わかりません、奥様」と、泣きながら答えるばかりだった。

誰もがパドマ河の仕業だと得心したものの、村の外れにたむろしているベデたち[6]に対する疑念も拭い切れなかった。その上、奥方の胸には、ライチョロンが息子を盗んだのではないかという疑いすら萌《きざ》した。彼を呼んで、心の底から哀願するように言った、「おまえ、私のあの子を、どうか返しておくれ——お金なら、おまえがほしいだけあげるから」これを聞くと、ライチョロンは額に掌を打ちつけた。奥方は、彼を家から放逐した。

オヌクル旦那《バブー》は、妻の心に巣喰う、ライチョロンへのこの不当な疑いを払拭しようとして、こう訊いた、「いったい何のために、ライチョロンがそんなひどいことを仕出かした、と言うんだ?」

奥方は答える、「だって、あの子、黄金の装身具をつけていたでしょう?」

---

6 「ベデ」(B)は、イスラーム教信者でありながらヒンドゥー教の習俗を守る、ベンガル社会最下層のジプシー集団。門付けや縁日などで蛇・猿・山羊・豹などの動物を使って芸を見せたり、呪文・お守り・薬草などを使って民間治療を行なったりする。籐細工や竹細工にも長けている。

二

ライチョロンは故郷《くに》に帰った。この時に至るまで彼に子供は授からず、授かるかもしれないという希望もほとんど失せかけていた。だが、天の思し召しと言うべきか、戻って一年も経たぬうちに、妻が高齢で男児を出産し、そのままこの世を去った。

この新生児に対し、ライチョロンは激しい嫌悪の念を抱いた。こいつ、ずるをして、坊っちゃまの場所に居すわるために、この世にやって来やがった。主人のたった一人の後継ぎを河に流してしまった張本人が、男児を持つ喜びを味わうなど、おそろしく罪深いことのように感じられた。ライチョロンに寡婦の妹がいなかったとしたら、この幼な児が、長いこと地上の空気を吸うことはなかったに違いない。

ところが、驚くべきことに、この子もしばらくすると家の敷居を乗り越え始め、どんな禁止もふざけ半分に破ってしまう知恵を披露し始めた。おまけに、その声音や笑い声まで、あの幼な児にそっくりと言っていい。この子の泣き声を聞いていると、時にはこんな考えに打たれて、ライチョロンの胸が、不意にギクリとすることすらある――坊っちゃまが、ライチョロンがいないのを悲しんで、どこかで泣いているのだ、と。

「捨て子《フェルナ》」──ライチョロンの妹がこう名づけたのだが──は、やがて、叔母のことを「ばあ」と呼ぶようになった。その耳慣れた呼び声を聞いて、ライチョロンは、ある日突然こんな思いに襲われた──「そうだったのか。坊っちゃまは、わしのことを忘れられなかったんだ。それでわしの家に生まれて来た、というわけだ」

こう信じるに値する動かし難い証拠が、いくつかあった。まず第一に、坊っちゃまがいなくなってから日を置かずして、この子が生まれたこと。第二に、こんなに後になって突然妻の腹に後継ぎが授かるなどとは、妻自身が持っていた徳のおかげとは、とうてい考えられないこと。第三に、この子もハイハイをし、ヨチヨチ歩きをし、しかも叔母を「ばあ」と呼ぶ。将来の判事にのみ有り得べき徴候の多くが、この子に現れている。

こう思い至った時、奥方が抱いていたあの根深い疑惑のことが、不意に思い起こされた──驚きに打たれて、内心こう呟いた、「そうなんだ！　母親だからこそ、わかったんだ──誰が自分の子を奪ったのか」

こうして彼は、それまで粗末に扱っていたことに対する深い後悔の念に駆られ、幼な児につきっきりになった。

彼はフェルナを、この時から、まるで良家の子であるかのように育て始めた。繻子織《しゅすおり》の上衣を買ってやった。錦糸の帽子を取り寄せた。死んだ妻の装身具を溶かして、細い腕環と太い腕環を鋳造させせた。隣近所の子供の誰をも遊び相手にさせなかった——日夜、自分ひとりが彼の遊び相手となった。近所の子供たちは、事ある毎にフェルナを「太守の子《ナワーブ》」と呼んでからかい、土地の人間は、ライチョロンのこの気狂いじみた振舞いに呆れ返った。

フェルナが学校に行く歳頃になると、ライチョロンは、自分の家や地所をすべて売り払い、彼をカルカッタに連れて行った。そこでさんざん苦労して職を得ると、フェルナを学校に通わせた。自身は食うや食わずの状態のまま、子供には衣食教育のすべてにわたって、惜しみなく良いものを与えた。心の中でこう呟きながら——「息子よ、おまえは愛情に駆られて、わしの家に来てくれた。そんなおまえを粗末に扱うなどということは、金輪際、あってはならんのだ」

このようにして、一二年が過ぎた。子供は勉学もよく出来、見てくれも悪くない。ふっくらした身体、黒く輝く肌——身繕いや衣服にはとりわけ注意を払い、幸せで品の良い雰囲気を漂わせる。自分の父親が本当の父親のようには思えない。なぜなら、ライチョロンは、彼に父親としての愛情を注いだとはいうものの、世話をする時には下僕のように接したからだ。それに、ライチョロンにはもう一つの問題があった——自分がフェルナの父であることを、彼は誰に対しても隠していたのだ。フェルナが寄宿していた学寮の生徒たちは、田舎者のライチョロンをいつもからかい、フェルナも父親がいない時には、そのからかいに加わらないわけではなかった。とは言え、罪のない、情愛溢れるライチョロンを、どの生徒もとても愛していた。フェルナもその例に漏れなかったが、前述の通り、彼の愛情は父親に対して子供が抱く自然の愛情ではなく、そこには多少の憐憫の情が混じっていた。

ライチョロンは歳老いてきた。彼の雇い主は、その仕事ぶりを絶えず咎《とが》めるようになった。実際彼は、身体ももはや言うことをきかなければ、仕事にあまり集中することもできず、事ある毎に物忘れを繰り返す——だが、給料を払う側は、歳だからといって大目に見てくれはしない。その一方、ライチョロンが自分の財産を売り払って得た金も、尽きようとしていた。フェルナは近頃では、気に入った衣服や装身具が手に入らないことに、絶えず不満を洩らすようになった。

三

ある日、ライチョロンは突然職を辞すると、フェルナに金を少々渡して言った、「用が出来た。

わしはしばらく故郷《くに》に帰るからな」　こう言うと、バラショト[7]に出向いた。オヌクル旦那《バブー》は、当時、そこの民事裁判所の判事を勤めていた。

オヌクルには、その後、後継ぎは生まれず、奥方は依然として、息子を失った悲しみを胸に抱いたままだった。

ある夕暮れ時のこと。旦那《バブー》は事務所から戻って休んでおり、いっぽう奥方は、訪れた一人の修行者から、子宝を授けるご利益があるという木の根を、その修行者からの祝福ともども手に入れるため、高い代価を支払っていた。その時、中庭に人声が響いた、「奥様に、栄えあれ！」

旦那《バブー》は尋ねた、「誰だ、いったい？」

ライチョロンが姿を現わし、旦那《バブー》に帰敬《ききょう》[8]して言った、「わしです、ライチョロンです」

老いたライチョロンを見て、オヌクルの心は懐かしさに溢れた。最近の消息について次から次へ質問を浴びせた後、彼を再び雇うことを提案した。

ライチョロンは悲しげな笑みを浮かべて言った、「奥様にも、一度、帰敬したいんで」

オヌクルは、彼を奥の区画《オントップル》[9]へ伴った。奥方はライチョロンを、特に喜んで迎える様子を見せなかった。だがライチョロンはそれには目もくれず、両手を擦り合わせて言った、「ご主人様、奥様、あなた方の息子を盗んだのは、このわしです。パドマ河ではなく、他の誰でもなく、このことを仕出かした張本人は、このわし奴《め》なんです――」

オヌクルは叫んだ、「何てことを言うんだ！　で、息子は、いったいどこに？」

「へえ、わしのところです。明後日、お連れします」


その日は日曜で、事務所は休みだった。夫婦は、朝から彼らの到来を待ち侘びていた。一〇時になり、ライチョロンがフェルナを伴ってやって来た。

オヌクルの妻は、一も二もなくフェルナを膝に抱き寄せ、肌を撫で、匂いを嗅ぎ、なおも満ち足りぬ眼差しで彼の顔をしげしげと見つめ、泣いたり笑ったりをとめどなく繰り返した。実際その子の風采は悪くなかった――その身なり、その素振りに、貧乏臭さは微塵もない。顔もたいへん好もしく、慎ましやかで羞《はじ》らいに満ちている。彼を目にして、オヌクルの心も、不意に情愛で溢れた。

7　現西ベンガル州北24ポルゴナ県の、県庁所在地。
8　目上の者または尊者に対し、恭順の意を表す。通常、ひざまずくか、あるいは単に身を屈めて右手で相手の足に触れ、その塵を口や頭に戴き、胸の前で両手を合わせる動作を伴う。
9　当時の高位ヒンドゥーの家は、女性のみが生活する「奥の区画《オントップル》」と、男性や外来の人が行き来する「外の区画」に分かれていた。

それでもなお平静を装いながら、オヌクルは尋ねた、「何か証拠はあるのか？」

ライチョロンは答える、「こんなことを仕出かした証拠が、どこにあると言うんで？　わしが旦那の息子を盗んだことは、神様だけがご存じで、この世の他の誰も知らんのです」

オヌクルは、思案の末、こう結論づけた――子供を手にした瞬間から、彼の妻が思いの丈を注いでその子に抱きついた様子からして、いま証拠を詮索しようとするのは賢明ではない。どうあろうとも、信じるのが賢明というものだ。それに、ライチョロンがこんな男の子を、いったい、他のどこで手に入れられるというのか？　また年老いた下僕が、理由もないのに、どうして主人の彼を欺くというのか？

子供との会話を通してわかったのは、彼が幼時からライチョロンと共にあり、ライチョロンを父親と見なしてはいたが、ライチョロンは彼に対し、実の父親として振舞ったことは決してなく、下僕と言っていいような振舞いだったこと。

オヌクルは、胸の中の疑念を払拭して言った、「だがな、ライチョロン、おまえはもう、金輪際、この家に近づくことはならんぞ」

ライチョロンは、両手を合わせ、感極まった声で言う、「旦那、この歳になって、いったいどこに行けばいいんで？」

奥方は言う、「ああ、もうたくさん。息子が幸せでさえあれば、私はいいの。私はライチョロンを赦しますわ」

法律に厳格なオヌクルは言う、「おまえがしたことは、許されるものではない」

ライチョロンは、オヌクルの足にしがみついて言う、「わしがしたのでなく、神様がそうさせたんで」

自分の罪を神になすりつけようとしているのを見て、オヌクルは、ますます不快の念を露わにして言う、「こんな、人を裏切る仕業をした人間を、信じることはできん」

ライチョロンは、主人の足を放して言う、「わしではないんです、旦那」

「じゃあ、誰だ?」

「わしの運命《さだめ》が、そうさせたんで」

だが、このような申し開きは、教育のある誰をも納得させることはできない。

ライチョロンは言う、「わしにはもう、この地上に、誰ひとり身寄りがないんです」

フェルナは、自分が判事の後継ぎであり、ライチョロンが彼を攫《さら》い、これまでずっと自分の息子と偽って辱めてきたと知って、内心、少々怒りを覚えずにはいられなかった。だがそれにもかかわらず、父に向かって、鷹揚《おうよう》にもこう告げた、「お父さん、赦してあげなさいよ。家に置かないにしても、毎月いくらか、決まったお金をあげることにしましょうよ」

これを聞くと、ライチョロンは何も言わず、ひとたび息子の顔を見つめた後、皆に帰敬《ききょう》した。そうして家の扉を後にすると、この地上の数知れぬ大衆の只中に紛れ込んだ。

月末になって、オヌクルは彼の故郷の住所に少額の俸給を送ったが、その金は戻ってきた。そこには誰もいなかった。

骸骨

কঙ্কাল

ぼくら男子仲間三人が寝ていた部屋の、隣室の壁には、人間の骸骨が一体、まるごとぶら下がっていた。夜、風に吹かれると、その骨はカタカタ音を立てて揺れた。昼間、ぼくらはその骨を、あれこれいじり回さなければならなかった。その頃ぼくらは、学者先生から『メーガナーダ殺し』[1]を習ういっぽう、キャンベル医学校[2]のある学生から、解剖学を習っていた。ぼくらの保護者は、ぼくらを、一足飛びにすべての学問に精通させようと、目論んでいた。彼らの意図がどれだけ実を結んだか、ぼくらを知っている人たちには言うまでもなかろうし、ぼくらを知らない人たちには、隠しておいた方が賢明というものだ。

その後、長い歳月が経った。その間、その部屋からは骸骨が、そしてぼくらの頭からは解剖学の知識がいずこに場所を移したか、捜したところでその行方を突き止めることはできない。

1　マイケル・モドゥシュドン・ドット（一八二四〜七三）作、一八六一年出版。『ラーマーヤナ』に基づく叙事詩で、ベンガル語近代詩の最初の傑作と言われる。メーガナーダ（「雲の轟き」の意）は羅刹ラーヴァナの息子インドラジットの別名。ラーマ王の弟ラクシュマナに殺される。

2　一八六四年に創立されたシアルダー市営病院の附属施設として、一八七三年に「シアルダー医学校」が開校。のちに「キャンベル医学校」、さらには「キャンベル医学カレッジ」と改名された。

最近になって、ある日の夜、何かの理由で他に寝る場所が見つからず、ぼくはその部屋に泊まる羽目になった。慣れないせいでなかなか寝つけない。何度も寝返りを打つうちに、教会の鐘が大きな音を響かせ、一二回すべてを打ちつくしたようだった。その時、部屋の隅で燃えていたヒマシ油の灯心が、五分あまりパチパチ音を立てたあげく、すっかり消えてしまった。その頃、家で不幸が二、三あったので、この明かりが消えたことから自然に死が連想された。こんな真夜中に、ひとつの灯火が永遠の闇の中に溶け去る。このようなことが自然界で起きるのとまったく同様、人間のちっぽけな生命の灯も、昼夜を問わず、ある時不意に燃え尽き、忘れ去られてしまうのだ、と。

次第にあの骸骨のことが思い起こされた。それが生きていた頃の様子を想像していると、突然、ある意識を持った何ものかが、暗闇の中、部屋の壁を手探りしながら、ぼくの蚊帳の周りをぐるぐる巡り歩いているように思われた。そのものが頻りに吐く、その息の音まで聞こえてくるようだ。何かを探しているのだがそれがなかなか見つからず、ますます歩を速めて部屋の中を廻り続けている。もちろんわかっていた――そのすべては不眠のために熱っぽくなったぼくの脳の想像の産物で、自分の頭の中をドクドク駆けめぐる血流が、速い足音のように聞こえているにすぎないのだ、と。それでもなお、身体の震えは止まらなかった。この理由のない恐怖を振り払うために、ぼくは声を上げた、「誰だ、いったい！」　足音はぼくの蚊帳の傍まで来て止まった。続けて答える声が聞こえた、「私よ。私のあの身体の骨がどこに行ったか、探しに来たの」

ぼくは思った、自分の想像で作りあげたものが自分を怖がらせるからといって、それがいったいどうだというのか？——長枕をぎゅっと抱きしめ、長年の知り合いに語りかけるかのように、ごくさりげない声で言った、「こんな真夜中に、よくもまあ、そんなことを思いついたね。それで、あの骸骨が、何で今頃、きみに必要なんだい？」

暗闇の中、蚊帳のすぐ傍から答が来た、「何ですって？　あの中には、私の胸の骨があったのよ。私の二六歳の青春が、あの骨のまわりに咲き誇っていたというのに——一度見てみたくなるのは、当然でしょう？」

ぼくはすぐさま答えた、「ふむ、まったく、もっともなことだ。じゃあ、まあきみは探すがいいや。ぼくは一眠りすることにしよう」

それは言った、「あなた、ひとりっきりみたいね。じゃあ、ちょっとお邪魔させて。少しお話でもしましょうよ。三五年前、私も人間の傍にすわって、人間とおしゃべりしたものだわ。でも、この三五年間というもの、私はただ墓場の風に乗って、ひゅうひゅう言いながら彷徨《さまよ》うばかりだったの。今日あなたの傍にすわって、もう一度、人間がするようにお話ししたいのよ」

誰だかが、ぼくの蚊帳の傍にすわったのを感じた。仕方なく、ぼくは少し励ますように言った、

「じゃあ、そうすることにしよう。心が少しでも浮き浮きするような話を、何か聞かせておくれよ」

それは言った、「何よりも面白い話を聞きたいと言うなら、私の身の上話をしてあげるわ」


教会の鐘が、ゴンゴンと二回鳴った。


「私がまだ人間で、幼かった頃、ある人を死神のように恐れていたわ。私の夫のことよ。私、まるで釣り竿にかかった魚のように感じていた。つまり、何かまったく見ず知らずの生き物が、私を釣り竿に引っかけて、人生の池の居心地いい深みから、無理やり引きずり出そうとしている──どうしてもその手から逃れるすべがない。結婚して二ヵ月後に夫が死んで、私の親戚連中は、私になり代わってさんざん嘆き悲しんだわ。私の舅は、あれこれ運勢を占ったあげく、姑に向かってこう言ったの、『経典で言うところの毒婦、この女はまさにそれだ』この言葉を、私、はっきり覚えているわ。──聞いていて? この話、どう思う?」

ぼくは答える、「なかなかだよ。出だしは、けっこう面白い」

「じゃあ、続けるわね。──喜んで実家に帰ったの。だんだん成長した。みんな、私から隠そうとしていたけど、私にはよくわかったの──私のような美人は、そんじょそこらにはいない、って。

――あなた、どう思って?」

「まあ、そうかもしれないけど、ぼくはきみを、一度も見たことがないからね」

「見たことがないですって? どうして? 私のあの骸骨は? ひひひひ! 冗談よ。あなたにどうやって証明したらいいのかしら――あの二つの空っぽの眼窩の中には、大きな切れ長の二つの黒い瞳があって、バラ色の唇に浮かんでいたあの美しい微笑は、今時のあからさまに歯を見せびらかしたみっともない笑いとは、雲泥の差だったということを。それに、あの長く干からびた骨の何本かの上に、どんなに魅力に溢れた美しさが、青春の酷《むご》さと優しさが綯《な》い交ぜになった一点の曇りもない完璧さが、日々花開いていたか――あなたにこんな話を聞かせることになろうとは、笑ったらいいのやら、怒ったらいいのやら。私のあの身体から解剖学を学ぶことができるだなんて、あの頃のどんな名医だって信じなかったでしょうよ。私は知っているの、ある医者が、その特別親しい人に向かって、私のことを黄金=金厚朴《コノク=チャンパ》[3]の花だって言ったのを。それはこういう意味なの――地上の他のすべての人間は、骨の仕組みや身体の構造を教える材料になれるとしても、私だけは、美の顕現《けんげん》である花そのものだった。黄金=金厚朴《コノク=チャンパ》の花の中に、ひとつでも骨があって?

私が歩いている時、自分でもわかったの――一片のダイヤモンドを転がすと、その表面のあちらこちらから光がギラギラ飛び交うように、私の身体が動くたびに、その美しい姿態がさまざまな自然の小波《さざなみ》を巻き起こし、四方に砕け散るのだと。私は、時々この目で、しげしげと自分の両手を見つめることがあった——地上のどんなに偉ぶった男でも、その口に轡《くつわ》を嚙ませて甘く手なづけることができる、その両の手を。スバドラーがアルジュナを従え、自らの勝利を告げる二輪戦車を誇らしげに駆けめぐらせて三界を驚愕させた時[4]、彼女もまた、こんな弱《たお》やかで円やかな二つの腕、赤みの差した掌、美しい炎のような指を持っていたに違いないのだわ。でも、私のあの何の飾りも覆うものもない、恥知らずに干からび果てた骸骨が、私の名前であなたに嘘の証言をしていた。私はあの時、反駁するすべもなく黙りこくっていた。そのせいで、

3　「コノク＝チャンパ」（B）は、和名「モミジバウラジロ（紅葉葉裏白）」。アオイ科の常緑高木。春に、芳香を放つ、一二センチほどの、クリーム色の五弁花をつける。名前はチャンパ（金厚朴）だがそれとは別種。

4　『マハーバーラタ』より。パーンダヴァ族の王子アルジュナは、放浪の旅の途次、クリシュナの妹スバドラーに出逢ってその美に打たれ、彼女の愛を得て結婚しようとする。スバドラーの家族に結婚を反対されることを恐れたアルジュナは、クリシュナの指示に従い、スバドラーに二輪戦車を操らせて二人で駆け落ちする。のちにクリシュナは、スバドラーがアルジュナを奪って逃げたのだと主張して、家族に二人の結婚を認めさせる。

私はあなたが、地上の何ものにも増して腹立たしいの。私のあの一六才の溌剌とした、青春の熱に火照るバラ色の美をあなたの前に示して、あなたのその目から長いこと眠りを奪い取り、あなたの解剖学の知識をいたたまれなくさせて、どこかに追放してしまいたい、と思うの」

ぼくは言った、「きみにもし身体があったとしたら、その身体に触れて誓ったところなんだが、その解剖学の知識は、ぼくの頭の中に、もうこれっぽっちも残っていないよ。それに、世界を光に満たすきみの青春真っ盛りの美しさは、夜闇の画布《キャンバス》の上に輝かしく咲き誇っている。それ以上多くを語る必要はない」

「私のまわりには、心を許せるような女性が一人もいなかったの。兄さんは独身で通すと決めていたし。家の奥で、私はひとりっきりだったわ。庭のミサキノハナ[5]の木の下に一人で腰を下ろして、私は考えたの――この世界のありとあるものが私を愛していて、ありとある星が私を凝っと見つめていて、風は何度もわざわざため息を漏らしながら私の側を通り過ぎて行って、それに、私が両の足を広げてすわっている草の褥《しとね》に、たとえ意識というものがあったとしても、それはもう一度改めて気絶することになっただろう、って。地上のありとある若者が、その生い茂る草の褥《しとね》のように、無言のまま群れをなして私の足下に跪《ひざまず》いている――こう想像しただけで、この胸は理由もないのに、何とも言えない痛みに締めつけられたものだわ。

兄にはショシシェコルという名の友人がいて、医学カレッジを卒業すると、その彼が私たちのかかりつけの医者になったの。私、その前にも、彼を陰から見る機会が何度もあった。兄はと言えば、ほんとうに変わった性格の人だった――この地上世界を、目を開いて直視することができない、という感じだったわ。まるで、ふつうの生活世界は、彼に十分な居場所を提供できない、とでもいうように――それでどんどん縮こまって、完全に世界の片隅に引っ込んで生きていたのだわ。

兄の友達と言えば、ショシシェコル一人しかいなかった。それで、外の世界の若者たちのうち、このショシシェコルだけを、私はいつも見ていたの。そして、夕暮れ時に、私が庭の花開く木の下で王妃の座を占める時、地上のすべての男がショシシェコルの姿になって、私の足下に跪《ひざまず》いた、

5　「ボクル」(B)。高さ一五メートルにまでなる常緑の高木。春の終わりに、強く甘い香りを放つ、径一二ミリほどの白い星形の花をたくさんつける。春のロマンティックな雰囲気を伝える代表的な木。

というわけなの。――聞いているの？　どう思って？」

ぼくはため息をついて言った、「ショシシェコルになって生まれたらよかったのに、って思ったよ」

「最後まで話を聞いてからにしてね。

雨季のある日、私、熱を出したの。彼が診察に来たわ。それが最初の出会い。

私、窓の方に顔を向けていたの、夕暮れの赤い残照を浴びて、やつれた顔の蒼白が目立たないように。彼が、部屋に入ってすぐ、私の顔の方にひとたび視線を投げた時、私は心の中で医者に成り代わって、自分の顔を見つめる想像をしたわ。その夕暮れの光の中、柔らかい枕の上、少しやつれた、花のように嫋《たお》やかな顔。乱れてばらばらになった髪が額の上にかかり、恥じらいのあまり俯き加減になった両の目の豊かな睫毛は、頬の上に影を投げかけている。

医者は、兄に向かって、恭《うやうや》しく、囁くように言ったわ、『脈を一度、診る必要がありますね』

私は、上掛けに覆われていた、倦《う》み疲れたふくよかな腕を、取り出してみせた。その手を一瞥した時、思ったわ、青いガラスの腕環を嵌《は》めることができたら、さぞかし似合っていたことでしょうに、って。患者の手を取って脈を診るのに、医者がこんなにもためらうなんて、そんな姿、それまで決して見たことがなかった。どうしようもなくまごついて、震えた指で脈を取り、私の熱がどれくらいか測ったのだけれど、私の方も、彼の胸がどのように脈打っているか、ある程度わかった、というわけなの。――信じられないかしら?」

ぼくは答えた、「信じない理由はどこにもないよ――人間の脈というものは、どんな状態でも常に同じ、というわけではないからね」

「時が経ち、さらに二、三回病気になってはそれが治る、ということを繰り返すうちに、私のあの夕暮れ時の心の集いでは、地上の何千万もの男たちの数が一気に減って、とうとう一人になってしまった――私の世界から、ほとんど人影が失せてしまった。地上には、一人の医者と一人の患者だけが残った、というわけ。

私は、日が暮れると、サフラン色のサリーを内緒で身につけ、丁寧に髷を結い、一叢《むら》の茉莉花《マリカ》[6]の花環を巻きつけ、手鏡をひとつ持って庭園に行き、腰を下ろしたの。

何でそんなことを、ですって？　自分の姿を見たって、満足できないだろう、ですって？　確かにその通りだわ。でもね、私は、自分で自分を見ていたんじゃないの。私はその時、一人でいながら二人になっていたの。医者に成り代わり、自分の姿を見て夢中になり、愛情を注ぎ、愛《いとお》しんだ。それでもなお、胸の中では、ため息が夕暮れ時の風のように、ひゅうひゅう吹き抜けた。

それからと言うもの、私はもう、一人ではなかった。歩く時には目を伏せて、足指が地上にどう落ちるかを見つめ、カレッジ出たてのかかりつけの医者が、この足取りを見ていったいどう思うかしら、と考えたわ。真昼時、窓の外に陽射しがさんさんと照りつけ、あたりは一切音もなく静まり返り、時々遥か遠くの空で、鳶が一羽、また一羽と鳴き声をあげて飛び去る。そして私たちの中庭の壁の外では、玩具売りが調子をつけて、『おもちゃはいらんかね、腕環はいらんかね』と呼ばわりながら過ぎて行く。私は純白のショールを一枚広げ、自分の手で寝床を用意して、その上に身を横たえる。剝き出しになった片腕は、褥《しとね》の上に、投げやるかのような風情《ふぜい》で広げられている――そして思ったわ――この綺麗な腕がこんな風に広げられているのが、誰かの目に留まり、誰かが両の手でそれを取り上げ、誰かがこのバラ色の掌に口づけをひとつ印し、その後また、そろそろと去って行く——もしこの話が、ここでおしまいになったとしたら、どうかしら？」

　ぼくは言った、「悪くはないね。まあ、少し尻切れトンボではあるが、残りの夜を、話の続きを考えながら過ごすのも、一興だ」

「でも、それだと、あんまり深刻すぎやしない？　話の中に込められた皮肉が、どこにも感じられないわね。話の中に潜む骸骨の出番は、どこ？　歯まで全部剝き出しにして、その姿を見せるべきじゃない？

　話を続けるわ。——少し評判が広まると、医者はすぐ、私たちの家の一階に診療所を開いた。その時私は、時々笑みを浮かべながら、薬のこと、毒のこと、どうやったら人間は簡単に死ねるのか、こんなことをいろいろ、彼から聞き出した。医者の仕事に関わる話題なので、彼は口が軽

6　「ベール」（B）、和名マツリカ。ジャスミンの一種。高さ一～二メートルほどの低木。花は白で直径二センチ前後、一重・二重・八重のものがある。開き切らない蕾を繫いで糸に綴り、神像に捧げたり、女性の髪飾りに用いたりする。

かったわ。話を聞いているうちに、死は私にとって、親しい家人のように馴染み深いものになった。愛と死、この二つだけがこの世界を満たしているように見えた。私の話、終わりに近づいてきたわ、もうほとんど、残りはない」

ぼくは小声で呟いた、「夜ももう、終わりに近づいてきたよ」

「しばらく前から気づいていたのだけれど、お医者先生、随分、ぼおっとしていらっしゃって、私の傍では、えらくまごまごした様子。ある日のこと、少し目立ちすぎるくらいに着飾り、兄から二頭立て馬車を借りて、夜、どこかに行くとおっしゃる。
私、もう我慢できなくなって、兄のところに行き、いろいろな話題の後に、こう訊いたの、『ねえ兄さん、お医者先生、今日は馬車に乗って、いったい、どこに行くんでしょう?』
兄は手短に、『死にに行くのさ』
聞き返したわ、『ふざけないで、ほんとうのことを言ってよ』
兄は、前より少しはっきりと、『結婚しに行くのさ』
『ほんとうなの?』――こう言うと、私、笑いが止まらなくなった。

少しずつ聞き出したところでは、この結婚で、医者の手には一万二千ルピー転がり込む、とのこと。でも、このことを隠し立てするなんて、私をバカにするにもほどがある。私があの方の足に縋りついて、そんなことをしたら私の胸は破れて死んでしまう、と言ったとでも？　男たちって、ほんとうに信用ならないわ。地上で私が見た男は一人だけだったとはいえ、私は一瞬のうちに、すべてを悟ったの。

医者が患者たちの診察を終えて、日暮れ前に部屋に来た時、私は大笑いしながらこう言ったわ、『あら、お医者先生、今日は先生の結婚式だそうね』

私が嬉しそうにしているのを見て、医者はまごついたばかりか、すっかり意気消沈してしまったわ。

私は訊いた、『楽隊の音楽が、どこにも聞こえないじゃない』

これを聞いて、彼はほんの微かなため息を漏らすと、こう言ったの、『結婚って、そんなにおめでたいものですかね』

私は笑いが止まらなかったわ。こんな言い草、私には初耳だった。こう言ってやったの、『だって、結婚式なんですもの。楽隊の音楽も、派手な明かりも、必要でしょう？』

さんざんたきつけたので、兄はすぐさま、型通りの祭式の準備に取りかかった。

私はその後もずっと話し続けた――花嫁が家に来たらどうなるのか。私は何をしたらいいのか。訊いてやったわ、『ねえ、お医者先生、そうなっても先生は、脈を診るために、患者の手を握って廻るのかしら？』

ひひひひ！　人間の心、特に男の心が目に見えるわけではないけれど、私、誓って言えるわ、こうした言葉が、医者の心には槍のように突き刺さったのよ。

花嫁の家での式は、夜が更けてから。夕暮れ時に、医者は屋上にすわって、兄と一緒に一、二杯お酒を飲んでいた。二人ともこうする習慣があったの。空には徐々に、月が昇った。

私は笑いながら傍に行って、こう言ったわ、『先生、お忘れになったの？　もう、花嫁の家に行く時間になってよ』

些細なことだけど、ここで一言、断っておく必要があるわ。この時までに、私、こっそり診療所に入って、粉薬を少々くすねてきていたの。そしてその粉薬のいくらかを、隙を見て、そっと先生のグラスのお酒に混ぜてやったの。どの粉薬を飲めば人が死ぬか、先生から教わって知っていたわ。

先生は一気にグラスを空けると、湿り気を帯びた感極まった声で、私の顔に張り裂けんばかりの視線を注ぎながら、こう言ったの、『じゃあ、行くことにします』

式の開始を知らせるシャーナイ[7]の音が、響き始めた。私は婚礼用のベナレス産サリーを身にまとった。宝石箱にしまってあった宝石を、全部取り出して身につけたわ。髪の分け目に、朱の辰砂《シンドゥル》の大きな筋を描き、[8]いつものミサキノハナの木の下に褥《しとね》を敷いた。

とても美しい夜だった。月明かりに光り輝いていたわ。眠りについた世界からけだるさを取り払うかのように、南風が吹いていた。ジャスミンと茉莉花の花の薫りで、庭園にその隅々まで歓びに浸っていた。

シャーナイの音が次第に遠のいた時、月光が翳り始めた時、この木の葉叢や、空や、生まれてこのかた親しんできた住まいともども、世界が私の四囲から幻のように消え始めた時、私は目を閉じて微笑《ほほえ》んだ。

私は願っていた――人びとがやって来て私を見る時、酔いに火照ったようにバラ色に輝くこの微笑が、私の唇に貼りついたままでいますように――永遠に終わりない夜を過ごす婚礼の部屋の中へ、私がそろそろと足を運ぶ時、この微笑もこうして口に輝いたまま、連れ添って行きますよ

---

7 ダブルリードの、チャルメラのような調べを奏でる木管楽器。結婚式の祝典などで奏される。

8 結婚したヒンドゥーの女性は、辰砂《しんしゃ》（硫化水銀）の朱色の粉を、髪の分け目に塗りつける。

うに、って。――それなのに、婚礼の部屋は、いったい、どこに行ったの！　私のあの婚礼の衣裳は！　自分の中からカタカタ響く音に呼び覚まされて、目を開いてみると、三人の男の子が、私を材料に、解剖学の勉強をしているじゃないの！　喜びにときめき悲しみに震えながら、青春の花びらが日々一枚一枚開いていた胸の中のあの箇所を、教師が葦の教棒で指し示して、骨の名前を教えるのに使っているじゃないの！　その時、私が唇に花開かせていた、あの最後の微笑の痕跡を、あなたたち、見ることができたかしら？」

「どうだった、私の話？」

ぼくは答えた、「なかなか、面白かったよ」

この時、最初の鳥の鳴き声が響いた。

ぼくは訊いた、「まだそこにいるの？」――何の返事もなかった。

部屋の中に、明け方の光が差し込んできた。

カーブルの行商人

কাবুলিওয়ালা

カーブルは、現アフガニスタン・イスラム首長国の首都。英領時代のインドは現在のパキスタンを含んでおり、アフガニスタンは英領インドと国境を接していた。この国の領有をめぐり、イギリスとロシア帝国の間で、一九世紀初頭から約一世紀にわたり、抗争が繰り広げられた。

　第二次アングロ＝アフガン戦争（一八七八～八〇）で、シェール・アリ・ハーン率いるアフガニスタン首長国に勝利したイギリスは、アブドゥル・ラフマーン・ハーンを最高指導者《アミール》に任命し、アフガニスタンを事実上の保護国とした。この物語が書かれた当時、アフガニスタンは、このアブドゥル・ラフマーン・ハーンの支配下にあった。

私の五歳の幼い娘ミニは、ひと時とて口をつぐんではいられない。地上に生を享けてから言葉を習得するまでに、彼女はわずか一年の歳月しか要せず、それからというもの、目覚めている限り、一瞬たりとも黙って時間をムダにすることはない。母親は、多くの場合、叱りつけてその口を閉じさせるのだが、私にはそんな真似はできない。ミニが黙っているのを見るとあまりに不自然に思えて、私は長い時間、我慢することができないのだ。そういうわけで、私が相手になると、彼女のおしゃべりは、やや熱を帯びるのが常だ。

朝方、私が小説の第一七章に着手した時、ミニがやって来ていきなりこう切り出した、「父さん、門番のラームダヤールったら、烏《カーク》のことをカウアー[1]、なんて言うのよ。まったく、何にも知らないんだから。ね、そうでしょ？」

私が地球上の言語の多様性について知恵を授けようとする前に、彼女はもう、二つ目の話題に移る。「ねえ、父さん、ボラがね、象さんが空に鼻を伸ばして水を撒くから、雨が降るんですって！　まったく、ボラったら、よくもまあ、こんな嘘が言えるわよね！　昼も夜も、嘘ばっかり！」

これに関する私の意見を聞く気は毛頭なく、突然、次の質問が来る、「父さん、母さんは父さん

1　ラームダヤールはビハール出身。烏は、ベンガル語で「カーク」、ヒンディー語で「カウアー」。

の、何になるの？」

内心、この小姑め！[2]と悪態をつきながらも、口に出たのは、「ミニ、さあ、ボラと一緒に遊んで来なさい。父さんは、いま、忙しいんだ」

すると彼女は、書き物机の横、私の足の傍に腰を下ろし、アグドゥム＝バグドゥム[3]の早口言葉に合わせて、両掌で両膝をパタパタ叩き始めた。私の小説の第一七章では、その時まさに、プラタープシンハ王[4]がカンチャンマーラーを引き連れて、闇夜の中、監獄の高窓から下を流れる川に向かって跳び込みつつあった。

私の書斎は道に面している。不意にミニはアグドゥム＝バグドゥム遊びを中断すると、窓際に駆け寄り、声を張りあげて呼び始めた、「カーブルのおじさーん！　おおい、カーブルのおじさーん！」

汚れたよれよれの服、頭にはターバン、肩には布袋、干し葡萄を入れた箱を二つ三つ手に、ひょろ長いカーブルからの行商人が、ゆっくりした足取りで道を行き過ぎていた――その姿を目にして、我が愛娘がどんな思いを抱いたのか、言うのは難しい。とにかく彼めがけて、声を限りに呼ばわり始めたのだ。私は観念した、やれやれ、すぐにも肩に袋を提げた邪魔ものが姿を現し、私の第一七章はもはや終わることはあるまい、と。

だが、ミニの呼び声にその行商人が笑顔で答え、我が家に向かって歩を向け始めるやいなや、ミニはあわてふためいて奥の区画《オントップル》[5]に駆け込み、その影も形も見えなくなってしまった。彼女の頭の中には、あの肩下げ袋の中を調べれば、彼女のような生きた人間の子供が、二人や三人見つかりかねないという、迷信のようなものが根づいていたのだ。

一方、カーブルの行商人は、家の前にやって来ると、笑みを浮かべて私に一礼《サラーム》し、その場に立ち止まった――私は、プラタープシンハ王とカンチャンマーラーが大変な危地にあるのは確かだが、この男を呼び入れて何か買ってやらなければ、礼を欠くことになろう、と考えた。

---

2 原文は、「シャリカ」(B)。「義理の姉妹」の意だが、ベンガルでは罵り言葉として使われる。

3 この唱え文句のリズムに合わせて、素早く掌で腕や膝を叩いて遊ぶ。語源には諸説あるが、意味不明。

4 プラタープシンハ王(一五四〇〜九七)。メーワール(現グジャラート州在)のラージプート族の王。ムガル王朝のアークバル大帝と戦ったことで知られる。この王をめぐり、後世、さまざまな伝説・物語が作られた。

5 当時の高位ヒンドゥーの家は、女性のみが生活する「奥の区画《オントップル》」と、男性や外来の人が行き来する「外の区画」に分かれていた。

6 イスラーム式の挨拶。右手の掌を内側に向け、額まで持ち上げる動作を伴う。

買い物が済んだ。その後、よもやま話が続いた。アブドゥル・ラフマーン、[7] ロシア帝国、イギリス等々をめぐる国境の保安対策について、話が及んだ。

最後に暇《いとま》を告げる時になって、彼は尋ねた、「旦那《バブー》、旦那のあの嬢ちゃんは、どこに行ったんで?」

私は、ミニの理由のない恐怖を打ち消すために、彼女を奥の区画《オントップル》から呼び出すことにした――

彼女は私に寄り添い、カーブルの男の顔と肩掛け袋に向けて、疑い深い視線を投げたまま、佇《た》ちつくしていた。カーブルの男は、袋の中から干し葡萄と杏を取り出して渡そうとしたが、彼女はどうあっても受け取ろうとしなかった。ますます疑いを濃くして、私の膝の側にぴったり貼りついたままだった。最初の出逢いはこのようにして終わった。

何日か後のある朝、必要があって家を出る時、我が愛娘が、扉の傍らのベンチにすわって、とめどなくしゃべっているのが目に留まった。カーブルの男は彼女の足下にしゃがみ込み、笑みを浮かべて耳を傾け、合間合間に片言混じりのベンガル語で、彼女の話に合わせて自分の意見を披

7　アブドゥル・ラフマーン・ハーン(一八四四?～一九〇一)は、カーブル生まれの軍人・政治家。一八八〇年から死に至るまで、イギリスの後ろ盾で、当時ロシア帝国とイギリスの侵略の狭間にあったアフガニスタン政府の最高指導者《アミール》を務めた。

露していた。五年間の人生体験において、彼女は、父親を除けば、これまでこんな忍耐強い聴き手を得たことがなかった。よくよく見ると、彼女のちっぽけなドレスの裾は、ピスタチオや干し葡萄でいっぱいになっている。私はカーブルの男に言った、「どうして、この子にこんなものを？もうやらないでくれ」こう言うと、ポケットから半ルピー銀貨を取り出し、彼に渡した。彼は躊躇なく銀貨を受け取り、袋の中に入れた。

帰宅してみると、この銀貨をめぐり、大騒動が持ちあがっていた。

ミニの母親は、この白くピカピカ光る丸い物質を手に、叱責する口調でミニに問い質していた、「おまえ、この銀貨、どこで手に入れたの？」

ミニは答える、「カーブルのおじさんがくれたの」

母親は言う、「どうして、おまえ、カーブルの男から、銀貨をもらおうとしたの？」

ミニは半分べそをかきながら、「あたし、ほしいなんて言わなかったわ。おじさんが自分からくれたの」

私は、間に入ってミニを迫り来る危地から救い出し、外の区画へと連れ出した。

後で知ったのだが、ミニがカーブルの男ラフマトと会ったのはこれが二度目ではなく、この間、男は毎日のようにやって来ては、ピスタチオをおとりに、ミニのちっちゃな飢えた心のかなりの部分を占領してしまっていたのだ。

見ると、この二人の友達の間には、いくつかお決まりの話題と冗談が通用していた――たとえば、ラフマトを見るとすぐ、我が愛娘は笑いながらこう訊く、「カーブルのおじさーん、おおい、カーブルのおじさーん、その袋の中に、いったい何があるの？」

するとラフマトは笑みを浮かべたまま、不必要に鼻にかかった声で答える、「ぞおんさんだよ！」

つまり、彼の袋の中には象が一頭隠れている、というのがこの冗談にこめられた神妙な意味だ。特に神妙とも言い難いが、それでもこの冗談を、二人は揃って面白おかしく感じていた――そして、さわやかな秋の朝、一人の大人と一人の年端も行かぬ幼児が邪気なく笑うのを見て、私も悪い気がしなかった。

二人の間には、もう一つ、よく持ち出される話題があった。ラフマトはミニに言う、「じょーんちゃん、あんた、舅のおうち《ショシュル＝バリ》[8]に、ぜーんたい、行っちゃダメだよ！」

ベンガル人家庭の娘であれば、生まれてすぐ、「舅のおうち《ショシュル＝バリ》」という言葉に親しむはずだが、私

8　「舅のおうちに行く」は、女性が結婚して自分の育った家を離れ、夫の実家での生活を始めることを指す。

たちはやや今風の人間だったので、幼い娘に「舅のおうち《ショシュル＝バリ》」が何であるかを理解させていなかった。そのため、ラフマトの頼み事の意味を、彼女ははっきり理解できなかった。それでも、何か言われて一言も答えず黙っているのは、彼女の性格にまったくそぐわなかったので、彼女は逆にこう聞き返した、「おじさんは、舅のおうち《ショシュル＝バリ》に行くの？」

ラフマトは、想像上の舅に向かって、とてつもなく大きな拳を振りあげ、「わしが、舅をとっちめてやる！」

これを聞くと、ミニは、「舅《ショシュル》」という名の、何か見も知らぬ生き物の惨めな有様を想像して、大笑いしたのだった。

清々しい秋である。昔日であれば、王たちが征服の旅に出立《しゅったつ》する季節だ。私は、カルカッタを離れて遠出したことは絶えてなかった。だがその故にこそ、私の心は世界のあらゆる場所を駆けめぐる。あたかも自分の家の片隅に永遠に島流しされているため、その心はひたすら外の世界に憧れる、とでもいうかのように。外国の地名をひとつ耳にしただけで、私の心は迅《はや》る。同様に、異国からの人を見ただけで、川・山・森に囲まれた草葺きの家の光景が心に浮かび、喜びに溢れた自由気ままな人生の物語が、想像の中に彷彿《ほうふつ》と湧き起こる。

だがその一方、私の性格は草木も同然で、自分の片隅を離れてひとたび外に出ようものなら、雷でも打たれたかのように、頭は混乱の極みに達する。そんなわけで、朝方、自分の小さな書斎の書き物机の前にすわり、このカーブルの男と話を交わすことで、私が旅で果たすべき用の大方は果たすことができた。起伏に富んだ、険しく聳《そそ》り立つ、灼けて血の色をした山並みに両側を挟まれ、その只中を走る狭い沙漠の道を、重荷を背負った駱駝《らくだ》の一隊が進む。ターバンを巻いた商人と旅人の、ある者は駱駝《らくだ》の背にまたがり、ある者は道をひたすら歩く。槍を手にする者、時代遅れの火縄銃を手にする者――カーブルの男は、雷雲の轟きのような低いくぐもり声を響かせながら、片言のベンガル語でこうした自分の故郷の話をし続け、描かれた絵は、私の目の前を、浮かんでは過ぎて行く。

ミニの母親は心底怖がり屋だった。何かの音が通りから耳に入っただけで、地上の酔っ払いが一人残らず、他ならぬ我が家をめがけ、一斉に押し寄せて来る、と思い込んだ。この地上世界のありとある場所が、泥棒、盗賊、酔漢、蛇、虎、マラリア、毛虫、ゴキブリ、そして白人で溢れ返っている。今日この日に至るまで（特に長い歳月という訳ではないが）地上で生活してきたにもかかわらず、その悪夢が彼女の胸を去ることはなかった。

カーブルから来たというだけで、ラフマトに対する彼女の警戒心が完全に解かれることはなかった。彼をよく見張るようにと、彼女は私に繰り返し促した。私が彼女の疑いを笑い飛ばそうとすると、彼女は私に、順を追っていくつかの問いを投げかけた。

「今まで誰の子も、攫《さら》われたことがなかった、と言うの？　カーブルの国で、奴隷売買が行なわれていない、とでも？　一人の巨体のカーブルの男が、小さな子供を一人攫って行くことが、まったくないと言える？」

そのようなことが、まったくないとは言えない、と認めざるを得なかった。だが同時に、それは信じ難いことでもある。信じる力は人によって差があるので、私の妻の心には恐怖が貼り付いたままだった。だがだからと言って、罪もないのに、ラフマトが私たちの家に来るのを禁じることはできなかった。

毎年マーグ月[9]の半ばに、ラフマトは故郷に帰る。この時期、ツケにしていた代金を残らず徴収するために、彼はとても忙しい。家から家へと廻らなければならないのだが、それでも一度はミニの顔を見に来る。その光景を目にすると、実際、両者の間で何か謀《はか》り事でも企んでいるのではないか、と思えてくる。朝に来られない日は、夕暮れ時にやって来る。暗闇に沈む部屋の隅に佇み、だらりと垂れた上衣と下衣をまとい、肩から袋を下げたそのひょろ長い姿を目にすると、実のところ、胸の中に突然、不安の念が湧いてくることもある。だが、ミニが笑みを浮かべて、「カーブルのおじさーん、おおい、カーブルのおじさーん！」と叫びながら駈け寄り、二人の年齢の違う友達の間にいつもの他愛ない冗談が交わされるのを見ると、心の底から晴れ晴れとした気分になるのだった。

ある朝のこと、私は例の小さな書斎にすわって、ゲラ刷りに手を入れていた。冬が終わりを告げる直前、二、三日前から急に寒さがぶり返し、四囲はすっかり凍てつくかに思われた。朝日が窓越しに、書き物机の下に伸ばした私の足の上に差してきて、そのわずかな温もりが、ことのほか心地よく感じられた。八時頃だったろうか。マフラーを頭に巻き付けた早起き連中は朝の散歩を終え、そのほとんどが帰宅の途についていた。そんな時、通りから、何かけたたましい騒音が聞こえてきた。

目を遣ると、われらがラフマトを、二人の巡査が縛り上げて連行して来る――その背後には、子供たちの一隊が面白がってついて来ていた。ラフマトがまとう衣服には血の痕があり、巡査の一人の手には血まみれの短剣があった。私は扉の外に出て巡査を呼び止めた。何が起きたのか尋

9　西暦一月半ば～二月半ば。冬の終わりの季節。

ねた。

一部は巡査の口から、一部はラフマトの口から聞いたことを繋ぎ合わせると、こうである――私たちの近所に住む男が一人、ラフマトから買ったラーンプル産[10]ショールの代金の一部を、未払いのままにしていた――嘘をついてそれを無いことにしようとしたので、そのことをめぐって口論になり、あげくの果て、ラフマトがその男に、短剣の一刺しを見舞ったのだ。

ラフマトは、その嘘つき男に対し、さまざまの聞くに堪えない罵詈雑言《ばりぞうごん》を浴びせていたが、ちょうどその時、「カーブルのおじさーん、おおい、カーブルのおじさーん！」と呼びながら、ミニが家から出て来た。

ラフマトの顔は、一瞬のうちに嬉しげな笑みに輝いた。その日、彼の肩に袋はなかったので、肩の袋をめぐるいつものやりとりは成立しなかった。ミニはいきなり彼に訊いた、「おじさん、舅《ショシュル＝バリ》[11]のおうちに行くの？」

ラフマトは笑いながら答えた、「ちょうどいま、行くところなんだ」

この答がミニを笑わすことはできなかったので、手を見せて続けた、「舅をとっちめたかったんだけどね。でも、どうしよう、手が縛られちゃってね」

男に致命傷を負わせた罪で、ラフマトには数年の懲役刑が言い渡された。

彼のことはほとんど忘れてしまっていた。私たちが家の中で、千年一日のごとく日々を送っている間、自由気ままな山の民である一人の男が、監獄の壁に囲まれた中でどうやって歳月を過ごしていたか——そのことは私たちの胸に、浮かびさえしなかった。

それに、移り気この上ないミニの行動が、まこと恥知らずという他ないものだったことを、その父親と言えども認めざるを得ない。彼女は事も無げにその旧友を忘れ去ると、まず馬丁のノビと友誼《ゆうぎ》を結んだ。その後、次第に成長するにつれて、男友達の代わりに、一人、また一人と女友達を獲得し始めた。今となっては、他ならぬこの父親の書斎にすら、もはや彼女の姿を見ることはない。私は彼女と、喧嘩別れしたと言ってもいい有様だ。

何年の歳月が流れたことだろう。また再び、秋が訪れた。私のミニの嫁ぎ先が決まったのだ。

10　ラーンプル＝ブシャルは、ヒマーチャル＝プラデーシュ州シムラー地区の町。一九世紀、「ラーンプル＝チャダル」と呼ばれる、手織りの羊毛製ショールの生産で名高かった。

11　「舅のおうち《ショシュル＝バリ》」（註8）には、スラングで、監獄という意味がある。

祭祀《プージャー》休暇[12]の間に彼女の婚礼がある。カイラーサ山におわすパールヴァティー女神[13]とともに、我が家を喜びに満たしてきた女神も、父の住むその家を暗闇にして、花聟の家へと旅立つのだ。

夜が明けるとともに、その朝はまことに美しい姿を現した。雨季の雨に綺麗に洗われたこの秋の新鮮な陽射しは、ホウ砂で磨き上げた曇りない黄金のような色をしていた。カルカッタの路地奥に並ぶ、古びた煉瓦造りのゴミゴミした家々の上にさえ、輝く陽射しは、その類い稀な麗しさを、一様に敷き延べていた。私の部屋では、夜が明けるか明けないうちから、シャーナイ[14]の調べが響いている。その木管の音は啜り泣きとなって、私の胸郭の骨の間から、その響きを立ち昇らせているかのようだ。哀しみを誘うバイラヴィー＝ラーギニー[15]の調べに乗せて、私の目前に迫った別離の痛みを、秋の陽射しとともに、この世界の隅々にまで行きわたらせているのだ。今日は、私のミニの婚礼の日である。

朝から、上を下への大騒ぎ、人びとの行き交い。中庭は竹が組まれ、天蓋で覆われた。家の部屋部屋や縁台からは、シャンデリアを飾りつける、シャンシャンいう響きが聞こえてくる。掛け声、叫び声は止むことがない。

私が書斎にすわって収支計算をしていた時である。ラフマトがやって来て、一礼《サラーム》をするとその場に佇んだ。

私は、最初、彼とわからなかった。あの肩掛け袋はなく、あの長髪もなく、その身体にはあの昔のような力がない。その笑みを見て、やっと彼だとわかった。

「どうしたんだ、ラフマト？　いつ来たんだ？」

「昨日の夕方、監獄から出て来たんです」

その言葉は、耳に不快な響きを残した。殺人を犯した人をこの目で見るのは初めてだったので、彼を前にしてすっかり心が萎縮してしまった。今日のこのめでたい日に、どこかに消えてくれればいいのに、と思い始めた。

12　ドゥルガー祭祀《プージャー》は、東インド、特にベンガル地方最大の祭祀。アッシン月（九月半ば〜一〇月半ば）ないしカルティク月（一〇月半ば〜一一月半ば）の一〇日間にわたり、盛大に祝われる。ベンガル人にとって、長期休暇・里帰りの時節でもある。解説参照。

13　パールヴァティー女神は、シヴァ神の妃。この時期、夫と共に住むヒマラヤのカイラーサ山から、ガンガー下流の自分の実家に里帰りし、一〇日目に再びカイラーサ山に戻るとされる。ベンガルでは、この最後の日、女神像をガンガーに川流しする。

14　ダブルリードの、チャルメラのような調べを奏でる木管楽器。結婚式の祝典などで奏される。

15　「ラーギニー」は「ラーガ」の女性形。ラーガはインド古典音楽の旋律型。その旋律型の枠組みに則り、定められた時間・季節にその時々の情調《ラサ》を表現する即興演奏を行なう。バイラヴィーは夜明けに演奏される。哀切な情調《ラサ》で知られる。

私は彼に言った、「今日は、家で用事がひとつあって、手が離せないんだ。今日は帰ってくれないか」

この言葉を聞いて、彼はすぐさま立ち去ろうとして扉の傍まで足を運んだが、そこで少し逡巡《しゅんじゅん》した後、こう言った、「嬢ちゃんに、一目、会うことはできませんか?」

彼はどうやら、ミニがあの時のままでいると信じ込んでいるらしい。どうも彼は、ミニがまた、昔そのままに、「カーブルのおじさーん、おおい、カーブルのおじさーん!」と呼びながら駈け寄って来るとでも、思っているようだ。彼らの間の、あのまことに面白おかしいかつての冗談のやりとりに、何の変わりもないだろう、と。他でもない、昔の友情を思い起こして、彼は葡萄を一箱、それに紙に包んだ干し葡萄とピスタチオを少々、持ってきていた。おそらく、誰か同郷の友人に頼み込んで手に入れたに違いない――彼のあの肩掛け袋は、もうなかったのだが。

私は言った、「今日は家で用事があるんだ。今日はもう、家の誰とも会うことはできない」

彼は少し傷ついたように見えた。凍ったようにその場に佇《た》ちつくし、ひとたび私の顔を凝っと見すえ、その後「旦那《バブー》、サラーム」の一言とともに、扉の外に出て行った。

私は、胸に何とも言えぬ痛みを覚えた。彼を呼び戻そうと考えていると、彼が自分から引き返して来るのが、ちょうど目に映った。

近づくと、彼はこう言った、「この葡萄と、干し葡萄とピスタチオを少々、嬢ちゃんのために持ってきました。あの子にあげてください」

私がそれを受け取って代金を払おうとすると、急に彼は私の手を押さえて言った――「どうかお願いです、わしの一生の思い出なんです――わしに、お金はいりません。旦那《バブー》、旦那に嬢ちゃんがいるように、このわしにも、故郷にひとり、娘がいるんです。わしは娘の顔を思いながら、旦那の嬢ちゃんのために、果物やナッツを少しだけ、持ってくるんです。わしは、売りに来るんじゃないんです」

こう言うと、彼は、巨きなだらりとした上衣の中を手探りして、胸のあたりのどこからか、一切れの汚れた紙を取り出した。その折り畳んだ紙を、細心の注意を込めて開くと、私のテーブルの上に両手で広げて見せた。

紙の上には、ちっぽけな手拓《しゅたく》がひとつ。写真でもなく油絵でもなく、手に少し炭を塗りつけて紙の上に押しつけ、その痕を写したものだ。娘のちっぽけなこの思い出の印を胸に抱いて、ラフマトは、毎年カルカッタの街頭に、干し果物やナッツを売りに来る――あたかも、その柔らかいちっぽけな幼児の手の感触が、彼の故郷を偲ぶ広い胸を、甘露で満たし続けるかのように。

それを見て、私の目には涙が溢れてきた。その刹那、彼がカーブルから来た一人の物売りで私がベンガルの名家の出身であることは、頭から消し飛んでいた——その時はじめてわかったのだ、私もまた、彼がそうであるところのものそのもの、彼も父親であり、私もまた父親であることを。山の家に住む、彼のちっぽけなパールヴァティー女神のその手拓は、私のかけがえのないミニのことを思い起こさせた。私はすぐさま、彼女を奥の区画《オントップル》から呼び寄せた。奥の区画《オントップル》からは、強い反対が巻き起こった。だが私は、一切耳を傾けなかった。赤い絹のサリーをまとい、額を聖なる白檀《びゃくだん》の紋様で飾り、すっかり花嫁支度を調えたミニが、恥じらいを浮かべたまま私の傍に来て立った。

彼女を見て、カーブルの男は、最初すっかりまごつき、昔のようにその場を盛りあげることができなかった。ようやく笑みを浮かべると言った、「じょーんちゃん、舅のおうち《ショシュル＝バリ》に、行くの?」

ミニは、今は「舅のおうち《ショシュル＝バリ》」の意味がわかる。今はもう、昔のように答えることはできない。ラフマトの質問を聞くと、恥ずかしさに赧《あか》らんだ顔を横に向けて、佇《た》ちつくしたままだった。私には、カーブルの男とミニが最初に出逢った日のことが蘇《よみがえ》った。何とも言えぬ痛みに、胸が疼いた。

ミニが立ち去ると、ラフマトは、深いため息を一つついて、地べたにすわり込んだ。不意にはっきりと悟ったのだ——彼の娘もこの間、このように成長したこと、彼の娘との間にもまた、新たな関係を築かなければならないことを。昔のままの彼女に会うことは、もはや望めないのだということを。そもそも、この八年の間に彼女がどうなったかさえ、いったい、誰が知ろうというのか。秋の朝の心地よい陽光の中、シャーナイの音は鳴り続ける。ラフマトは、カルカッタのとある路地にすわったまま、アフガニスタンの沙漠の、とある山の光景を見つめ続ける。

私は、一枚の小切手を取り出してラフマトに与えた。そして言った、「ラフマト、故郷の娘のところに帰るがいい。おまえたちの再会の喜びが、私のミニに、どうか祝福をもたらしてくれるように」

この施しのために、結婚費用の中から、祝典を華やかにするための品目を二、三削らなければならなくなった。電気の明かりを思ったほど派手に照らすことはできず、軍楽隊[16]を呼ぶこともなく、奥の区画《オントップル》では、女たちがやる方ない不満をぶちまけ続けた。だが、吉祥の光に照らされて、私の祝祭は輝きわたったのだった。

16　ウィリアム要塞で定期的に演奏する、イギリス人の軍楽隊。裕福な家の祝典などに雇われて演奏した。

処罰

শাস্তি

一

ドゥキラム・ルイとチダム・ルイの二人兄弟が、朝、鎌を手に日雇い労働に出かけた時、彼らの二人の妻の間では叫び合い罵り合いが続いていた。だが、自然界の他のさまざまなお決まりの騒音と同じく、この騒がしい口論にも、隣近所の住民は慣れてしまっていた。彼らのキイキイ声が耳に入っただけで、人々は、「ほら始まった」と言い交わす。つまり、まさしく予期した通りのことが起きたので、今日もまた、自然の法則からの逸脱は一切なかった。朝、東から日が昇っても誰もその理由を問い質さないように、このクリ出自《ジャーティ》[1]一家で二人の妻の間に騒ぎが起きても、誰ひとりその原因を探ることに関心を唆《そそ》られはしない。

無論この罵り合いが、近所の人より二人の夫のほうにより差し障りがあったのは間違いないが、それを彼らは、決して不都合の一つに数えることはなかった。彼ら二人兄弟は、長い人生の道のりを同じ一頭立て馬車に乗って進んでいて、そのバネのない両輪がジャラジャラガラガラ転がる

1 「クリ」(B)は、ヒンドゥー最下層の出自集団《ジャーティ》。生業等の詳細は不明。後の描写にあるように、この一家は、日雇い労働と借地の農耕とで生計を立てている。

音を、人生行路につきものの決まり事の一つと捉えていた。
むしろ家に何の音も聞こえず、すべてがひっそり静まり返っている日にこそ、常軌を逸した反乱が迫っているのではないかとの懸念に襲われた。そんな日は、いつ何が起きるか、誰も確かなことは言えなかったのだ。

我々のこの物語の出来事が始まった日、日が暮れる直前に、二人の兄弟が日雇い仕事を終え、疲れ果てた身体を引きずって帰宅した時、家の中は不気味に静まり返っていた。

外も重苦しい空気で覆われていた。真昼時に一度、かなりの雨が降り注いだ。四囲にはまだ雲が垂れ込めている。風が吹く気配はまるでない。雨季になって、家の周りには雑木と雑草の茂みが茫茫とはびこり、そうした茂みや水に浸ったジュート畑から広がる湿った草木の濃い匂いの靄《もや》が、不動の壁のように四囲にたちこめている。牛舎の背後の水溜まりの中からは蛙の鳴き声が聞こえ、蟋蟀《こおろぎ》のすだきが夕暮れ空の静寂をすっかり覆いつくしている。

ほど近くでは雨季のパドマ河が、新たな雲の影の下で無気味に静まり返り、恐ろしい形相を呈して漂い流れている。それは田畑のほとんどを削り取り、人家のすぐ傍にまで達していた。その上、削られた河縁にはマンゴーやパラミツ[2]の木の根まで二、三露出していたが、それはまるで、掌から伸ばされた何本かの指が何とか最後の支えに縋りつこうとして、虚空の中をなすすべもなく探りもとめているかのようだった。

ドゥキラムとチダムは、その日、地主の事務所に働きに行った。向こう岸の河洲では水稲が稔っていた。雨で河洲ごと押し流されてしまう前に稲を収穫するため、この地方の貧乏人は誰しも、自分の田に行くか、他人の田の刈り入れ仕事にたずさわっていた。それなのに地主事務所から使いが来て、この二人兄弟だけを力尽くで引き連れて行ったのだ。事務所の屋根の所々から雨漏りがしているのを塞ぐのと、家の中に雨が降り込むのを遮るための覆いをいくつか作るのに、丸一日を費やした。家に戻る暇はなく、事務所が出してきた軽食を少し口に入れただけだった。合間合間に雨にも濡れざるを得なかった――報酬も十分でなく、しかもそれに代わって聞かなければならなかった不当な罵詈雑言《ばりぞうごん》の数々は、報酬の量をはるかに上回っていた。

兄弟が、道の泥と水を掻き分け夕暮れ時に帰宅して見ると、弟の妻のチョンドラが、サリーの裾を広げ黙りこくったまま地べたにべったりすわっている――この曇り日と同様、彼女も昼ひな

2　「カンタル」(B)。高さ一五～二〇メートルの常緑高木。一〇～二〇キロにもなる巨大なズダ袋のような実を、幹から直接ぶら下げる。

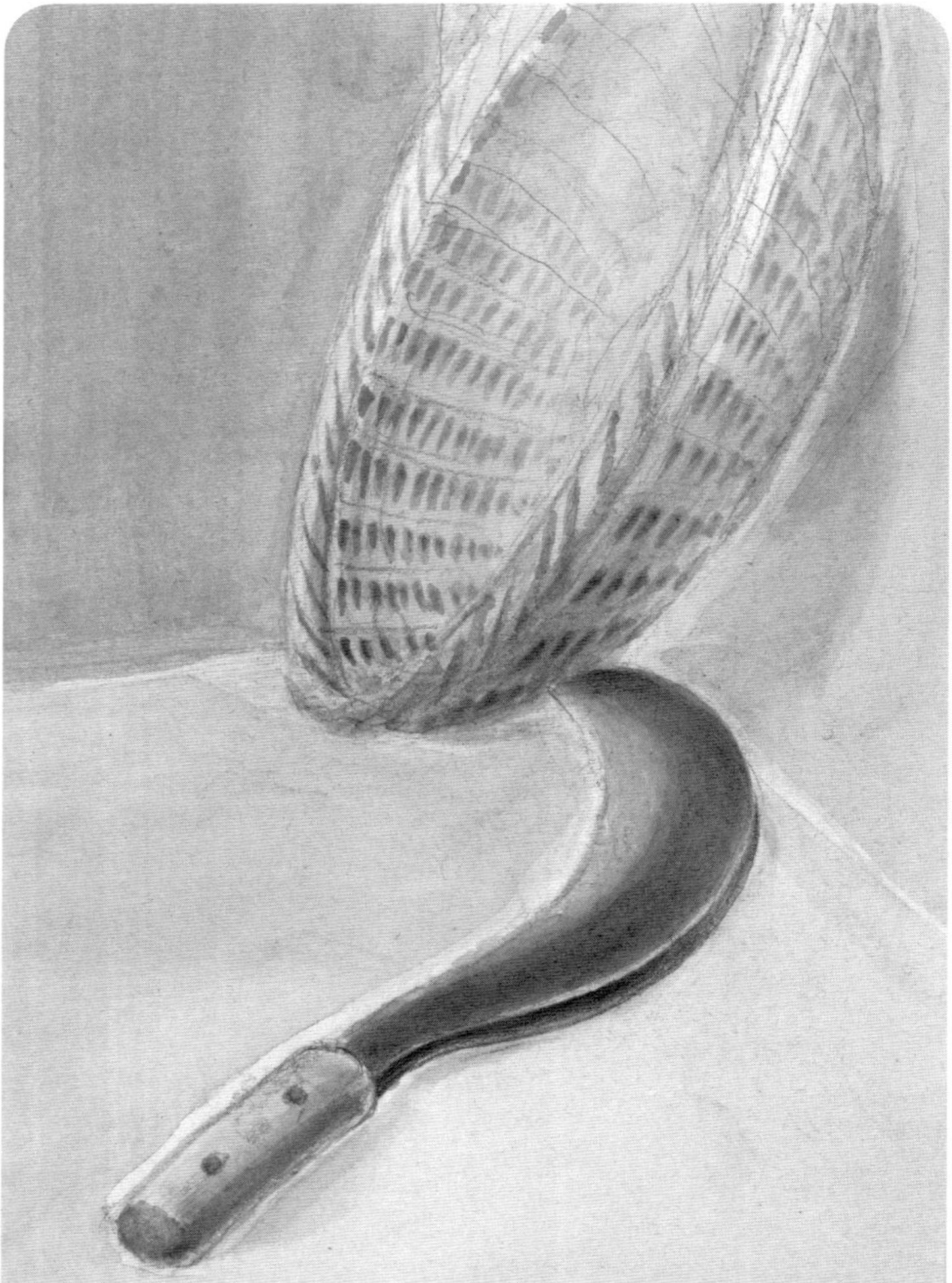

かに大量の涙の雨を降り注ぎ、夕方近くなってそれが止んで、いまや重苦しい沈黙に沈んでいる。
いっぽう、兄の妻のラダは、顔を凄まじくして縁側にすわっていた。彼女の一歳半の幼い息子はそれまで泣いていたのだが、二人兄弟が家に入った時には、裸のまま中庭の片隅にうつ伏せになり眠っているのが目に留まった。

腹を空かせたドゥキラムは何の前置きもなく言った、「おい、飯だ」

兄の妻は、火薬の袋に火花が飛び散ったかのように、瞬く間に鋭い声を空まで響かんばかりに爆発させた、「あんたにやる飯が、どこにあるの？　あんた、米を置いていってくれて？　自分で稼いで持って来い[3]、ってわけ？」

終日の疲労と屈辱の後、食べ物も喜びもない暗闇の家の中を燃えさかる飢餓の炎、妻の荒《すさ》んだ言葉、とりわけ最後の言い回しに潜む嫌らしい当てつけが、ドゥキラムにとって、不意にどうにも耐え難いものとなった。怒り狂った虎のような重い唸り声を上げ「何だと！」と言い放つと、間髪を入れず鎌を手に取り、前後の見境なくいきなり妻の頭にめり込ませた。妻のラダは弟の妻チョンドラの膝元に転げ落ち、直ちに死を迎えた。

3　「自分で稼ぐ」は、この階層の女性の場合、男に身体を売って稼ぐことを意味する。

チョンドラはサリーを血まみれにして、「どうしたのよう！」と叫び声をあげた。チダムはその口を押さえつけた。ドゥキラムは鎌を投げ出し顔に手をやり、呆然と我を忘れて地べたにへたりこんだ。子供は目を覚まし、恐怖のあまり叫び声を上げて泣き始めた。

外の世界は、その時平穏が覆いつくしていた。牛飼いの少年は牛を引き連れて村に戻りつつあった。向こう岸の河洲に稔ったばかりの稲を刈りに行った村人たちは、数人ずつ分かれて小舟に乗り込み、こちら岸に戻って来ると、ほとんど皆、労働の代価として得た二、三束の稲を頭に、それぞれの家に帰り着いていた。

チョクロボルティ家のラムロチョン伯父《クロ》[4]は、村の郵便局に手紙を出したあと家に戻り、すっかりくつろいで、無言のままタバコをふかしていた。そんな時、随意小作人《コルファ》[5]ドゥキの借地料の未払い分がまだかなりたまっていて、今日そのいくらかを返す約束をしていたのを、急に思い出した。今頃はもう、帰宅しているに違いない。ショールを肩にまとい、傘を手に家を出た。

クリ出自《ジャーティ》一家の敷地に入るや、彼の身体は総毛立った。家には灯りが点されていない。闇に沈む縁側に、二、三の暗い人影がぼんやりと目に映る。縁側の片隅からは、間をおいて不明瞭な泣き声が溢れ出る——そして幼児が「母さん《マー》、母さん《マー》」と泣き叫ぼうとすると、その度にチダムがその口を押さえつける。

ラムロチョン・チョクロボルティはおそるおそる尋ねた、「ドゥキ、いるのか?」

ドゥキはそれまで石像のように不動のまますわっていたが、彼の名前が呼ばれたのを聞くと、まるで頑是《がんぜ》無い子供のようにわっと泣き崩れた。

チダムはあわてて縁側から中庭に下り、チョクロボルティに近づいた。チョクロボルティは尋ねた、「性悪女《マギ》どもが、口喧嘩のあげく、おとなしくなったというわけか? 今日は一日中、叫び声が聞こえていたぞ」

この時までチダムは、どうしたらいいか、まったく途方に暮れていた。さまざまの有り得ない物語が頭の中に浮かんできた。とりあえず、夜がもう少し更けたら死骸をどこかに隠そう、と決めていた。その前にチョクロボルティが現れようとは、思いだにしなかった。即座にうまい答が思いつかず、言葉が先に口をついて出た、「へえ、今日は大喧嘩だったんで」

---

4 血縁関係における伯父ではなく、村社会における目上の存在への呼称。「チョクロボルティ」はバラモン姓。

5 裕福な農民の土地を借りて耕す小作人《ライオット》。

チョクロボルティは、縁側の方へ歩み寄ろうとしながら言った、「だがな、それなら何で、ドゥキが泣くんだ？」

チダムは、もう助からないものと観念した。不意に口走った、「喧嘩の末に、俺のかかあが兄貴のかかあの頭に、鎌で一発、見舞っちまったんで」

目の前の窮地以外に他の窮地があり得るとは、簡単には思えないものである。チダムのその時の思いは、「恐ろしい真実からどうやって逃れられるか」だった。嘘がそれよりも恐ろしい結果をもたらし得るという認識には、思い至らなかった。チョクロボルティの問いを耳にした瞬間、すぐさま自分の頭に答が浮かび、それがそのまま口をついて出た。

チョクロボルティは竦《すく》みあがって言った、「ええ？　何だと！　死んだんじゃないだろうな？」

チダムは答えた、「死んじまったんで」——こう言うと、チョクロボルティの足に縋《すが》りついた。

チョクロボルティには、もはや逃れるすべがなかった。心の中では、「おお、ラーマ神よ、どうかご加護を！　この不吉な夕暮れ時に、何と言う面倒に巻き込まれちまったことか。これから、明けても暮れても、裁判で証人台に立たねばならんぞ」

チダムは、どうあっても縋りついた手を離そうとしなかった。「兄様《ダダ＝タクル》[6]、俺のかかあを助けるには、いったいどうしたらいいんで？」

ラムロチョン・チョクロボルティは、裁判沙汰については村一番の助言役だった。彼は少し考えてから言った、「いいか、ひとつ道がある。今すぐ警察署に走って行くんだ――そしてこう言うんだ、おまえの兄のドゥキが、夕暮れ時に家に戻って飯を求めたが、その用意ができていなかったので、妻の頭に鎌を打ち込んだのだ、と。こう言えば、尼っちょ《チュンリ》が助かることは、請け合いだ」

チダムの喉は涸れてきた。彼は立ちあがると言った、「旦那《タクル》、嫁が死んでもまた嫁は手に入るが、兄貴が縛り首になったら、兄貴は二人と手に入らないんで」　だが自分の妻に罪を着せた時、彼はこうした理屈を考えていたわけではなかった。あわててそうしたにすぎないのだが、いまや心の方がいつの間にか、自分にとって都合のいい理屈と慰めを用意したのだ。

チョクロボルティも、チダムの言葉をもっともだと考えた。彼は言った、「それなら、起きた通りのことを言うんだな。何もかも丸く収めるわけには、いかんて」

こう言うと、チョクロボルティは早々にその場を引き揚げた。そして、噂はあっという間に村中に広がる――クリ出自《ジャーティ》一家のチョンドラが、怒りに任せて義姉の頭に鎌の刃を打ち込んだのだ、と。堰を切って水が流れ込むように警察が入り込み、村の中は騒然となった。罪のある者、ない者、

6　「ダダ」は兄、「タクル」はバラモン男性への尊称。

誰しもが恐ろしい不安に捕われた。

二

拓《ひら》いてしまった道を行くほかはない、とチダムは考えた。チョクロボルティを前に自分の口をついて出た言葉は、村中に伝わってしまった。今となってまた別の何かを言い出したとしたら、いったい何がどうなることやら、自分でもわけがわからなくなっていた。その話は何とかそのまま置いておき、それに辻褄の合う話を他にいろいろでっちあげて妻を助ける以外、方途《ほうと》がないように思われた。

チダムは、妻のチョンドラに、自分で罪をかぶるようにと懇願した。彼女の方はと言えば、雷に打たれたかのように、ただ呆然とするばかりだった。チダムはこう請け合った、「言う通りにしてくれ、何も心配はいらない、おれたちがおまえを助けるから」

請け合ったのはいいが、喉は涸れ、顔は蒼ざめていた。

チョンドラは、歳の頃せいぜい一七、八。ぽっちゃりした丸顔で、中背で身体は引き締まり、健康で力溢れる四肢は素晴らしく均整が取れていて、身体のどこにも、そのしなやかな歩み、しなやかな動きを妨げるものは何もない。一艘の新造の小舟のようだ。小振りで丸々していて赴くままに進み、その接ぎ目のどこも弛むことがない。地上のどんな物事にも、彼女は生き生きした好奇心を示す。隣近所におしゃべりをしに行くのが好きで、水壺《コルシ7》を腰に川辺《ガート8》に往き来する時には、顔を覆うサリーの裾に二本の指で小さな隙間を作り、活発に輝く漆黒の両の目で、途次の見るに値するもの、すべてを見てとる。

兄の妻は、これとは正反対である。手がつけられないほど粗雑で、だらだらと締まりがない。頭を隠すサリーの裾、腰に抱く赤子、家事万端の何ひとつ、彼女はまともに処理できない。これといった仕事もないのに、片時も手を放す暇がない、と言わんばかりだ。弟の妻は彼女に対し言を費やすことはせず、棘のある言葉を二、三小声で浴びせて噛みつくだけだったが、その度に彼女

7　「コルシ」（B）は、土製または真鍮製の丸い胴体を持つ壺。村の女性たちは、毎朝ガートを訪れ、飲用・料理用の水を汲み、家に運ぶ。

8　「ガート」（B）は、川辺や池の縁にある、水汲み・沐浴・洗濯などのための公共の場所。大きな川では、川に下りる石の階段がある。石段を持つ舟着場や、村外れの焼き場の死者の灰を流す川辺も、ガートと呼ばれる。農村生活に欠くことのできない交流の場であり、村の内の世界と外の世界を繋ぐ接点でもある。

は火がついたように泣き叫び、怒りに任せて喚き声をあげ、隣近所を騒ぎに巻き込んだ。

この二組は、夫婦の間にも驚くべき性格の一致があった。ドゥキラムという人間はやや大柄で――とても骨太で鼻は短く、その両眼は目の前にある世界をよく理解できないようなのだが、それに対し問いを投げかけることを、まるでしたがらない。こんなに無害でありながら獰猛《どうもう》で、こんなに力溢れていながら無力な人間は、滅多にいない。

いっぽうチダムは、キラキラ光る一個の黒い石を、誰かが念入りに彫り刻んで彫像に仕立てあげたかのようだった。ほんのわずかも余分なところがなく、どこにも凹みひとつ見出せない。四肢のどれもが、力と技をないまぜにした、非の打ち所のない完璧さを体現していた。河岸の高みから水に跳び込もうと、流れに棹差して舟を操ろうと、あるいは竹の幹によじ登り選《よ》った小枝を何本も切って持ちきたろうと、どんな仕事にも彼は、ある種の計算しつくした均整、衒《てら》いのない魅力を見せる。豊かな黒髪に油をつけて額から丁寧に梳《す》き調《ととの》え、それを肩まで伸ばしていた――ふだんの身なり着付けにも、それ相応に気を配っている。

村の他の女たちの美しさに目を向けないわけではなく、また女たちの目に自分の姿を魅力的に見せたいという気持ちも十二分にあるのだが――それでも、チダムの自分の若妻に対する愛情には、かなり特別のものがあった。二人はよく口喧嘩したがすぐに仲直りし、相手を本気でやり込めることはなかった。さらにもう一つの要因が、二人の結びつきをより強固にするのに与《あずか》っていた。チダムは、チョンドラの移り気で落ち着きのない性格を見て、彼女に過度の信を置くことはできないと感じていた。またチョンドラはチョンドラで、夫はいつも周りをきょろきょろ見回している、少し手綱を引き締めておかないといつ自分の手を離れてしまうかわからない、と感じていたのだ。

この出来事が起きるしばらく前から、夫婦の間には相当に深刻な諍《いさか》いが続いていた。チョンドラは、夫が仕事を口実に時々遠出し、時には二、三日どこか外で過ごしてくるくせに、何も稼ぎを持ち帰らないのに気づいた。この不吉な徴候を見て取って、彼女の方もやや出過ぎた行動に打って出た。時を選ばず川辺《ガート》に通い始めたばかりか、隣近所をうろつき回っては、カシ・モジュムダル[9]の次男の話を際限もなく持ち出す。

チダムは、日夜、誰かに毒を盛り込まれているかのように感じた。どんな仕事にも、一瞬たりとも心を注ぐことができない。ある日、彼は兄嫁のところに行くと、自分の妻についての不満をぶちまけた。兄嫁は、手を振りかざし声を荒げ、弟嫁のもうこの世にない父親に当てつけながら、「あ

---

9 「モジュムダル」は、典型的なカヨスト（書記階級）姓。

の女の手が早いことときたら、嵐も顔負けだわ！　この私に、どうしろと言うの？　きっといつか、とんでもないことを仕出かすに決まっているわ」

チョンドラは、隣室から入ってくると落ち着き払って言った、「あら義姉《ねえ》さん、何でそんなに私を怖がるのかしら」[10]——これで火がつき、二人の妻の間に大喧嘩が始まった。

チダムは目を怒らせて言った、「今度もし、おまえが一人で川辺《ガート》に行ったと聞くようなことがあれば、おまえの骨を粉々にしてやるからな」

チョンドラは答える、「そうしてくれたら、骨が休まるってもんだわ」——こう言うと、すぐさま外出する構えを見せた。

チダムは彼女に一跳びに跳びかかると、髪をつかみ引きずって部屋に押し込め、外から扉を閉ざした。

夕暮れ時、仕事場から戻って見ると、家の中は空っぽで誰もいない。チョンドラは三つの村を跨ぎ越して、まっすぐ彼女の母方の伯父の家に赴いたのだ。

チダムはさんざん拝み倒した末、やっとのことでそこから彼女を家に連れ戻した。今度ばかりは降参せざるを得なかった。一掬《きく》の水銀を両掌のうちにこぼさずに置くことが無理なように、この妻という一見ちっぽけな存在も、しかと掌中にとどめ置くのは不可能だと悟った——どうやっても十指の間からこぼれ落ちてしまう。

以後無理強いすることはなくなった代わり、針の筵《むしろ》の生活となった。この落ち着きない若妻を愛するあまり、その行動にいつもびくびくせねばならず、張り詰めた心は鋭い針で刺されたような痛みに疼いた。時には、この女が死んでしまえばおれも少しは心の安らぎが得られるのに、とさえ思った。人間は、死神ヤマに対しては、人間に対するほどの嫉妬を抱かないものだ。

まさにこんな時に、家にこの危機が訪れた。

夫が殺人の罪を背負うよう懇願した時、チョンドラは凍りつき、目を見開いたままだった。その黒い両の眸は、黒い炎さながら、無言のうちに夫を焼き続けた。身も心もすべてが次第に縮み込み、夫という人喰い鬼の手からすり抜けようとしているかのようだった。全身全霊、まったき嫌悪に覆いつくされた。

「おまえは何も怖れなくていい」とチダムは請け合い、警察や行政官《マジストレート》11に対し何と言うべきか、

10　自分の夫にまで手を出しかねないと怖れているのではないか、とのあてこすり。
11　英領政府の下で、ベンガル州各県の最高責任者として任命された。それぞれの県の司法・行政を執りしきる。ほとんどの場合、イギリス人がその地位についた。

繰り返し指示を与えた。チョンドラはそうした長々しい説明には一切耳を貸さず、木偶《でく》のようにその場にすわっていた。

ドゥキラムは、何事においてもチダムだけが頼りである。チダムがチョンドラに罪を着せるよう言った時、ドゥキは尋ねた、「それじゃあ、おまえのかかあは、いったいどうなるんだ？」

チダムは答えた、「あいつは、俺が助けるから」

巨体のドゥキラムは、その言葉に心を休めた。

三

チダムは妻にこう指示した――「おまえはこう言うんだ、義姉《ねえ》さんが包丁《ボンティ》[12]を持って襲ってきたので、私が鎌でもって身を守ろうとしたら、急に、どうした訳か、それが当たってしまったのです、と」

何もかもがラムロチョン・チョクロボルティの作り言である。この話に辻褄が合うように、どのように言い訳し、どのような証拠を見せる必要があるかも、彼は詳しくチダムに刷り込んだ。

警察が来て取り調べを始めた。他ならぬチョンドラこそその義姉を殺した張本人だという思い込みが、村の誰の頭にも根を張っていた。証人は誰もがそのように証言した。警察が尋問した時、チョンドラは答えた、「ええ、私が殺《や》ったんです」

「どうして殺《や》ったんだ？」

「義姉《ねえ》さんに、我慢ならなかったんです」

「言い合いになったのか？」

「いいえ」

「義姉が最初におまえを殴ろうとしたのか？」

「いいえ」

「義姉がおまえを酷い目に合わせたのか？」

「いいえ」

この答弁を聞いて、誰もが唖然とした。

チダムがあわてふためいたのは言うまでもない。彼は口を挟んだ、「妻の説明はおかしいんで。

12　「ボンティ」（B）は、木製の台の上に垂直に据えられた、湾曲した刃をもつ包丁。野菜、肉、魚などを押し当てて刻む。

兄貴のかかあが最初に――」

警部補は一喝して彼を黙らせた。しまいには手順を踏んで事細かに彼女を問い質したが、繰り返し同じ答が返ってきた――義姉が、いかなる形でも手出ししたことを、チョンドラは決して認めようとしなかった。

こんなに強情な女は、そうそう見られるものではない。ひたすら絞首台に向かって全身全霊を傾け、他の方は見向きもしない。どうやっても、思いとどまらせることができないのだ。まったく、何と言う自尊心《アビマーナ》[13]だろう。チョンドラは心の中で、夫に向かってこう言っていたのだ、「私はあなたを捨て、この初々しい青春のまま絞首台に花環を捧げ、それを人生の伴侶として迎えることにしたの。私の今生の最後の絆は、絞首台とともにあるのだわ」

捕縛されたチョンドラという名の、一人の無害で取るに足りぬ、移り気で好奇心旺盛な村の主婦が、馴染み深い村の道を通り、山車《だし》が曳かれる広場を経て、市の中を、川辺《ガート》への道を、モジュムダル家の前を、郵便局と学校の建物の横を、顔見知りたち誰もの眼に晒されながら、罪の烙印を背負ったまま永遠に家を後にして去って行く。子供たちの一群がその後を追った――そして村の女たち、彼女と親友の契りを交わした女たちの、ある者は顔を覆うサリーの隙間から、ある者は家の扉の蔭から、ある者は木蔭に立って、警察にしょっ引かれるチョンドラを見ながら、恥と嫌悪と恐怖に身の毛もよだつ思いをしたのだった。

副行政官[14]の下でも、チョンドラは罪を認めた。そしてまたしても、殺害に際し義姉が彼女に手出ししたことを、決して認めなかった。

だが、その日証人として喚ばれたチダムは、証人台に立つとわっと泣き崩れ、手を擦り合わせて言った、「旦那、誓って申しあげますが、かかあには何の罪もないんです」副行政官は、どやしつけて彼の昂奮を鎮めると、尋問を開始した。彼は実際に起きたことを、逐一供述した。副行政官は、彼の供述を信じなかった。なぜなら、最も信頼がおける良家の証人ラムロチョン・チョクロボルティがこう言ったからである——「殺害があったすぐ後に、私は現場に居合わせました。チダム証人は私にすべてを打ち明け、私の足に縋りついて言いました、妻をどうやって助

13 「アビマーナ」(S、H)、「オビマン」(B)。特に女性が、愛する相手が自分を顧みようとしない時、その相手に対して見せつける、嫉妬・怒りなどを込めた態度ないし行動。ラーダー=クリシュナ神話では、自分を顧みないクリシュナに対してラーダーが見せるアビマーナが、重要な部分を占める。

14 行政官(註11)とともに、各県の司法・行政を執りしきる。

けたらいいか、教えてください、と。私は何の指示も与えませんでした。証人は私に言いました、もし私が、兄が飯を出せと言ったのに出さなかったので逆上して、自分の妻を殺したのだと言えば、私の妻は助かるでしょうか？　と。私は言いました、この恥知らず、よく聞けよ。法廷では、一言たりとも嘘を言うんじゃない——これ以上の大罪は、他にないからな！」云々。

ラムロチョンは、最初はチョンドラを救う目的で作り話をいろいろ考えたのだが、チョンドラが臍を曲げたのを見て、こう思った——「おやおや、この調子だと、しまいには、俺まで偽証罪に問われかねないぞ。知っていることだけを言うのが御の字、ってとこだ」こう考えて、彼は自分が知っていることをそのまま供述したばかりか、それ以上踏み込むことすら辞さなかった。

副行政官は、裁判の開始を宣言した。

こうしている内にも、農作業、市での売買、人びとの笑いに涙——地上界のすべての出来事は、滞《とどこお》りなく進んでいた。そして事件が起きた二年前と同様、新たな稲が稔った田には、スラボン月[15]の雨が止むことなく降り注いでいた。

警察は、刑事裁判の法廷に、被告と証人を引き連れて来た。いっぽう、その正面にある民事裁判の法廷は山のような人だかりで、誰もが自分の裁判の順番を待っている。料理場の後ろにある一つの池の領分をめぐる裁判で、カルカッタからある弁護士が訪れ、告訴人側からは三九人の証人がやって来た。いったい何人の人間が、自分の領分をめぐる髪の毛ほどの違いの決着をつけるために、躍起になっていることか。彼らにとっては、この世にはさしあたり、それにも増して重要なことは何一つないのだ。チダムは、窓から、このまことに忙《せわ》しい地上界の日々の動きを、一心に見つめていた。何もかもが夢のように思われた。構内の巨大なバンヤン樹からに、一羽のオニカッコウ[16]の囀《さえず》りが聞こえてくる――鳥たちには裁判所などというものは存在しない。

チョンドラは裁判官に言った、「裁判官の旦那、同じことを、繰り返し繰り返し、いったいあと何度、言わなきゃならないんです？」

裁判官は彼女を諭《さと》して言う、「おまえが犯したと認めている罪の刑罰が何か、わかっているのか？」

「いいえ」

---

15 西暦七月半ば〜八月半ば。雨季の、最も雨が多い季節。

16 「コキル」（B）、サンスクリット読み「コーキラ鳥」。カッコウ科の鳥。甘美な声で鳴くことで知られ、春の艶かしさを象徴する鳥として、インドの古典文学や口頭伝承に頻出する。

「絞首刑だ」

「ああ、白人の旦那《サヘブ》、お願いですから、さっさと判決を下してください。旦那方のお好きなように。私は、もうこれ以上、我慢できないんです」

チダムが法廷に喚《よ》ばれた時、チョンドラは顔を背けた。裁判官は言った、「証人の方を見て答えなさい、この男は、おまえの何に当たるか」

チョンドラは、両掌で顔を覆い隠して言った、「私の夫です」

「この男は、おまえを愛しているのではなかったか？」

答：まったく！　とても愛しているようですわ。

問：おまえは、この男を愛しているのではなかったか？

答：大変、愛しておりますわ。

チダムに尋問した時、彼は答えた、「俺が殺《や》りました」

問：なぜだ？

チダム：飯を出せと行ったのに、義姉がそうしなかったからです。

ドゥキラムは証人尋問の時、気を失った。意識が戻った後答えた、「旦那《サヘブ》、俺が殺ったんです」

「なぜだ？」

「飯を出せと言ったのに、出さなかったからです」

順を追って事細かな尋問を繰り返し、さまざまな証言を聞いた後で、裁判官ははっきりと理解した――絞首刑に処される恥辱から家の女を救うために、この二人の兄弟は自分たちで罪を被《かぶ》ろうとしているのだ、と。だがチョンドラはと言えば、警察に最初に尋問された時から法廷尋問の今日に至るまで、一貫して同じ答を繰り返してきた。彼女の供述はこれっぽっちも揺らぐことがなかった。二人の弁護士が躍起となり、彼女を死刑から救うため四方八方手を尽くしたが、彼女の堅い意思の前に、ついには敗北を認めざるを得なかった。

ほんの幼い頃、色黒のふっくらした顔立ちの小柄な娘が一人、おもちゃの人形を後に自分の家から舅の家へ嫁いで来た時、そのめでたい婚礼の夜に、いったい誰が、この日のようなことになろうと想像できただろうか。彼女の父親は、こう言って安らかにこの世を去ったのだ――「ともかくにも、可愛い娘にいい嫁ぎ先を見つけることができた」

絞首刑に処される前に、情け深い主席医務官《シヴィル・サージャン》[17]は、チョンドラにこう尋ねた、「なお誰か、会いた

17　政府に任命された、県の医療サービスの最高責任者。

い人がいるかね？」
チョンドラは言った、「母に一目会いたいです」
医務官は言った、「おまえの夫が会いたがっている。ここに呼ぼうか？」
チョンドラは答えた、「まっぴら御免ですわ！――」

完結

সমাপ্তি

一

オプルボクリシュノは、学位認定試験に合格して、カルカッタから故郷の村に帰るところだった。ちっぽけな川である。雨季が終わるとほとんど干上がってしまう。だが、今はまだスラボン月[1]の終わり、水に溢れかえり、村境の柵や竹藪の根元にまで口づにを浴びせながら流れ過ぎて行く。長いことひっきりなしに降り続いた雨の後、雲から解き放れた空に、今日は太陽が顔を覗かせている。

小舟にすわるオプルボクリシュの胸の中に描かれた一幅の絵を、覗き見ることができたとしたら、この若者の心の川が、そこでもまた、新たに降り注いだ雨水を両岸の縁まで漲《みなぎ》らせ、陽光にキラキラ輝き、風にチャプチャプ音を立てているのが見てとれたことだろう。

舟は目指す舟着場《ガート》に漕ぎつけた。川岸からは、オプルボの家の煉瓦造りの屋上が、木々の間に見え隠れしている。家の誰もオプルボの到来を知らされていなかったので、舟着場《ガート》には迎えが来ていなかった。船頭がカバンを取ろうとすると、オプルボは遮り、自分の手にそれを携え、浮き

1　西暦七月半ば〜八月半ば。雨季の、最も雨が多い季節。

浮きしながら急いで舟を下りた。

下りた途端、泥濘《ぬかるみ》に足を取られ、カバンごと泥の中に転げ込んだ。転げた刹那、どこからか甘い笑い声の揺らめく小波《さざなみ》が高らかに湧き起こり、近くのインド菩提樹に留まる鳥たちを驚かせた。オプルボは、恥ずかしさに顔を赧らめながら素早く身を立て直し、あたりを見回した。岸辺には金貸し商人の舟が運んできた新しい煉瓦が山のように積まれていて、その上に腰を下ろした一人の少女が、笑いが止まらず、今にも転げ落ちそうになっているのが目に留まった。

見覚えがあった。彼らの家の新たな隣人の娘、ムリヌモイである。遠くの大河の縁に家があったのが、その家が河水に削り取られてしまったため故郷を離れ、二、三年前にこの村に来て住むようになったのだ。

この娘の悪評は、あちらこちらで耳に入る。村の男たちは、彼女を愛情をこめて「気狂い娘《パグリ》」と呼ぶが、村の主婦たちにとって、この娘の手に負えない性格は、いつも変わらぬ頭痛の種、怯えと不安の原因である。遊び相手はもっぱら村の男の子たち。同年齢の女の子には、まったく見向きもしない。子供たちにとって、彼女は、彼らの王国を襲撃するちっぽけなポルトガル人盗賊[2]、と言ってもいいだろう。

父親がすっかり甘やかした結果なのだ、こんな手に負えないじゃじゃ馬に育ったのは。ムリヌモイの母親は、知り合いとの間でこのことが話題になると、自分の夫を容赦なく咎めた。だがそれでも、娘を愛するあまり、その目に涙が浮かぶのを目にすれば、夫はさぞかし胸を痛めるだろう――こう思うと、家を離れて異郷でひとり暮らす夫の手前、どうしても娘を泣かせることができずにいる。

ムリヌモイは色黒だった。短めの縮れ髪が、背のあたりまで伸びていた。顔の表情はまるで男の子のよう。大きく見開かれた黒くつぶらな両の目には、恥じらいもなければ怖れもなく、思わせぶりのかけらすらなかった。長身でぽっちゃりしていて、健康で元気いっぱいだが、歳頃かどうかという問いは誰の胸にも浮かばない――浮かんだとしたら、いまだ娘を嫁がせずにいる両親を非難したことだろう。遠来の地主の舟が村の舟着場《ガート》に漕ぎ寄せることがあると、村人たちはその歓迎のためてんやわんやとなり、舟着場《ガート》に集う女たちの顔という舞台には、サリーの裾の幕が突然鼻先まで引き下ろされる。だがムリヌモイはと言えば、誰かの裸の赤ん坊を腰に抱き、縮れ髪を背中に踊らせながら、どこからともなく舟着場《ガート》に駈けつける。狩人に追われる危惧のない国

2　中世のベンガルは、しばしばポルトガル人盗賊の襲来にあった。子守唄などの俚謡にこの盗賊に対する恐怖が歌われている。

の仔鹿のように、怖れ知らずの好奇心に駆られてそこに佇《た》ちつくし、しげしげと観察を続け、終いには自分の男の子仲間のところに戻ると、この新来の生き物がどんな様子でどんなふうに振舞うか、さまざまな尾鰭をつけて物語った。

我がオプルボは、以前、休暇で家に戻ってきた時、この勝手気ままな少女を何度か目にしたことがあり、暇な折には――あるいは暇がない時でさえも――彼女について、もの思いに耽ったものだった。この地上世界で目にする顔は数多《あまた》あるが、中には稀に、ひたすらまっすぐ心の中に飛び込んでくる顔がある。単なる美しさのためだけではない、何か別の美徳があるのだ。おそらくそれは、「透明さ」だろう。ほとんどの場合、人間の本性は、その顔の中に、自らを完全な形で開陳することはできない。自分の心の穴倉の中に住んでいる、あの謎に満ちた「人」[3]が、何の妨げもなく姿を現す――そのような顔は、何千もの顔の中にあっても目に留まり、一瞬にして胸に刻まれる。この少女の表情や眼差しの中には、無鉄砲で抑え難い女性の本性が、解き放たれて駆けずり回る野生の鹿のように、絶えず姿を現し戯れる。そういうわけで、この生命力に湧きかえる顔は、一度目にすると容易に忘れることができない。

いまさら言うまでもなかろうが、ムリヌモイの好奇心に満ちた笑い声がいかに甘く響こうとも、それは不運なオプルボに、少々の苦痛をもたらさずにはおかなかった。あわてて船頭の手にカバンを預けると、彼は顔を赧らめながら、急ぎ足で家を目指して歩き始めた。

書割《かきわり》はまったく申し分なかった。川の岸辺、木々の蔭、鳥の歌、朝の陽光、二〇歳《はたち》という年齢。煉瓦の山は、無論さして魅力的とは言い難いが、その乾いてコチコチの座にすわっていた人間の方は、あたりに心和ませる美をふり撒いていた。ああそれなのに、こんなにうってつけの舞台に足を踏み入れた途端、すべての詩的な美が喜劇に姿を変えてしまう——運命のこれに勝る冷酷な仕打ちが、いったいどこにあろう！

二

煉瓦の山の頂から流れくる笑い声を聞きながら、泥まみれのショール、カバンとともに、オプルボは木蔭を通って家に姿を現した。

息子の不意の帰還に、寡暮《やもめ》らしの母親は、感極まった。すぐさま、使いの者が、キール[4]、ヨー

3 民間の密教《タントラ》修行者であるバウル・フォキルの歌によく歌われる、「心の人」への言及。身体の中に住む、人間の神秘的な本質を指す。解説参照。

4 乳を沸騰させ、その上澄みを掬い取ったもの。家で甘菓子を作る材料。

グルト、インド鯉《ルイ》[5]を求めて駆けずり回り、隣近所の住人たちまでその騒ぎに巻き込んだ。

食事が始まると、母親はオプルボに結婚話を持ち出した。オプルボには心の準備があった。なぜなら、この話はずっと前からあったのだが、息子の方が新時代の新しい決まり文句を唱えて、こう言い張ったのである——「大学を卒業するまでは、結婚しないからね」そういうわけで、母親はずっとこの日を待ち侘びていた。今となっては、もはやどんな言い訳も通用しない。オプルボは言う、「まず相手を見て、それから決めるからね」母親は言う、「相手はもう、見てあるの、あなたは心配しなくていいのよ」オプルボはこの「心配」を自分に引き受けるつもりだったので、「相手を見ないで結婚するわけにはいかないよ」と言う。母親は、こんな無茶な話、今までどこにも聞いたことがないわ、と思った。だがそれでも、オプルボの言い分を受け入れた。

その夜、オプルボが灯りを消して寝床に就くと、雨夜のすべての音、すべての静寂の彼方から、孤独な不眠の寝床に向けて甘く高らかな笑いが湧き起こり、それは彼の耳の中に延々と響き続けた。心はこう告げて、ひたすら自分を苛《さいな》み続ける——朝のあの足を踏み外した出来事を、何らかの手段を講じて修正する必要がある。娘は知らないのだ——この俺、オプルボクリシュノ様は、たいへんな学識の持ち主で、カルカッタで長いこと過ごしてきたのだ、不運にも足を滑らせて泥まみれになったからと言って、笑い者にされるような、そんじょそこらの田舎者とはわけが違うんだ。

翌日、オプルボは嫁候補に会いに行くことになっていた。相手の家は、オプルボの家からそう離れていない、同じ居住区の中である。少し身を入れて粧《めか》し込んだ。ドーティー[6]とショールの代わりに絹の長衣《チャプカン》と寛衣《ジョッバ》[7]、頭には丸くターバンを巻きつけ、エナメル塗りの靴を履き、絹製の傘を手に、朝方、家を出た。

「舅の家《ショシュル＝バリ》」[8]となるべき家に足を踏み入れるや、大歓迎の嵐が待ち受けていた。そしてそれが一段落すると、今度は怯え慄《おのの》く娘を、身体から埃を払い落とし磨き上げて色を塗りたくり、髷を金箔銀箔で飾り、薄くきらびやかな一枚のサリーに包み込んで、将来の婿の面前に差し出した。部屋の一方の隅に、それは無言のまま、頭をほとんど膝に押しつけてすわっていた。そして中年の

5　「ルイ」(B)、ベンガル人が常食する、鯉科の魚。
6　ドゥティ(B)、インドのヒンドゥー男性の日常の下衣。裾模様のついた長く白い布で両足を巻くように包み、余った裾を畳んで腰や腹に差し込む。
7　チャプカンは膝までだらりと垂れた長衣。ジョッバは胸元の開いた膝までの長さの寛衣で、多くの場合派手な刺繍がついており、チャプカンの上に羽織る。いずれもムガル王朝時代の貴人の衣装に倣った服装。
8　ここでは、婿の目から見た花嫁の実家を指す。

女召使いがひとり、その背後に励ますために控えていた。娘の年端のいかぬ弟が、厚かましくも家族の新たな一員になろうとしている人物のターバン、時計の鎖、生え始めたばかりの口髭を一心に観察していた。オプルボは、しばらく口髭をひねくり回した後、重々しく質問を投げかけた、「何を勉強しているの？」　衣裳と飾りにくまなく覆われた恥じらいの塊からは、何の返答も得られなかった。質問が二、三度繰り返され、中年の女召使いに背後から繰り返し励ますように小突かれて、娘はか細い声で、息も継がず、恐ろしい早口で答えた、「『美しい読本《チャル＝パート》』第二巻、『文法要諦』第一巻、地理概説、算数、インド史」

この時、家の外で、バタバタと忙《せわ》しげな足音がひとつ聞こえたかと思うと、間髪を入れずムリヌモイが、背中に髪を振り乱し息せき切って部屋の中に駆け込んできた。オプルボクリシュノには一瞥もくれず、いきなり娘の弟ラカルの手を取って立たせにかかった。いっぽうラカルは、自分の観察に一心に打ち込んでいて、どうあっても立ち上がろうとしない。女召使いは声を荒立てないよう気を配りながらも、出来る限り厳しくムリヌモイを叱り続ける。オプルボクリシュノは威厳と沈着さを保つのに必死で、ターバンを巻いた頭をそびやかし、腹にあてがった懐中時計の鎖を揺らし続ける。男友達をどうあっても動じさせることができず、ついにはその背中にぴしゃりと平手打ちをかまし、その姉の頭を覆っていたサリーの裾を引き剝がすと、ムリヌモイは一陣の嵐のように部屋から去って行った。女召使いは唸るような呻き声をあげ続け、ラカルは姉の頭が急に剝き出しになったのを見てケラケラ笑い始めた。自分の背中が強く叩かれたことを、彼は不当とは感じなかった。なぜなら、こうして懲罰を下し合うのが、彼らの間では日常茶飯事だったから。こんなことまであった——以前、ムリヌモイの髪は、肩どころか背中の真ん中まで伸びていたのだが、それをある日、ラカルが突然後ろから近づき、髪を結った髷に鋏を入れた。ムリヌモイはその時怒りに駆られ、自分の手に奪い取った鋏で、背中に残った髪を、ザクザク音を立てて容赦なく切り取ってしまった。彼女の縮れ髪の塊は、枝から落ちた黒い葡萄の房の堆《うずたか》い山のように、地面の上にぼたぼた落ち続けた。両者の間では、このように懲罰を下すのが習いだった。

この後、この無言の審査の集いは長くは続かなかった。丸い塊だった娘は何とか身体を再び元の形に伸ばし、女召使いとともに奥の区画《オントップル》9へ去った。いっぽうオプルボは、この上なく重々しい仕草でまだ生え揃っていない口髭をひねくりながら立ち上がり、家から出ようとしたが、扉の傍まで来てみると、新調のエナメル靴が脱ぎ捨てた場所にない。捜し回ったが、どこにも見つ

9　当時の高位ヒンドゥーの家は、女性のみが生活する「奥の区画《オントップル》」と、男性や外来の人が行き来する「外の区画」に分かれていた。

からない。

家人は皆、すっかり狼狽し、こんなことを仕出かした犯人に対し、山のような罵詈雑言《ばりぞうごん》を浴びせ続けた。どうしても見つからず、とうとう仕方なしに、オプルボは、家の主が履き古した、破れてゆるゆるのサンダルを履き、ズボンと長衣《チャプカン》とターバン姿のまま、泥だらけの村道をおそるおそる歩き始めた。

池の際の人気ない道端で、またしても不意に、あの甲高い笑い声の止むことのない響き。あたかも好奇心に満ちた森の女神が、樹々の葉蔭からオプルボのその不釣り合いなサンダルを覗き見て、もうそれ以上、笑いをこらえることができなくなってしまったかのように。

オプルボが豆鉄砲を喰らった鳩のように佇《た》ちつくし、あたふたとあたりを見渡していると、深い森の中から罪深い恥知らず女がひとり現れ、彼の前に新しい靴を左右揃えて並べ、そのまま逃げ去ろうとした。オプルボは素早くその両手をつかみ、彼女を囚われの身にした。

ムリヌモイは身体をくねらせてその手を振り払おうとしたが、逃れることができなかった。縮れ髪に包まれた彼女のふくよかで笑み溢れる悪戯好きの顔の上に、木洩れ陽が差し込んだ。あたかも旅人が、陽光に輝き透明に沸き立つ渓流のほうに身を屈め、その好奇心に満ちた眼差しを注いで水底を見つめ続けるように、オプルボは、生真面目でもの思わしげな眼差しをムリヌモイの上向いた顔に注ぎ、稲妻のような閃光を放つ両の目の中を覗き込んだ。そして、ゆるゆるとつかんでいた拳を緩め、あたかもなすべきことをなし得なかった者のように、囚えていた罪人を解き放ってやった。オプルボが怒りに任せて彼女をつかみ叩いたとしても、ムリヌモイは少しも驚かなかったことだろう。しかし、人気ない道の上でのこの驚くべき無言の懲罰の意味を、彼女はまったく理解することができなかった。

踊る自然の足飾り《ヌプル》[10]の響きのように、笑い声のさざめきが空いっぱいに広がる中を、オプルボクリシュノは思いに沈んだまま、そろそろと足を運び、ようやく家にたどり着いた。

三

オプルボは、さまざまな口実を盾に、奥にいる母親と終日会おうとしなかった。招待があり、外で食事を済ませてきた。オプルボの如き博識で沈着で思慮深い人間が、ひとりの取るに足らぬ

10　「ヌプル」は女性の足首に巻きつける銀の足飾りの総称。子供の足を飾る「モル」に比べるとより複雑な、さまざまな装飾が施され、歩くにつれ音を響かせる。

無学な娘に潰された面目を取り戻し、その娘の前に自分の内なる偉大さの完《まった》き姿を現そうと、なぜかくも躍起になるのか――理解し難いことである。田舎の悪戯盛りの小娘が、彼を取るに足らぬ人間と見なしたところで、それが何だというのか。その娘が、束の間彼を笑いものにしたかと思うとすぐにその存在を忘れ、ラカルという名の無分別で無学な少年と遊びたいという熱意を見せたところで、彼にいったい、何の不都合があろう。そんな娘にどうして証明する必要があろう――彼が『世界の灯』という月刊誌に書評を連載していて、彼のトランクの中には香水・靴・ルビニの樟脳[11]・カラー便箋・『ハルモニアム入門』とともに、びっしり書き込まれた一冊のノートが、夜の子宮の中で曙として生まれくるのを待つ赤子のように、出版されるのを待っている、ということを。だが、心を納得させるのは難しい。この田舎者の無軌道な娘に対し、学士オプルボクリシュノ・ラエ[12]は、どうしても敗北を認めることを肯《がえ》んじない。

夕暮れ時に彼が奥の区画《オントップル》に入ると、母親は訊ねた、「ねえ、オプー、娘はどうだった？　気に入ってくれたでしょうね？」

オプルボは少しドギマギして答えた、「母さん、今まで見た中で、一人だけ気に入った娘《こ》がいるんだ」

母親は驚いて訊ねる、「おまえ、いったい何人、娘を見たと言うんだい？」

さんざんためらった末明らかになったのは、息子が隣家ショロトの娘、ムリヌモイを気に入ったということだった。これだけ読み書きを学んだあげくの果てに、あの娘が我が倅の好みだとは！

初めのうちはオプルボの側にもかなりの恥じらいがあったのだが、母親が強く反対し始めると、その恥じらいはどこかに消し飛んでしまった。彼は怒りに任せて言い放った、「ムリヌモイじゃなかったら、もう誰とも結婚しないからね」もう一人の飾り人形のような娘との生活を想像すればするほど、彼の結婚に対する嫌悪は増すばかりだった。

二、三日の間、双方で意地の張り合い、絶食と不眠が繰り返された後、勝利を収めたのはオプルボだった。母親は自分にこう言い聞かせた――ムリヌモイはまだ小娘で、彼女の母親は娘に相応《ふさわ》しい教育を受けさせる財力がなかったのだ。結婚の後、自分の薫陶《くんとう》を受ければ、その性格も変わるだろう、と。そして次第に、ムリヌモイが美しい顔をしている、とも信じ始めた。だが、そう思った次の瞬間、ムリヌモイの切り刻まれた髪の絵がありありと浮かんできて、彼女の心は失望に満たされ始める。それでも、しっかりと髪を束ねてたっぷり油を塗りつけてやれば、そのうちこの

11　不明。「ルビニ」は会社名か。

12　「ラエ」は、カヨスト（書記階級）姓。

短所も修正できるだろう、と希望を繋ぐのだった。

隣近所の人びとは、オプルボのこの嫁選びに、「前例なき嫁選び《オプルボ》」という渾名《あだな》をつけた。「気狂い《パグリ》ムリヌモイ」を愛する人は少なくなかったが、かと言って、彼女を自分の息子の嫁候補に数える者はいなかった。

　ムリヌモイの父イシャン・モジュムダル[13]には、時を移さず知らせがもたらされた。彼は、とある蒸気船会社の事務員として、遠方の川岸にあるちっぽけな派出所のトタン屋根の粗末な小屋で、荷の積み下ろしとチケット販売のために働いていた。

　愛娘ムリヌモイに対する結婚の申し出を聞いて、彼の両の目からは涙が溢れ出た。その涙の中に、どれだけの悲しみとどれだけの喜びがあったか、それをはかる手立てはない。

　娘の婚姻を理由に、イシャンは本社の白人旦那《サヘブ》に休暇を願い出た。白人旦那《サヘブ》は、その理由をまったく考慮に値しないものとして、願いを却下した。そこで、祭祀《プージャー》[14]の時に一週間の休暇が得られるかもしれないので、それまで結婚式を延期してほしい旨、故郷に手紙を書いた。だが、オプルボの母親からは、「今月が日取りがいいので、それ以上延ばすわけにはいかない」との返事だった。

　どちらの願いも聞き届けられず、胸を痛めながらも、イシャンはそれ以上反駁することなく、前と同様、積荷の重さを量りチケットを売る仕事を続けるのだった。

この後、ムリヌモイの母親と隣近所の年配の女たちは、よってたかってムリヌモイに、嫁としての責務について、のべつ幕なし教訓を垂れ始めた。遊びに耽ること、速足で駈けること、高笑い、男の子たちとの交際、空腹に任せての不規則な食事——誰もがこれらをやめるように諭《さと》し、「結婚」がいかに恐るべきものかを証明するのに申し分ない成功を収めた。ムリヌモイはすっかり怖気づき、自分に無期懲役刑が言い渡され、しまいには絞首刑に処されるものと思い込んだ。

彼女は、言うことを聞かない仔馬のように、頭をめぐらせ後退《あとずさ》りして言い放った、「私、嫁になんか、行かないから！」

四

とは言え、結局、嫁に行かざるを得なかった。

---

13 「モジュムダル」もカヨスト（書記階級）姓。

14 ドゥルガー祭祀《プージャー》。アッシン月（九月半ば～一〇月半ば）ないしカルティク月（一〇月半ば～一一月半ば）の一〇日間にわたって祝われる。長期休暇の時節。

習い事が始まった。一夜のうちに、ムリヌモイの全世界は、オプルボの母が支配する奥の区画《オントップル》に閉じ込められた。

姑は矯正の仕事に着手した。厳《いか》めしい顔つきでこう言う、「ねえおまえ、おまえはもう赤ん坊じゃないんだから、この家で、あんな恥知らずな真似をするわけにはいかないのよ」

姑が言わんとしたところの意味を、ムリヌモイはそのまま受け止めることをしなかった。この家がダメなら、どうやら他のどこかに行かなければならないらしい、と思い込んだ。午後にはもう、彼女の姿は見当たらなかった。どこに行った、どこに行ったの大騒ぎになった。最後に、ラカルが裏切って秘密の隠れ家を明かし、彼女を捕らえさせた。

バンヤン樹の樹蔭に見捨てられたラーダーカンタ神[15]の毀《こわ》れた山車《だし》の中に、彼女は身を隠していた。姑や隣近所の善意溢れる女たちが、ムリヌモイにどのような非難を浴びせたか、読者諸氏の想像に難くはあるまい。

夜になり、空は厚い雲に覆われ、ピチャピチャ音を立てて雨が降り始めた。オプルボクリシュノは寝床に入り、そろそろとムリヌモイの側ににじり寄ると、彼女の耳元に小声で囁いた、「ムリヌモイ、きみはぼくのことが、好きじゃないのかい?」

ムリヌモイはきつい口調で言い放つ、「嫌いよ。あなたなんか、金輪際、好きにならないから」

彼女は、雲に力を溜めて潜んでいた雷さながら、彼女への罰則の数々に対する積もり積もった怒りを、オプルボの頭上に一気にぶちまけた。

オプルボは傷ついて言う、「どうしてだい？　ぼくがきみに、何をしたって言うんだ？」

ムリヌモイは答える、「どうして私と結婚したの？」

この罪状をめぐり、満足のいく申し訳を立てるのは難しい。だがオプルボは、何としてもこの分からず屋の心を我がものにしてやろうと、ひとり心の中で誓うのだった。

事ある毎にムリヌモイが反抗する様子なのを見て取り、姑は次の日、部屋の扉を鎖《とざ》して彼女を中に閉じ込めた。彼女は、初めて籠に閉じ込められた小鳥のように、最初は長い間部屋の中をバタバタうろつき回った。ついにどこにも逃げ出す道がないと悟ると、無益な怒りに任せ、寝台を覆う敷布を咥えて散り散りに食いちぎり、地べたの上に俯せに身を投げ、心の中で父親を呼びながら泣き始めた。

その時、誰かがそろそろと彼女の側にやって来ると、情愛を込めて、彼女の塵まみれの髪の毛を頬から掬い上げようとした。ムリヌモイは首を激しく振ってその手を払いのけた。オプルボ

15　「ラーダーの主」の意、クリシュナ神の別名。

は耳元に口を近づけて小声で囁いた、「内緒で扉を開けたよ。さあ、二人で裏庭に逃げ出そうよ」ムリヌモイは首を勢いよく横に振ると、涙まじりの強い声で言った、「いやよ」オプルボは彼女の顎を手で支えて、顔を起こしてやろうとしながら言った、「ほら、見てごらん、誰が来たか」ラカルが地べたに倒れたムリヌモイの方を見ながら、扉の側に茫然と佇《た》ちつくしていた。ムリヌモイは面を上げず、オプルボの手を払いのけた。オプルボは言った、「ラカルがきみと遊びに来たんだよ。遊びに行くかい？」彼女は不快を露わにした声で答えた、「いやよ」ラカルも間が悪いのを悟ると、ほうほうの態で部屋から逃げ出し、ホッと安堵のため息をついた。オプルボは黙ったまますわっていた。ムリヌモイはやがて泣き疲れて眠りに落ち、オプルボは足を忍ばせて外に出ると、扉に閂《かんぬき》をかけて立ち去った。

その翌日、ムリヌモイは父親から一通の手紙を受け取った。自分のかけがえのない女神ムリヌモイの結婚式に、参列できなかったことを嘆いた後、新婚夫婦に心からの祝福を送る、とあった。

ムリヌモイは、姑のもとに赴いて言った、「私、父さんのところに行くわ」この突然のあり得ない嘆願を耳にして、姑は彼女を叱りつける、「どこにいるやら居場所も定かでない、その父さんとやらに、会いに行くわ、ですって？　とんでもない我がままだわ」彼女は答えもせずその場を去った。自分の部屋に戻ると扉を閉ざし、絶望し切った人間が神様に祈りを捧げる時のように、こう言う、「父さん、私を連れて行って。ここには私を見てくれる人が誰もいないの。ここにいたら、私、生きていられないわ」

深夜、夫が眠りに落ちると、ムリヌモイはそっと扉を開けて家の外に出た。月の夜――ときおり雲に覆われるとはいえ、道をたどるには十分な明るさだった。父のところへ行くにはどの道をたどったらいいか、ムリヌモイはまったく知らなかった。ただ彼女は、郵便配達夫《ラナー》たちが行き来する道をたどれば、世界のどんな場所にも行き着けるだろうと信じていた。ムリヌモイは、その郵便配達夫《ラナー》の道を歩き続けた。歩くうちに身体は疲れ、夜も尽きようとしていた。森の中では鳥が一、二羽、そわそわと不確かな調べで鳴き声を上げようとしながらも、その時が来たかどうか確信が持てずためらっている。そんな時、ムリヌモイは、道の果ての川岸に行き着き、そこにある大きな市のような場所にまぎれ込んだ。この後どちらに行くべきか迷っていると、聞き慣れたジョムジョムいう響きが耳に届いた。[16] 手紙の入った袋を肩に、郵便配達夫《ラナー》が息せき切って姿を現した。ムリヌモイは、急いで彼に近づくと、倦み疲れた哀れな声で言った、「私、クシゴンジの父さんの

16　郵便配達夫は、郵便袋を肩に下げ、一方の手にランプを、もう一方の手に槍を持って走る。槍の刃の部分には鉦がぶら下がっていて、走るにつれ、ジョムジョム音を響かせる。

ところに行きたいの。あなた、私を連れて行ってくれない？」　郵便配達夫《ラナー》は答える、「クシゴンジがどこか、おれは知らないよ」　こう言うと、船着場《ガート》に繋がれた郵便配達用の舟の船頭を起こし、纜《ともづな》を解かせた。彼には、人に同情を寄せたり問いかけたりする暇はない。

市は見る見るうちに活気づいてきた。ムリヌモイは船着場《ガート》に下りると、一人の船頭を呼んで言った、「あなた、私をクシゴンジに連れて行ってくれる？」　船頭がそれに答える前に、その横の舟の中から声が上がった、「おやおや、誰かと思えば、ミヌちゃんじゃないか。いったい、どこからここに？」　ムリヌモイは興奮を抑えきれずに言う、「おじさん、私、クシゴンジの父さんのところに行くの。あなたの舟に乗せて、連れて行って」　彼は彼女の村の船頭である。彼はこの無軌道な娘のことを知りつくしていた。彼は言った、「父さんのところに行くだと？　そうかい、そうかい。それじゃあ、連れて行ってやろう」　ムリヌモイは舟に乗った。

船頭は纜《ともづな》を解いた。雲に覆われた空から、土砂降りの雨が注ぎ始めた。バドロ月[17]の水漲《みなぎ》る川はうねりながら舟を揺らし続け、ムリヌモイは身体の隅々まで眠気に襲われた。サリーの裾を広げて舟の中に横たわったこのやんちゃ娘は、揺れる川波にあやされて、自然の情愛に守られた赤子さながら、安らかな眠りに落ちた。

目覚めてみると、彼女は姑の家の寝台に横たわっていた。目が覚めたのを見て、女中が騒ぎ始めた。女中の声を聞きつけて姑が現れ、口を極めて厳しい言葉を浴びせかけた。ムリヌモイは、目を見開いたまま、黙って姑の顔を見つめ続けた。しまいに、姑が彼女の父親の躾《しつけ》の悪さを当てこすった時、ムリヌモイは早足で隣の部屋に逃げ込み、内側から閂《かんぬき》をかけて閉じこもった。

オプルボは、恥じらいに顔を赧らめながら母親のもとに赴くと言った、「母さん、嫁を二、三日、父親のところにやっても、いいんじゃないの？」

母親はオプルボに、「かつて有らず、絶えて有り得ず」[18]の叱言《こごと》を繰り返した。そして、この国には山ほど娘がいるのに、よりによってこんな盗賊まがいの迷惑千万な娘を家にもたらしたことについて、さんざん彼を責め立てた。

五

その日、外は終日、雨と風が吹き荒れ、家の中でも同様の悪天候が続いていた。

17　西暦八月半ば〜九月半ば、雨季の終わりの季節。

18　よく引用されるサンスクリット語の諺。「過去にも未来にも、決して有り得ない」の意。

明くる日の真夜中、オプルボは、そろそろとムリヌモイを起こして言った、「ムリヌモイ、父さんのところに行くかい？」

ムリヌモイは、勢い込んでオプルボの手をつかみ、怖ず怖ずと答える、「行くわ」

オプルボは声を潜めて言う、「じゃあ、二人でそっと、逃げ出そうよ。舟着場《ガート》に、舟を用意させてあるんだ」

ムリヌモイは、心からの感謝をこめて、ひとたび夫の方に眼差しを投げた。急いで起き上がるとサリーを着替え、外出の用意を整えた。オプルボは、母親が心配しないように書き置きを認《したた》め、ムリヌモイを伴って家を後にした。

ムリヌモイは、その夜闇に覆われ静まり返った人気ない村の道で、はじめて自分の意志で、心からの信頼とともに夫の手を握った。彼女の胸を満たす喜びと不安は、その柔らかい触れ合いを通して、夫の血管の中に伝わり続けた。

舟はその夜のうちに岸辺を離れた。喜びのあまり胸の動悸が収まらなかったにもかかわらず、ムリヌモイは時を置かずして眠りに落ちた。

その明くる日の、何という自由、何という喜び！　両岸には数知れぬ村、市、田畑、森。いったい何艘の舟が、両舷を行き来していることか！　ムリヌモイは夫に向かって、どんな些細なことについても、際限なく質問を浴びせ続けた。あの舟には何が積んであるの？　あの人たち、どこから来たのかしら？　この場所の名前は何？　——こうした問いに対する答を、オプルボは、カレッジで学んだどんな本の中にも得ることがなかったし、彼のカルカッタでの体験もとうてい役立たなかった。読者諸氏は、これを聞けばさだめし赤面されることだろう——彼はこうした質問に一つ残らず答えたのだが、その答のほとんどは事実と一致していなかったのだ。たとえば彼は、何の躊躇もなく、胡麻を載せた舟を亜麻仁の舟と言い、パンチュベレ村をラエノゴル、下級民事裁判所を地主事務所と答えた。だが、こうした答がいかに間違っていようとも、信頼しきった質問者が満足するのに支障が生じることは一切なかった。

次の日の夕暮れ時に、舟はクシゴンジに到着した。小屋のトタン屋根の下、汚れたカンテラにヒマシ油の灯を点し、小さなデスクの上に皮綴じのバカでかい帳面を置いて、上半身裸のイシャンチョンドロは小さな腰掛けにすわったまま、計算に余念がなかった。そんな時、新郎新婦が小屋の中に入ってきた。ムリヌモイは、「父さん！」と呼んだ。この小屋にこのような声がこのように響いたことは、かつてなかった。

イシャンの目から、涙がボタボタ溢れ落ちた。何を言うべきか、何をなすべきか、まるで思い浮かばなかった。彼の娘、彼の婿は、王国の若き国王とその王妃にも等しい。そこら中に散らばった麻袋の積荷の中に、彼らにふさわしい玉座を、どうやってしつらえることができるか——彼の混乱した頭は思いつくことができなかった。

その上、食事のことがある——これもまた頭痛の種だ。貧しい事務係の彼は、自分で豆カレーとご飯を調理し、その簡素な食事で済ましてきた。今日のこの、こんな喜びの日に、いったいどうしたらいいか、何を振舞ったらいいか。ムリヌモイは言う、「父さん、今日はみんなで一緒に料理しましょうよ」オプルボはこの申し出に、諸手を挙げて賛同の意を表した。

小屋には場所もなければ使用人も食材もない——だが、穴が小さければそこから数倍の勢いで噴水が噴き出るように、貧しさの狭い開口部から、喜びに満ちた流れがとめどなく溢れ続けた。

このようにして三日が過ぎた。朝も昼も、蒸気船が間断なく漕ぎ寄せる。数知れぬ人の群、やむことのない喧騒。だが日が暮れると、川の辺からはすっかり人の姿が消える——その時の、何という限りない自由！　そして、三人が助け合ってさまざまな材料を手に入れ、ああでもない、こうでもないと、失敗だらけの料理。それが済むと、ムリヌモイが腕環をジャラジャラ響かせながら情愛に満ちた手で料理を盛りつけ、舅と婿が肩を並べてそれを食べる。二人はムリヌモイの主婦としての手際の悪さを指摘して、さんざん冷やかす。それを聞いて、彼女は喜びの声をあげるかと思えば、拗ねても見せる。——そしてついに、オプルボがそろそろ暇乞いしなければならないと告げ、ムリヌモイはもうしばらくここにいたいと哀願する。イシャンは、「仕方がないね」と答える。

別れの日、娘を胸に抱き寄せその頭に掌を乗せて、涙に声を詰まらせながらイシャンは言う、「ミヌ！ おまえ、ラクシュミー女神[19]のように、舅の家を輝かすのだよ。誰ひとり、可愛いおまえを、悪い嫁だと言うことのないように」

ムリヌモイは泣きながら、夫とともに別れを告げる。そしてイシャンは、以前にも増して荒涼とした狭い小屋に戻り、来る日も来る日も、積荷の重さを量るお決まりの仕事を続けるのだった。

六

この罪人二人組が家に戻った時、母親はむっつりと押し黙り、取りつく島もなかった。母親はどちらの振舞いも咎めようとしなかったので、二人にはそれを悔い改める方図《ほうと》もない。この無言の非難、黙りこくった不機嫌は、動かざる鉄の重しのように日々の生活の上にのしかかっていた。

19　ラクシュミー女神（吉祥天）は美と豊饒の女神。家庭に幸福と安寧をもたらす。

とうとう我慢できなくなり、オプルボは母親のところに行くと言った、「母さん、カレッジが始まったので、ぼくは法律を勉強しに行きます」

母親の冷淡な答、「嫁をどうするつもりなの？」

オプルボは答える、「ここに置いて行きます」

母親は言う、「ダメよ。そんなわけにはいかないわ。あなた、一緒に連れて行きなさい」

それまで母親は、オプルボを「おまえ」と呼んでいたのだった。

オプルボは臍を曲げて、「わかったよ」と答えると、カルカッタに行く準備に取りかかった。

出発の前夜、オプルボが寝床に入ってみると、ムリヌモイが泣いている。

彼の胸に、不意に痛みが走った。沈んだ声で訊く、「ムリヌモイ、ぼくと一緒にカルカッタに行くのがいやなのかい？」

「ええ」

「きみはぼくが、好きじゃないのかな？」

この問いに対しては、何の答も得られなかった。多くの場合、この質問に答えるのは実にた易いのだが、時には複雑な心理が絡まっているせいで、女性の口からその答を得るのが期待できないこともあるのだ。

オプルボは尋ねる、「ラカルと別れ別れになるのが辛い、というわけかい？」

ムリヌモイは事も無げに答える、「ええ」

この学士号を持つ博識の青年の胸に、少年ラカルに対する、針のように微細ではあるが鋭い痛みを伴う嫉妬が湧いてきた。彼は言った、「ぼくは、これから長い間、家に戻ることはできないよ」

この知らせに対し、ムリヌモイは何も言うべき言葉を持たなかった。

「たぶん二年、もしかするともっと長くなるかもしれない」

ムリヌモイは命ずる、「あなたが帰ってくる時、ラカルのために、三つ刃がついたロジャーズ製のポケットナイフ[20]を、買ってきてちょうだい」

オプルボは横たえていた身体を少しだけ起こして言う、「じゃあ、きみはここに残るわけだね？」

「ええ、私、母さんの家に残るわ」

オプルボはため息をついて言う、「わかった、そうしなさい。きみがぼくに、来るように手紙を書くまで、ぼくは家に戻らない。それで満足かい？」

ムリヌモイはこの問いに答える必要を感ぜず、そのまま眠りについた。だが、オプルボの目に

20　「ロジャーズ」はイギリスの著名な刃物類製造会社。

眠りは来なかった。長枕を高くして、それに身をもたせかけたままじっとしていた。

夜が更け、不意に月影が寝台の上に落ちた。オプルボは月明かりに照らされたムリヌモイの方に目を遣った。見つめていると、銀の杖の魔法にかかって眠りに落ちた王女様のように思えた。ひとたび金の杖が手に入りさえすれば、この眠っている魂を目覚めさせ、花環を交わすこともできるのだが。[21]銀の杖は笑い、金の杖は涙。

夜が明け、オプルボはムリヌモイを眠りから起こした。「ムリヌモイ、出発の時間になったよ。さあ、きみをお母さんの家に預けに行こう」

ムリヌモイが起き上がって寝台から離れると、オプルボは彼女の両手を取って言った、「きみにひとつ、お願いがあるんだ。ぼくはきみを、何度もいろいろ、助けてあげただろう？　今日出発する前に、そのご褒美をひとつ、くれるかい？」

ムリヌモイは驚いて尋ねる、「何なの？」

オプルボは言う、「心からの愛情をこめて、ぼくにひとつ、口づけをしてくれる？」

オプルボのこの奇妙な願いと真面目くさった顔つきを見て、ムリヌモイは笑い出した。笑いを抑えて顔を差し出し、口づけしようとしてすぐ近くまで顔を寄せたが、それが我慢の限界だった。ケラケラと笑いが弾けた。こうして二度試みたが、ついに諦めると、口をサリーの裾で覆って笑い続けた。それを罰するかのように、オプルボは彼女の耳朶をつかんで左右に揺すった。

オプルボには、堅く誓ったことがあった。盗賊のように奪い取ることを、彼は自分を貶めることだと考える。神のように尊厳を保ったまま、相手が進んで貢いだ物を受け取りたいのだ。自分の手で無理やり取り上げようとは、金輪際、思わない。

ムリヌニイはそれ以上笑わなかった。明け方の光の中、人気ない道を通って、彼女を彼女の母親のもとに届けると、オプルボは家に戻って母親に告げた、「考えたんだけど、嫁を一緒にカルカッタに連れて行くと勉強の邪魔になるし、あいつにも友達がいないし。母さんはあいつを家に置きたくないのだから、あいつの実家に預けてきたよ」

深刻な意地の張り合いの中で、親子は別れ別れになった。

---

21 ベンガル地方でよく知られた民話。魔物たちによって銀の杖で眠らされた王女を、王宮を訪れた王子が金の杖で目覚めさせ、魔物たちの手から救い出す。解説参照。

七

実家に戻って、ムリヌモイは、少しも心の安らぎが得られないのに気づいた。自分の家なのに、何もかもが変わってしまったかのようだった。時間を過ごそうにも、何をすべきか、どこへ行くべきか、誰と会うべきか、何ひとつ思いつかなかった。

彼女には、突然、こう感じられた――家の中にも、村中のどこにも、誰ひとり人がいないかのようだ、と。昼日中に日蝕が起きたかのようだった。わけがわからなかった――今頃になって、どうしてこうも、カルカッタに行きたいという欲求が、心の底から湧いてくるのか。昨夜、この欲求はいったい、どこにあったのか。あんなに捨て去ることに躍起になっていた人生の部分に対する印象が、実はその前に彼女の中ですっかり変わってしまっていたことに、昨日の彼女はまったく気づかなかった。枯れた木の葉が自然に枝を離れ落ちるように、彼女は今日この日、過去の生を、自分から進んで、事も無げに遠くに投げ捨ててしまったのだ。

こういう言い伝えがある。熟練した刀匠が作る精巧な剣で真二つに切られた人間は、そのことに気づくことすらなく、最後にその身体を揺すぶられて、初めてバラバラになるのだ、と。神の作りたもうた剣は同様に精巧で、神がいつ自分の少女期と青春を切り裂いたか、ムリヌモイは知ることができずにいた。この日、故のない揺らぎに見舞われて、彼女の少女の部分が青春から振り落とされた。彼女は痛みに満ちた眼差しでその様を見つめていた。

実家の自分が寝起きしていた部屋が、彼女にはもう、自分のものと感じられなかった。その部屋にいた存在は、不意にどこかに消え失せてしまった。今や心の中のすべての追憶は、あのもう一つの家、もう一つの部屋、もう一つの寝台の周りを、鼻歌を口ずさみながらひたすら巡り続ける。もはや誰一人、ムリヌモイの姿を家の外で見かけることはなかった。彼女の笑い声はもはや聞かれない。ラカルは彼女を見るとびくつかざるを得ない。遊ぼうなどという考えは浮かびすらしない。

ムリヌモイは母に向かって言う、「母さん、私を姑の家に置いて行って」

一方、オプルボの母はと言えば、別れた時の息子の落胆しきった顔を思い出す度に、その胸は張り裂けそうになる。彼が腹を立てて嫁を実家に預けて行ったことが、彼女の胸には刺のように突き刺さっていた。

そんなある日、頭をサリーの裾で覆ったムリヌモイが、姑のもとを訪れ、沈痛な面持ちでその足下にひざまずくと足塵を拝した。姑は目に涙を湛え、すぐさま彼女を胸に抱き寄せた。一瞬のうちに両者の間に和解が訪れた。姑は嫁の顔を見て、驚かざるを得なかった。あのムリヌモイはもはや

やなかった。このような変貌は、決して誰にでも可能なわけではない。巨きな変貌には、巨きな力が必要なのだ。

姑は、嫁の欠点をひとつひとつ正してやろうと決めていたのだが、もう一人別の目に見えぬ矯正者がいらして、その方が人知れぬ手短な手段を用い、ムリヌモイに新しい生を与えたかのようだった。

いまやムリヌモイは姑を理解し、姑もムリヌモイを理解した。木の幹とその枝々がひとつであるように、日々の生活において、両者は互いに切り離せないほど一体になった。

奥深い思いやりに満ちた女性の広大な本性が、ムリヌモイの全身全霊を隅々まで覆いつくし、それが彼女に苦痛を与え続けるかのようだ。アシャル月[22]の初めに到来する雨を湛えた黒雲のように、彼女の胸は涙を湛えた自尊心《アビマーナ》[23]にくまなく満たされた。その自尊心《アビマーナ》は、彼女の切れ長の目の翳りに充ちた睫毛に、更に深い影を加えた。彼女は心の中で言い続けた、「私が自分のことを理解しなかったからといって、あなたが私を理解しなかったのは何故？　私を罰しなかったのは何故？

22　西暦六月半ば～七月半ば、雨季の始まりの季節。

23　「アビマーナ」（S、H）、「オビマン」（B）。特に女性が、愛する相手が自分を顧みようとしない時、その相手に対して見せつける、嫉妬・怒りなどを込めた態度ないし行動。

どうして私を、あなたの思いのままに操ってくれなかったの？　このとんでもなくわがままな私が、あなたと一緒にカルカッタに行くのをいやがった時、あなたはどうして、私を無理やり連れて行ってくれなかったの？　私の言うことを聞いたのは何故？　私の願いを聞き届けたのは何故？　私が従わないのを我慢したのは何故？」

その後、オプルボが池の端の人気ない道で彼女を捕らえながら何も言わず、ただひとたび、ひたすら彼女の顔を見つめたあの日――あの池、あの道、あの樹蔭、あの朝の光、あの思いのこもった深い眼差しが思い起こされ、不意にそのすべての意味が理解できた。さらにその後、あの別れの日に、オプルボの顔の方に近づきながらも引き返してきたあの口づけ、あの行き着くことのなかった口づけが、いまや沙漠の蜃気楼を求める渇き切った鳥のように、その過ぎ去った時に戻ろうとして能《あた》わず、どうあってもその渇きを癒すことができないでいる。今となっては、ただひたすら心の中に、この思いが繰り返し浮かんでくる――「ああ、あの時もし、こうしていたら。あの問いにもし、こう答えていたら。あの時もし、こうなっていたら」

オプルボの胸には、「ムリヌモイは、ぼくという人間をちゃんと理解してくれていない」との不満が渦巻いている。一方、ムリヌモイも、「あの方は、私のことをどう思っていたのかしら？　どういう人間だと思っていたのかしら？」との思いに耽る。オプルボにとって、私は、手に負えないほどやんちゃで無分別な娘。愛の渇きを癒す甘露で心を隅々まで満たすことのできる女としての自分の姿を、その目の前に見せることができなかった——そう思うと、彼女は後悔と恥と自己嫌悪に苛まれる。与えずに済ませてしまった口づけと情愛という借りの数々を、彼女は、オプルボが寝ていた枕の上に返し続けた。このようにして、何日もの時が流れた。

「きみから手紙が来ない限り、家には戻らないからね」ムリヌモイはオプルボのこの言葉を思い出して、ある日、部屋に閉じこもると、手紙に取りかかった。オプルボが彼女にくれた、金の縁取りのカラー紙を取り出し、それを前に置いてすわり、何を書こうか思いめぐらし始めた。細心の注意を払って紙を手に取ると、指を墨で汚しながら、くねくね曲がった行に大小さまざまな大きさの字を並び立て、相手への呼びかけも無しに、いきなりこう書いた、「あなた、どうして私に手紙をくれないの。元気ですか。そして、家に来てちょうだい」これ以上、言うべきことは何一つ思い浮かばなかった。言いたいことが残らず書かれたとは言うものの、人間社会では、思っていることにもう少し尾鰭をつけて表現する必要がある。ムリヌモイにもそれはわかっていたので、その後長いこと考えあぐねたあげく、さらにいくつか新しい言葉を付け加えた——「今度は私に手紙を書いてね。そして、元気かどうか知らせてね。そして、家に来てちょうだい。お母さんは元気よ。ビシュもプンティも元気よ。昨日、家の黒牛に、仔牛が生まれたわ」これで手紙を締めくくった。手紙を封筒に包み、文字のひとつひとつに心からの愛情をこめて、「オプルボクリシュノ・ラエ様」と書いた。だが、いかに愛情がこもっていようとも、まっすぐ整った字で、正しい綴りを守って書くことはかなわなかった。

封筒に、名前の他にもさらに何か書く必要があることを、ムリヌモイは知らなかった。姑や他の誰かの目に触れるのが恥ずかしくて、信頼できる女中の手を通して手紙を投函させた。

言うまでもないが、この手紙が実を結ぶことはなく、オプルボは家に来なかった。

八

母親は、祭祀休み《プージャー》になってもオプルボが家に戻らないのを見て、まだ彼が彼女に対する怒りを解いていないのだろう、と思った。

ムリヌモイも、オプルボが自分を疎《うと》ましく思っているのだろうと思い込み、自分の書いた手紙のことを思い出して、恥ずかしさに身が縮む思いだった。その手紙がどんなにつまらないもので、何ひとつまともに書かれておらず、自分の思いがこれっぽっちも表現されておらず、オプルボはそれを読んで、ムリヌモイのことをますます子供だと思ってバカにしたに違いない——こう思うと、胸に矢が突き刺さったような、いたたまれない思いに苛まれた。女中に何度も尋ねた、「あの手紙、ちゃんと投函したのでしょうね」女中は彼女に、何百遍となくこう言って安堵させようとする、「ええ、そうよ、この手でちゃんと郵便箱の中に入れましたよ。もうとっくに、旦那様の手に届いているはずですよ」

ついにある日、オプルボの母は、ムリヌモイを呼んで言った、「ねえおまえ、オプーがずいぶん長いこと家に帰って来ないから、カルカッタに行って会って来ようと思うのよ。おまえも一緒に行くかい？」ムリヌモイは、首を横に傾《かし》げて同意を表すと、[24] 部屋に入って扉を閉じ、寝台に身を投げて抱えた枕を胸に押しつけ、満面笑みを浮かべながら身体を揺すぶって高まる思いを発散させた。だがそれに続けて次第に沈んだ深刻な顔になり、胸を不安でいっぱいにして、すわりなおすと涙を流し始めた。

オプルボには何も知らせないまま、この二人の後悔した女たちは、彼の心からの赦しを乞うために、カルカッタに旅立った。オプルボの母は、娘の嫁ぎ先の家に行って泊まった。

その日、ムリヌモイから手紙を受け取るのを諦めたオプルボは、夕暮れ時、それまでの誓いを破っ

24　インド人が同意を表す動作。首を横に軽く傾《かし》げる。

て、自分から彼女宛の手紙を認《したた》め始めた。だが、思い浮かぶどんな言葉も彼の気に染まなかった。愛情の表現でありながら同時に自尊心《アビマーナ》も感じられる、そんな呼びかけの言葉を捜したのだが、どうしても見つからず、自分の母語に対する不敬の念は増すばかりだった。そんな時、義弟から手紙が来た、「母さんがお出でになりました。すぐに来てください。夜はうちで食事するように。すべて恙無《つつがな》し」――最後の保証の言葉にもかかわらず、不吉なことが起きるのを予想して、オプルボは気が滅入った。それでも、すぐに妹の家に出向いた。

会うとすぐ、母親に尋ねた、「母さん、何もかも、うまくいってるんだよね？」

母は答える、「ええ、そうよ。休みになっても家に来ないから、おまえを迎えに来たのよ」

オプルボは言う、「そんなために、わざわざ苦労して来なくてもよかったのに。法律の試験で勉強に忙しくて…」云々。

食事の時、妹は尋ねる、「兄さん、今日はどうして、お嫁さんを連れて来なかったの？」

兄は真面目くさって答える、「法律の勉強に忙しくて…」云々。

義弟は笑って言う、「そんなの、全部、嘘っぱちでしょう。ぼくらにいろいろ言われるのが怖くて、連れて来れないんだ」

妹は言う、「この人、ほんとうに、恐ろしい人ですものね。お嫁さん、まだ幼いのに、急にこの人を見たら怖くて震えあがるかも」

こんな調子で冗談や冷やかしが続いたが、オプルボは意気消沈したままだった。どんな言葉も彼の気に染まなかった。彼はこう思ったのだ――こうして母さんがカルカッタに来たのだから、ムリヌモイもその気があれば、難なく一緒に来れたはずだ。母さんはたぶん、一緒に連れて来ようとしたのだが、あいつがうんと言わなかったんだ。

このことについて、母親にあえて問い質す勇気はなかった。人生のすべて、創造世界のすべてが間違いだらけのように感じられた。

食事が済むと、凄まじい風とともに雨が激しく降り始めた。

妹は言った、「兄さん、今日はうちに泊まっていきなさいな」

兄は答える、「いや、帰らなくちゃ。仕事があるんだ」

義弟が言う、「夜だと言うのに、仕事が山ほどあるってわけでもないでしょう？　ここに一晩泊まっていくのに、誰にも言い訳する必要はないですよ。[25]安心してお泊まりなさいな」

さんざん引き留められて、まったく気が進まなかったにもかかわらず、オプルボはその夜泊まっ

25　外泊することを妻に言い訳する必要はない、の意。

ていくことに同意した。

妹は言った、「兄さん、疲れているみたいだから、ぐずぐずせず、さっさと寝室にお行きなさい」

オプルボもそう望んでいた。暗闇の中、寝床に入ってひとりになれれば助かる。人と受け答えをするのが嫌になっていた。

寝室の入り口に来てみると、部屋の中は真っ暗である。妹は言う、「風で灯が消えてしまったらしいわ。じゃあ、灯りを持って来ましょうか、兄さん？」

オプルボは答える、「いや、必要ない。ぼくは、夜、灯りはつけない習慣なんだ」

妹が立ち去ると、オプルボは、闇の中を、そろそろと寝台に向かって進んだ。

寝床に身を横たえようとした時、不意に腕環の響きとともに、柔らかい腕が彼をしっかりと抱きしめた。花苞《かほう》のような両唇が盗賊のように襲いかかり、涙に濡れた熱烈な口づけを絶え間なく浴びせ、彼に驚きを表す暇を与えなかった。オプルボは初め呆然となり、続けて理解した——笑いに妨げられて長いこと遂げられずにいた一途な思いが、今日この日、溢れ流れる涙の中で、ついに遂げられたのだ、ということを。

夜更けに

নিশীথে

「先生！　先生！」

何の騒ぎだ、こんな夜更けに——

目を開けると、地主《ザミンダール》のドッキナチョロン氏《バブー》だ。あたふたと起き上がり、背もたれが壊れた椅子を手繰り寄せて彼をすわらせ、強い懸念に駆られてその顔を見つめた。時計を見ると、夜中の二時半である。

ドッキナチョロン氏《バブー》は、蒼ざめた顔に目を見開いたまま言った、「今晩また、例の神経衰弱が始まりましてな——先生の薬は、まったく役に立たんです」

私は少しためらいつつも、こう言った、「ひょっとして、また、酒の量が増えたのでは？」

ドッキナチョロン氏《バブー》は不快の念を露わにして言った、「そいつは大間違いだ。酒ではないですよ。これまでの経緯を洗いざらい聞かずには、何が本当の理由なのか、見当もつきますまい」

壁龕《へきがん》に置かれたちっぽけなブリキ製カンテラの灯が、暗くて今にも消えそうだったので、私はその芯をかき立てた。少しだけ明るくなると同時に、煙がもくもくと外に溢れ出た。私はドーティー[1]の前裾をたくしあげ、新聞紙を一枚敷いた段ボール箱の上に腰を下ろした。ドッキナチョロン氏《バブー》は語り始めた：——

私の最初の妻は、稀に見る模範的な主婦でした。でも私は、その頃まだ若かったせいで、当然歓楽の方に目移りしやすく、その上詩文にも通じていたので、単なる家庭の主婦というものには心が動かなかったのです。カーリダーサの例の詩句[2]がよく胸に浮かんだものでした：——

主婦にして　相談役　睦言《むつごと》を交わし合う伴侶
麗しき美学の教えを　直向《ひた》きに学ぶ　我が愛弟子《まな》

でも我が家の主婦には、魅惑に満ちた美学のいかなる教訓も役立たなければ、「女伴侶」に対してのように愛の睦言を投げかけても、笑い飛ばされるのがオチでした。ガンガーの流れを前にしてインドラ神の象も面目を失ってしまったように[3]、妻の笑いの前には、偉大な詩文の一節や情愛をこめた呼びかけも、一瞬のうちに物笑いの種となり押し流されてしまいます。彼女の笑いには驚くべき力があったのでした。

その後、四年あまり前のこと、私は重病に罹《かか》りました。唇に腫れ物ができ、高熱で意識不明、瀕死状態になりました。生き延びる望みはありませんでした。ついには医者も匙を投げる日が来ました。そんな時、私の親戚の一人が、どこからか梵行者《ブラフマーチャーリー》[4]を一人、連れて来ました。彼は、牛酪のバター油に何かの木の根を擦り潰したものを混ぜて、私に飲ませました。薬の効用のためか、単に運が良かったためか、とにかく一命を取り止めました。

病気の時、私の妻は、昼夜分かたず、一瞬たりとも休むことをしませんでした。その何日かの間、

1　ドゥティ(B)、インドのヒンドゥー男性の日常の下衣。裾模様のついた長く白い布で両足を巻くように包み、余った裾を畳んで腰や腹に差し込む。

2　インド古代(四〜五世紀)の大詩人カーリダーサ作のサンスクリット語叙事詩『ラグ族の王統』8:67。

3　ベンガル中世の詩人クリッティバシュ・オジャ作『ラーマーヤナ』より。インドラ神の白象アイラヴァトは、ガンガー女神を閉じ込めていた山を砕いてその流れを解放するのと引き換えに、彼女と夜を過ごすことを要求する。ガンガーは、彼女の流れを支えることができたらその要求を受け入れる、と約する。解放された流れがあまりも激しくて、アイラヴァトはそれを支えることができず、ガンガーに赦しを乞う。

4　世俗の生活を捨てて禁欲行に勤《いそ》しむ、バラモンの修行者。

一人のか弱い女性が、人間が持ち合わせたわずかな力を振り絞り、全身全霊を傾け、扉口に犇《うごめ》く死神ヤマ神の使いたちと休みなく戦い続けていたのです。彼女の愛のすべて、心のすべて、思いやりのすべてを以て、私のこの取るに足らない生命を、まるで胸に抱きしめた赤子のように両腕で覆いつくし、ひたすら庇い続けていました。食事もなく睡眠もなく、この世の他のどんなことも意に介しませんでした。

ヤマ神は、敗北にまみれた虎さながら、私をその爪先から投げ出して立ち去ったものの、立ち去り際に、妻に強烈な一撃を浴びせずにはおきませんでした。

妻はその時身籠もっていましたが、しばらくして死産しました。そしてそのすぐ後から、さまざまな難病に罹るようになりました。私は彼女の世話をし始めましたが、それを見て彼女は当惑し、こう言うのが常でした、「ああ、なんてことを！　他人が見たら、何て言うでしょう！　そんな風に昼も夜も、私の部屋に出入りしないでちょうだい」

自分のために煽《あお》ぐふりをして、夜、妻が熱を出した時に煽ぎに行こうものなら、団扇《うちわ》を奪い合う騒動になります。妻の介護のために、私の食事の決まった時間が少しでも遅れたりすると、それすらも妻のさまざまな懇願、哀願、はては叱言《こごと》の種になります。ほんの少しでも世話を焼こうとすると、かえってそれが仇となるのです。「男がそんなにいろいろするなんて、よくないわ」が口癖でした。

私たちのボラノゴル[5]の家を、先生は多分、見たことがおありでしょう。家の真ん前に庭園があり、庭園の正面をガンガーが流れています。私たちの寝室のすぐ下、南側の少しばかりの土地を、妻はヘンナ[6]の垣で囲い、自分の好みに合わせて小さな花園を作りました。庭園全体の中で、その部分だけは何の飾り気もなく、まったくのベンガル風でした。つまり薫りよりも彩り、花よりも種々の珍しい葉、といった趣味はなく、また、鉢に植えつけたつまらない植物の横に棒を立てて、ラテン語の名前を記した紙を勝利の旗のように靡《なび》かせる、といったこともありませんでした。茉莉

5　カルカッタの北端、フグリ川東岸に位置する街。一七世紀、オランダ商人によって築かれた。白人や裕福なベンガル人の別荘が多かった。

6　高さ三〜六メートルほどのミソハギ科の常緑樹。白や赤の芳香を放つ花を咲かせる。その楕円形の葉を乾燥させオレンジ色の粉にしたものを、髪の染色やマニキュアに用いる。

花[7]、ジャスミン、薔薇、クチナシ、[8]夾竹桃《きょうちくとう》、月下香《げっかこう》[9]などが咲き乱れていて、ミサキノハナ[10]の巨木の蔭には白い大理石が敷きつめてありました。健康だった頃、妻は自らそこに立ち、朝と夕の二度、それを洗い浄めさせて、綺麗に保っていました。夏の間は、家事の手が空いた夕暮れ時、そこが妻の休む場所でした。そこからはガンガーが見えましたが、屋敷住まいの白人《サヘブ》たちが乗る小舟からは、妻の姿は見えませんでした。

長いこと寝たきりが続いたチョイトロ月[11]の、ある白分《はくぶん》[12]の日暮れ時に、妻はこう言いました、「部屋に閉じこもっていたせいで、気がおかしくなりそうだわ。今日は一度、私のあの花園に行って休みたいの」

私は、妻の身体を細心の注意を払って支えながら、例のミサキノハナの樹下にゆっくりと導き、その石壇の上に彼女を横たえました。自分の膝の上に妻の頭を載せてやることもできたのですが、妻がそれを何かとんでもない振舞いと見なすことがわかっていたので、長枕をひとつ持ってきてその頭の下に敷きました。

一つ、また一つと、開き切ったミサキノハナの花がポタポタ落ち続け、枝々の間から、その影を映す月明かりが、妻のやつれた顔の上に落ちました。四囲はすっかり静まり返っています。その濃い薫り溢れる花影に覆われた闇の一方の側にすわり、黙したまま妻の顔を眺めていると、目に涙が溢れてきました。

私は、そろそろと樹の根元ににじり寄り、両の手で、妻の熱っぽいやつれた片手を取りました。妻は拒みませんでした。しばらくこうして黙したままずわるうちに、何かが私の胸の内にこみあげてきました。思わず言い放ちました、「おまえの愛情を、ぼくはいつまでも忘れないよ」

言葉が出た瞬間、その必要がまったくなかったことを悟りました。妻は笑い出したのです。その笑いには、恥じらいと、幸福と、少しばかりの不信がこめられており、またかなりの嘲りの刺

7 「ベール」(B)、和名マツリカ、ジャスミンの一種。高さ一〜二メートルほどの低木。花は白で直径二センチ前後、一重・二重・八重のものがある。
8 「ゴンド(香り)=ラージ(王様)」(B)。
9 「ロジョニ(夜)=ゴンダ(香り花)」(B)、水仙に似た白い花をつける。夜になると芳香を放つ。
10 「ボクル」(B)、高さ一五メートルにまでなる常緑の高木。春の終わりに、強く甘い香りを放つ、小さな白い星形の花をたくさんつける。春のロマンティックな雰囲気を伝える代表的な木。
11 西暦三月半ば〜四月半ば。春の終わり、夏の始まりの季節。
12 新月から満月に至る、次第に月が満ちていく期間。

も含まれていました。抗う言葉は一言もなく、ただその笑いだけを以てこう告げていました、「いつまでも忘れない、なんてことはあり得ないし、私、それを期待してもいないわ」と。

その甘やかであると同時に刺のある笑いを怖れて、妻との間で愛の睦言《むつごと》を交わす勇気が、私には決して湧かなかったのです。一人でいる時心に湧き起こる言葉の数々も、妻の前に行くと、まったくバカげたもののように思えました。文字に印刷されているそうした言葉を読むと、両目から涙がとめどなく溢れてくるのですが、それを口に出すとなぜ笑いを引き起こすことになるのか、今に至るまで私は理解できません。

口争いとなれば言葉で言い返せるのですが、笑いに反駁することはできません。黙り込まざるを得ませんでした。月光は明るさを増し、オニカッコウ[13]が一羽、クフクフとせわしく鳴き続けます。私はすわったまま思いました――こんな月明かりの夜でさえ、オニカッコウの連れ合いは聾のままなのか、と。

さまざまな治療を施したにもかかわらず、妻の病がよくなる兆候はまったく見られませんでした。一度転地療養をしてみるのが良かろう、との医者の言に従い、私は妻をイラーハーバード[14]に伴いました。

ここまで話すと、ドッキナ氏《バブー》は突然ぎくりとして黙り込んだ。疑わしそうな目で私の顔に視線を注ぎ、続けて頭を両の掌で包み、もの思いに沈んだ。私も黙ったままだった。壁龕《へきがん》の灯心はチラチラと燃え続け、静まり返った部屋の中を飛び回る、蚊のブンブンいう羽音が耳につく。不意に沈黙を破ると、ドッキナ氏《バブー》は語り始めた‥――

イラーハーバードでは、ハラン先生が妻の治療に取りかかりました。

長い間お決まりの治療を続けた末に、先生はついにこう言い渡し、私も妻も納得したのです――この病が治る見込みはないのだ、と。妻は病に伏したまま、一生を過ごさなければなりません。そうしたある日のこと、妻は私に言いました、「病気も治らない、すぐに死ぬ望みもない――こんな状態で、いったいあと何日、死んだも同然の私を相手に過ごすというの？　あなた、再婚なさいな」

13　「コキル」（B）、カッコウ科の鳥。甘美な声で鳴くことで知られ、春の艶かしさを象徴する鳥として、インドの古典文学や口頭伝承に頻出する。

14　ウッタル＝プラデーシュ州の南部に位置する都市。

それがあたかも当然の理屈、正論そのもの――その中に偉大な何か、非凡な何かがあるというような素振りは微塵《みじん》もありません。

今度は私が笑う番でした。しかし、私のどこに、妻のように笑う力があるというのでしょう。私は小説の主人公のように、深刻で高潔そのものの態度で切り出したのです、「この身体に生命ある限り…」

妻は遮って言いました、「もうたくさん！ 止めてちょうだい。あなたの言葉を聞いていると、私、堪らなくなるわ」

私は敗北を認めず続けました、「一生、他の誰も、愛することはできないよ」

これを聞いて、妻は吹き出しました。私は止めざるを得ませんでした。

その頃、自分に対してもはっきり認めていたかどうか――でも今となってはわかるのです――この恢復の見込みがない相手の介護に、私は内心、疲れ果てていたのでした。この務めを投げ出してしまおうなどと想像することはありませんでしたが、その一方で、この長患いの妻を相手に一生過ごさなければならないという想像も、私にとって苦痛でした。ああ、青春の始まりに前方を見つめた時、愛の幻、幸福への期待、美の惑わしの中で、来《きた》るべき人生のすべてが喜びに満ちたものに見えたのに、この日から人生の終わりに至るまで、ひたすら希望のない、渇きを耐え忍ばねばならぬ沙漠が、延々と待ち受けていようとは！

　私の介護する様子の中に、妻は間違いなく、私の心の内に巣食っていた疲労を見てとっていたのです。その時はわかりませんでしたが、今となっては、それに疑いの余地はありません。妻は、複雑な組み合わせ文字のない幼児向けの初等教科書[15]を読むように、私のことを難なく見透していました。そのため、小説の主人公に倣って詩人気取りの仰々しい態度で妻に接した時、妻はあのような深い情愛とともに、どうにも避け難いからかいの気持ちを込めて、笑い出さずにはいられなかったのです。自分では気づかなかった、私の心の奥底にあるものまでをも、妻は万智万能の神のようにすっかり見透していた――このことを思うと、今でも私は、恥ずかしさに死ぬ思いです。

　ハラン先生は私と同じ出自《ジャーティ》でした。私はしょっちゅう、彼の家に招待されました。こうしてしばらく行き来が続いたあと、先生は私に、彼の娘を紹介しました。娘は未婚でした。歳は一五歳ほどだったでしょう。気に入った婿候補がいないのでまだ嫁がせていないのだ、というのが先生の言い分でした。でも外の人びとは、娘の家系に何か問題があったのだ、と噂していました。

15　ベンガル語の綴りには、子音と母音の単純な組み合わせの他に、複数の子音を組み合わせた複雑なものもある。初等教科書では、そのような文字の使用を最小限にとどめる。

しかし、その他には何の問題もありませんでした。美人である上に、教養もある。そのため、日によっては彼女との間でさまざまな話題に花が咲き、帰宅するのが遅くなって、妻に薬を飲ませる時間が過ぎてしまうこともありました。妻は、私がハラン先生の家に出かけたことは知っていましたが、遅くなった理由を、一度でも私に訊ねることはありませんでした。

私は再び、沙漠の中に蜃気楼を見始めました。胸まで渇き切っている時に、眼前に、岸まで漲《みなぎ》る透明な水がチャプチャプと波立ち始めたのです。こうなっては、いかに心を元に戻そうとしてもかないません。

私には、病人の部屋が、以前の倍も厭《いと》わしいものになりました。介護したり薬を飲ませたりする日課がおざなりになることもしばしばでした。

ハラン先生は、よく私にこんなことを言いました――治る見込みのまったくない病人にとっては、死ぬ方がマシである。なぜなら、生きながらえたところで、自身が幸福でないだけでなく、他人にも不幸をもたらすばかりだからだ、と。一般論としてこう言うのは構わないのですが、私の妻を名指しにしてこうした話題を取り上げるべきではなかったでしょう。しかし、医者たちの心は人間の生死についてあまりにも鈍感になっているので、私たちのような普通の人間の心の状態を、彼らは正しく理解することができないのです。

ある日突然、隣室にいた私の耳に、妻がハラン先生にこう言っているのが聞こえてきました、「先生、どうして役にも立たない薬をいくつも呑ませて、薬代のツケを増やすんです？　私の生命が病気そのものなんですから、さっさとこの生命を終わらせてくれる薬をひとつ、くださいな」

先生は答えました、「何てことを！　そんなことをおっしゃらないでください」

妻の言葉が、突然私の胸に突き刺さりました。先生が去った後、妻の部屋に入って枕元にすわり、その額をそっとさすり始めました。妻は言いました、「この部屋、とっても暑いわ。あなた、外にお行きなさいな。散歩の時間よ。少し散歩でもしないと、夜になって食欲が湧かないでしょう」

「散歩する」の意味は、先生の家に行くことです。食欲を湧かせるには少々の散歩が不可欠だ、と妻に説いたのはこの私です。もちろん今となっては、妻は日々、私のこの欺瞞を見抜いていたのだとわかります。私は愚かでした。妻の方が愚かだと思っていたのです。

ここまで話すと、ドッキナチョロン氏《バブー》は、長いこと掌で頭を抱え込み、口を閉ざしてすわり続けた。その後ようやく、「私に、水を一杯、持ってきてください」と言うと、受け取った水を飲み、話を続けた：——

ある日、先生の娘モノロマが、妻を見舞いに行きたい、と言い出しました。どうしたわけか、私にはこの申し出が嫌でした。でも反対する理由は何もありません。彼女はある日の夕暮れ時、私の家にやって来ました。

その日は、いつにも増して、妻の苦痛が昂じていました。苦痛が昂じる日には、妻は身動《じろ》ぎせずひたすらじっとしています。ただ時折、拳をぎゅっと握り締め、顔が蒼ざめていき、その様子で苦痛を耐えているのがわかります。部屋にはコトリとも音がせず、私は枕元に、黙ったままましていました。その日、妻には、私に散歩に行くよう勧める力すらありませんでした。あるいはひょっとすると、苦しみが耐え難い時、私に側にいて欲しいという願いが、妻の心のどこかにあったのかもしれません。灯油のカンテラは、眩しくないように扉の脇に置かれていました。部屋は暗く静まり返っています。ただ間を置いて、少し苦痛が和らぐ時、妻が深いため息をつくのが聞かれます。

この時、モノロマが部屋の入り口に立ったのです。反対側からのカンテラの明かりが、彼女の顔の上に落ちました。闇から差す明かりに目が眩み、しばらく中を見ることができず、彼女は扉口に立ち竦《すく》んだままでした。

妻はぎくりとして私の手を握り締め、訊ねました、「あれは《オ》、誰?《ケー》」

憔悴した状態の中、突然見知らぬ人の姿が目に入り、恐怖に駆られ、二、三度囁くように、私に訊ねたのです、「あれは《オ》、誰《ケー》？　あれは《オ》、誰《ケー》なの、いったい《ゴー》？」

何とも愚かなことに、私の口からは、最初、「知らないよ」という言葉がついて出ました。この言葉が出るや、誰かがピシャリと、私を籐の鞭で打ったかのようでした。次の瞬間、言い継ぎました、

「ああ、先生の娘さんだ」

妻は、ひとたび私の顔に視線を注ぎました。私は妻の顔を見返すことができませんでした。すぐに続けて、妻は弱々しい声で訪問者に言いました、「お入りなさい」そして私に、「カンテラを掲げてあげて」

モノロマは入室して、腰を下ろしました。病妻は、彼女との間で、二、三言葉を交わし始めました。そんな時、先生が現れました。

先生は、医局から二瓶の薬を持ってきていました。その二瓶を取り出すと、妻にこう告げたのです、「この青いのは塗り薬、そしてこれが飲み薬です。二つの薬を間違えないでくださいね。この青い方は、飲むとひどい毒ですから」

私にも一度、注意を促した後、二つの薬瓶を寝台の横の卓上に置きました。帰り際に、先生は娘を呼びました。

モノロマは言いました、「父さん、私は残ってもいいでしょう？　女の人が誰もいないのに、こ

の方の世話を、いったい誰がすると言うの？」

これを聞くと、妻は慌て、「いえいえ、無理をなさらないで。昔からの女中がいて、私を母親のように世話してくれるのよ」

先生は笑いながら言います、「この方は、ラクシュミー女神[16]さながらでな。いつも他人の世話をしてきたので、他の人から世話を受けるのは、我慢ならんのだよ」

先生が娘を伴って帰ろうとしているのを見て、妻は言いました、「先生、夫は、この息が詰まる部屋に、長い間すわっているのです。一度夫を、外に連れ出してくれませんか？」

先生は私に言いました、「一緒に行きませんか？　あなたをしばらく、川縁《かわべり》の散歩にお連れしましょう」

私は少し抗《あらが》っただけで、時を置かず、この誘いに同意しました。先生は出がけに、二瓶の薬について、もう一度妻に注意を与えました。

その日は先生の家で食事をしたため、家に戻るのが夜になりました。帰宅して見ると、妻が身体をのたうたせています。後悔の念に駆られながら訊ねました、「痛みがひどくなったのかい？」

妻は返事ができず、黙ったまま私を見つめました。喉が詰まっていたのです。

私は、すぐその夜のうちに、先生を呼びにやりました。

先生は、来てからも長いこと、何が起きたのかわかりませんでした。しまいにこう訊ねました、「例の痛みがひどくなったのですか？　あの薬を、一度、塗ったらいいのでは？」

こう言いながら薬瓶をテーブルから取ってみると、中は空です。

妻に訊ねました、「間違えて、この瓶の薬を飲んだのですか？」

妻は、横に首を傾《かし》げて[17]無言の同意を表します。

先生は、すぐさま救命ポンプを取りに家に馬車を走らせます。私は半分気を失ったかのように、妻の寝床の上に身を投げました。

その時妻は、母親が自分の苦しむ幼児を慰めるように、私の頭を胸に抱きしめ、両手の接触を通じてその思いを私に伝えようとしました。唯一のすべてであるその哀しい接触を通して、彼女は私に、繰り返しこう言い聞かせたのです、「悲しまないで。これでよかったのよ。幸せになってね。あなたの幸せを信じて、私は幸せのうちに死んでいくわ」

先生が戻ってきた時には、その生命とともに、妻のすべての苦しみは終わっていました。

16　ラクシュミー女神（吉祥天）は美と豊饒の女神。家庭に幸福と安寧をもたらす。
17　インド人が同意を表す動作。首を軽く横に傾《かし》げる。

ドッキナチョロン氏《バブー》は、もう一度水を飲むと、「ああ、何て暑いんだ！」と言いながら早足で部屋の外に出た。そして何度かベランダを行き来した後、再び戻って腰を下ろした。本当は話したくないのに、私が催眠術をしかけて、無理やり彼から言葉を奪い取っているのだ、と言わんばかりに。再び彼は口を開いた…——

モノロマと結婚して、ベンガルの地に戻りました。

モノロマは、父親の指図で私と結婚したのです。しかし、私が彼女に情愛を込めた言葉、愛の睦言を囁いてその心をかち得ようとしても、彼女は笑うどころか、むっつり黙り込んだままです。彼女の心のどこにどんな疑念が生じていたか、どうしてこの私に、わかりましょう。

この頃から、私の酒浸りがひどく昂じてきました。

ある初秋の夕暮れ時、モノロマを伴って、例のボラノゴルの庭園を徘徊していました。闇が訪れ、あたりは不気味に静まり返っています。鳥の巣からは微かな羽音すら聞こえません。ただ耳に入るのは、徘徊する道の両側、深い闇に覆われたトキワギョリュウ[18]の樹々が、風に吹かれて揺れる音だけです。

モノロマは歩き疲れたと見えて、ミサキノハナの樹下にあるあの白い大理石の石壇まで来ると、自分の両腕に頭を載せてそこに横たわりました。私もその側に腰を下ろしました。

その場所の闇は、さらに密で深いのです。わずかに覗かれる空は、星にすっかり覆いつくされています。樹下の蟋蟀《こおろぎ》の音《ね》は、天空の無限の胸から垂れ下がる静寂というサリーの裾に、細い音の縁取りを縫いつけているかのようです。

その日も夕方、少し酒を飲んでいたので、ほろ酔い加減のいい気分になっていました。闇に次第に目が慣れてくると、森蔭の下に薄墨色に描かれた、あのしどけなく裾を広げ倦んだ身体を横たえている女性の茫漠とした輪郭が、私の胸に、ある抑え難い感情の昂まりを呼び覚ましました。あたかもそれは、どうあっても両腕で捕らえることのかなわぬ、一片の影であるかに思われました。

その時、闇に沈むトキワギョリュウの樹の頂が、火をつけたかのように燃えあがりました。そしてそれに続き、黒分《こくぶん》[19]の痩せ細った黄色い月が、ゆっくりと樹冠の上の空に昇ります。白いサリー

18 「ジャウ」(B)、二〇メートルに達する高木。群葉は細い枝分かれした緑色の小枝からなり、節ごとに生える七片の微細な鱗状葉に覆われている。「ジャウ」という名は、その枝葉を通る風の音のオノマトペから来ていると言う。

19 満月から新月までの、次第に月が欠けていく期間。

をまとい、倦み疲れて白い大理石の上に横たわるあの女性の顔の上に、その月明かりが落ちました。

私は、もう我慢できませんでした。傍に寄ると両手で彼女の美しい片手を取り、こう言いました――「モノロマ、きみはぼくを信じないようだが、ぼくはきみを愛している。きみのことを、ぼくはいつまでも忘れないよ」

言葉が口をついて出た瞬間、ぎくりとしました。これとまったく同じ言葉を、別の日に、別の誰かに言ったのではなかったか！　そしてまさにその瞬間、ミサキノハナの枝々の上、トキワギョリュウの樹冠の上、黄ばんだ月のかけらの下を通り、ガンガーの東岸から彼方に広がる西岸の果てに向けて、はあはあ――はあはあ――はあはあと、凄まじい勢いで笑い声が響きわたりました。それが胸をつん裂く笑い声だったか、天空を引き裂く悲痛な叫びだったか、言うことはできません。私はその刹那、気を失い、石壇の上にもんどり打って倒れ込みました。

気がついてみると、自分の部屋の寝台の上でした。モノロマは訊ねました、「あなた、突然、どうしたというのです？」

私は震えながら答えました、「はあはあ――はあはあという高笑いが、空いっぱいに走ったのが、耳に入らなかったのかい？」

妻は笑って答えました、「笑い声ですって？　鳥の群れが、長い列を成して一斉に飛び立った時、確かにその翼の音が聞こえたけれど——あなた、あんなものを怖がるなんて」

昼の間は、それが鳥の群れが飛ぶ音に間違いないと、はっきり理解できました。この時期には北の国から、野鴨の群れが川洲に餌を求めて飛来します。しかし、日が落ちるとその確信は揺らぎました。四囲の暗闇すべてを濃密な笑いが堆《うずたか》く覆いつくしていて、ちょっとしたきっかけでそれは突然闇を引き裂き、空一面に響きわたるのだと思われました。しまいには、日が暮れた後は、モノロマに、一言すら声をかけることができなくなってしまいました。

その後、ボラノゴルの家を離れ、モノロマを伴って舟の旅に出ました。オグロハヨン月[20]の心地よい川風に吹かれ、恐怖もすっかり消え去りました。何日か、とても幸福に過ごしました。四囲の美しさに惹かれて、長い日々の後、ようやくモノロマも、その閉ざされた心の扉を、少しずつ私の前に開き始めたかのようでした。

ガンガーを過ぎ、支流コレ川[21]を経て、ついにパドマ河に達しました。恐ろしいパドマも、その晩秋の頃は、巣籠もりした大蛇のように生気なく痩せ細り、長々しい冬眠についていました。北岸には人影も草生えもなく、砂洲は地平まで渺渺《びょうびょう》と広がり、南の盛り上がった岸辺には村々のマンゴー園が、この人喰い鬼があんぐり口を開けているすぐ傍に佇み、手を合わせて震えています。パドマは深い眠りのさ中にも時に寝返りを打ち、その度に岸辺の土地は引き裂かれてジャブジャブ崩れ落ちます。そのあたりの砂洲が徘徊するに相応《ふさわ》しいと見て、そこに舟を繋ぎました。

そんなある日、私たち二人は遥か遠くまで足を伸ばしました。日没の黄金の輝きが消え去るとともに、白分の穢れない月明かりが、見る見るうちにあたりを領しました。純白の果てしない砂洲の上を、遮るものなくふんだんに湧き溢れ出る月光が、地平の果てまで広がりつくした時、人気ない月明かりの世界、その無限の夢の王国の中に、ただ私たち二人だけが旅しているかに思われました。赤い一枚のショールが、モノロマの頭上から、その顔をくるむようにして全身を覆いつくしていました。静寂がさらに深まり、方角も境界もないただ一つの純白と空虚、それ以外のすべてが姿を消した時、モノロマはそろそろと手を取り出し、私の手にしっかりと重ね合わせました。すぐ傍に身を寄せ、身も心も、青春の生命を余すことなく差し出し、私にすべてを委ねて佇んだのです。歓喜に溢れる私の胸にこんな思いが浮かびました――家の中に閉じこもったままで、人はいったい、存分に愛し合うことができるのだろうか？　このように何の覆いも妨げもない、

20　西暦一一月半ば〜一二月半ば。晩秋の季節。

21　別名ジョランギ。西ベンガル州ムルシダバド県の聖地ノボッディプでフグリ川から東に分岐し、その後北に向かってパドマ河に合流する。

果てしなく広がる空なくして、いったいどうやって、二人の人間という存在を容《い》れることができよう？　家もなく、扉もなく、どこにも帰る場所がない中を、私たちはこのように手を取り合い、行方知らずのあてどない旅を続け、月明かりに照らされた空虚の上を過ぎ、ついには何ものにも妨げられることなく立ち去るのだ、と。

こうして歩き続けながらある場所にたどり着くと、その広がる砂洲の只中の手が届きそうな距離に、池のようなものがひとつ、目に映りました——パドマ河の水が退いた後、そこに水溜りが残されていたのです。

沙漠の砂に囲まれ、眠りに沈む、波なき不動の水面には、月光の長い尾が失神したかのように落ちています。その場所まで来て、私たちはともに立ち止まりました——モノロマは、何を思ってか私の顔に眼差しを投げ、その頭から、不意にショールが滑り落ちました。私は、その月明かりに照らされた彼女の顔を手で支え、口づけしました。

その時です——そのまったく人の影すらない沙漠の中で、誰かが三度、重々しい声を響かせました——「あれは《オ》、誰《ケー》？　あれは《オ》、誰《ケー》？　あれは《オ》、誰なの《ケー》、いったい《ゴー》？」

私はぎくりとしました。モノロマも震え上がりました。でも次の瞬間、二人とも悟りました——その声は、人間のものでも物の怪のものでもなく、砂洲を行き来する水鳥の鳴き声にすぎないのだ、ということを。こんな夜更けに、自分たちの安全な隠れ家のそばに、突如人間がやって来たのを見て、鳥たちが怯《ひる》み立ったのでした。

不意の恐怖に打たれ、私たち二人は急いで舟に戻り、夜の寝床に潜り込みました。疲れ果てたモノロマは、時を置かずして眠りに落ちました。その時です――何者かが闇の中、私の蚊帳の傍に立って、ただ一本の、長く痩せ細った、骨ばかりの指を差し伸べ、眠りに沈むモノロマを指し示しながら、密かな囁き声で、私の耳の中にひたすら訊き続けます、「あれ《オ》は、誰《ケー》？ あれ《オ》は、誰《ケー》？ あれ《オ》は、誰《ケー》なの、いったい《ゴー》？」

あわてて身を起こし、蠟燭にマッチで火を点しました。その刹那、人影が消え失せると同時に、はあはあ――はあはあ――はあはあという笑い声が、蚊帳を震わせ、舟を揺らし、私の汗みずくの全身の血を凍らせ、夜闇の中を通り外へと去って行きました。パドマ河を渡り、パドマの砂洲を越え、その彼方の眠りに沈むすべての土地、村、街々を過ぎ――まるでその声は、永遠に国から国へ、人界から人界へと響きわたり、ひたすら微かに、限りなく微かになりながら、無限の彼方へと去って行くかのようです。次第にそれは、生死の境を越えていきます。次第にそれは、か細く、あたかも針の尖端のようにか細くなって行きます。こんなに微かな音を、私はかつて、聞いたことも想像したこともありません。私の脳の中には無限の空があって、その音は、どんなに遠くに去ろうとしても、どうあってもその脳の境界を越えることができないかのようです。しまいにはどうにも耐え難くなり、明かりを消さない限り眠ることはできまい、と思いました。でも、そうして明かりを消して横になった途端、私の蚊帳の横に、私の耳元に、闇の中に、再びあのくぐもり声が響きます、「あれ《オ》は、誰《ケー》？　あれ《オ》は、誰《ケー》？　あれ《オ》は、誰なの《ケー》、いったい《ゴー》？」私の胸を流れる血の脈動にぴったり合わせて、繰り返し響き続けます、「あれ《オ》は、誰《ケー》？　あれ《オ》は、誰《ケー》？　あれ《オ》は、誰なの《ケー》、いったい《ゴー》？」「あれ《オ》は、誰《ケー》？　あれ《オ》は、誰《ケー》？　あれ《オ》は、誰なの《ケー》、いったい《ゴー》？」その夜更け、静まり返る小舟の中、私の丸い時計までもが生を得て、その針をモノロマに向けて伸ばしながら、棚の上からリズムに合わせて言い続けます、「あれ《オ》は、誰《ケー》？　あれ《オ》は、誰《ケー》？　あれ《オ》は、誰《ケー》？　あれ《オ》は、誰《ケー》？　あれ《オ》は、誰なの《ケー》、いったい《ゴー》？」

話すにつれ、ドッキナ氏《バブー》の顔は次第に蒼ざめ、喉は詰まってきた。私は、その身体に手を触れて言った、「水を少し、お飲みなさい」

この時突然、カンテラの灯が、ドプドプ音を立てたかと思うと、消えた。不意に、外がもう明るくなっているのに気づいた。鳥の鳴き声が聞こえ、四季鳥《ドエル》[22]が囀《さえず》り始め、家の前の道を、水牛が曳く車のギシギシいう音が立ち始めた。その瞬間、ドッキナ氏《バブー》の表情はまったく別物になった。恐怖の痕跡のかけらすら見えない。夜の惑わしの中、想像上の怖れと狂気に駆られて、こんなにだらだらと打ち明け話を続けたことをすっかり恥じ入り、私に対しても、内心腹を立てたかのようだった。一言の礼すら言わず、突然立ち上がると、早足でその場を立ち去った。

その同じ日の真夜中、またしても、私の家の扉を叩く音が響く、「先生！　先生！」

22　「ドエル」（B）、和名「シキチョウ」。スズメ目の小鳥、美しい鳴き声に特徴がある。バングラデシュの国鳥。

飢えた石

ক্ষুধিত পাষাণ

英領下のインドでは、イギリスの直接統治下にある地域の他に、ムガル王朝時代から続く土着の王国の多くが存続した。イギリス政府はこれらの国々と軍事保護条約を結び、一定の自治権を与えながら間接的に統治する政策をとった。こうした国々は「藩王国」と呼ばれ、大小含め五百以上。インド亜大陸の約三分の一の面積を占めた。

ジュナーガド藩王国は、現西インドのグジャラート州南部を占める小国。一七三〇年にムガル帝国から独立、のちにマラーター王国の進貢国となったが、第二次アングロ＝マラーター戦争（一八〇三〜〇五）の後、一八〇七年にイギリスの藩王国となる。

ニザーム（ハイダラーバード）藩王国は、現中央インドのテランガーナ州・マハーラーシュトラ州・カルナータカ州にわたる広大な地域を占める、インド最大規模の王国。「ニザーム」は、ムガル帝国によりこの王国の王に与えられた称号（ペルシア語で「皇帝の代理人」を意味する）。一七二四年よりムガル帝国から事実上独立。その後、三次のマイソール戦争を経て、一七九八年にイギリスの保護下に入る。藩王国北部のベラール地方は綿花栽培が盛んで、そこからあがる税収は国の重要な財源をなした。

ぼくとぼくの親戚は、祭祀《プージャー》休み[1]の国内旅行を終えてカルカッタに戻る途次、汽車の中でその紳士と出逢ったのだった。服装を見て、最初は西方のイスラーム教徒かと勘違いした。その口ぶりを耳にして、ますますわけがわからなくなった。世界のどんな問題にも訳知り顔で語り続けるその様子は、この世を創り賜《たも》うた創造主も、まず彼と相談した上でなければ何事もなし得ないのだ、と言わんばかりだった。この世界の裏の裏で起きている前代未聞の秘事の数々、ロシア帝国の侵攻はここまで進んでおり、[2]イギリス人の間ではこのような謀略がめぐらされており、インド藩王国の藩主たちの間には手がつけられない混乱が起きている――こうしたことを何一つ知らぬまま、ぼくらは安穏と日々を送っていたのだ。ぼくらのその新しい知己は、微かな笑みを浮かべ、英語でこう宣《のたま》わった――ホレイショーよ、天界と地上界には、新聞で報じられている以上のことが起

1　ドゥルガー祭祀《プージャー》は、東インド、特にベンガル地方最大の祭祀。アッシン月（九月半ば～一〇月半ば）ないしカルティク月（一〇月半ば～一一月半ば）の一〇日間にわたり、盛大に祝われる。そのすぐ後、ラクシュミー女神、カーリー女神の祭祀が続く。ベンガル人にとって、長期休暇の時節である。

2　アフガニスタンの領有をめぐる、イギリスとロシア帝国の抗争への言及。「カーブルの行商人」参照。

きているのだよ。[3]

ぼくらがベンガルの地を離れて旅をしたのは、今回が初めてだった。そういうわけで、この人のこんな言動には、ただ呆然とするほかなかった。ちょっとした端緒を捉えて科学について語ると思えば、ヴェーダ経典の解釈に移り、不意にまたペルシア語の詩句を朗々と唱える。科学、ヴェーダ、ペルシア語のどれについてもぼくらはまったく蚊帳の外だったので、この人へのぼくらの傾倒はいや増しに増すばかりだった。それどころか、神智論者[4]であったぼくの親戚の頭には、ぼくらに同行しているこの人は、超自然的なある種の事象と何らかの繋がりがあるに違いない、との確信が根づいてしまった――何か途方もない磁気または神秘的な力、あるいはアストラル体[5]、あるいはそうした類の何かと。彼は、この尋常ならざる人物のどんな尋常なる言葉にも崇敬の念をこめて耳を傾け、密かににメモをとっていた。どうやらその尋常ならざる人物も内々そのことに気づき、気を良くしていたように思われる。

汽車が乗換駅に着き、ぼくらは次の汽車を待つために待合室に集まった。夜一〇時半のことだ。途中、何かの事故があって、次の汽車の到着は大幅に遅れるだろう、とのことだった。その間、一眠りしようと思って、ぼくがテーブルの上に寝具を広げた時のことだ。その尋常ならざる人物が、以下に述べるような話を語り始めたのだった。その夜、ぼくはもう、眠ることができなかった…――

国政をめぐる二、三の問題に見解の相違が生じたため、私はジュナーガド藩王国での仕事を辞して、ハイダラーバードのニザーム藩王国の一員となったのですが、私が若くて体力があるのを見てとると、彼らはまず、木綿税徴収の仕事のため、私をバリーチャへ派遣しました。

バリーチャはまことに美しい土地柄でした。人跡未踏の山麓に広がる巨きな森々の間を縫って、シュスタ川——サンスクリット語「シュヴァッチャトーヤー」（清流）のアパブランシャ形[6]です

3　シェイクスピア作『ハムレット』第一幕第五場、父王の亡霊を目にして驚くホレイショーに向かってハムレットが言う台詞、「ホレイショーよ、天界にも地上界にも、哲学などというものが思いつけること以上の物事が、山ほどあるのだ」のもじり。

4　輪廻転生を通しての人類の霊的進化を唱える、西洋と東洋の神秘主義思想を融合した新宗教。解説参照。

5　神智学の用語。人間の肉体を包む、霊的な次元の身体層のひとつ。人間の感情を司《つかさど》るとされる。

6　「アパブランシャ」は、サンスクリット語で「堕落した、崩れた」の意。中期インド＝アーリア語（プラークリット）が、ベンガル語・ヒンディー語などの近代インド＝アーリア語に移行する段階で生じた諸言語の総称。

――の水流は、小石さんざめく川筋を、熟練した踊り子のように一歩一歩向きを変えながら、素早い足取りで奔《はし》り過ぎていきます。この川岸にすぐ接した沐浴場《ガート》[7]の高く迫《せ》り上がる一五〇段の石段の上方には、白い大理石の宮殿が、山麓を背景にひとり聳え立っています――周辺にはどこにも人跡がありません。バリーチャの木綿市場と村落は、遠く離れています。

およそ二五〇年前、シャー＝マームド二世が、歓楽のため、この人里離れた場所に宮殿を築きました。その時以来、浴室の噴水の口からはバラの香りの水流が迸《ほとばし》り続け、その水沫を浴びてひんやり静まり返る部屋の中、大理石製の心地よい石座に腰を下ろし、水槽に溢れる澄んだ水の中に柔らかな裸足を広げた若いペルシアの婦人たちが、水浴前の髪を解きセタール[8]を膝に載せ、葡萄畑の美を讃えるガザル歌謡[9]を歌ったのです。

7 「ガート」は、ここでは川辺の石を敷きつめた沐浴場と、そこに導く石の階段全体を指す。
8 ペルシアのリュート属の伝統楽器。「セ(三)＝タール(弦)」が語源で、木の細い胴体に張られた三本の弦を、右手の人差し指で弾きながら奏される。インドのポピュラーな弦楽器「シタール」とは異なる。
9 ペルシア起源の、恋愛を主題とした伝統的な定型詩、ないしそれを歌詞とした歌。もともとはペルシア語で作られたが、後にインドの宮廷では、ウルドゥー語歌詞のガザルも盛んに作られた。

今となってはもはや、その噴水から水は零《こぼ》れず、歌声は響かず、純白の石を白い足が嫋《たお》やかに打ちつけることもありません——今日この場所は、私たちのような侘しい寡暮《やもめ》らしに倦む徴税人のための、だだっ広いがらんとした住居にすぎません。でも、事務所の年老いた事務員カリム＝ハーンは、この宮殿に逗留しないよう、繰り返し私に警告しました。「そうしたいなら、昼間いらっしゃるのはいいでしょう。ですが、ここで夜を過ごされるのだけは、絶対におよしなさい」

私はこの言葉を笑い飛ばしました。下働きの者たちは、夕方まではこの宮殿で働いてもいいが、夜ここに泊まるつもりはないと言います。「よろしい」と私は答えました。あまりに悪名が高いため、泥棒すら、夜ここに来ることはありませんでした。

来てまだ間もない頃は、この見捨てられた石の宮殿の寂寞《じゃくまく》が、私の胸にまるで一個の恐ろしい重石のようにのしかかっていました。私はできる限り建物の外で休まず働き、夜になってから部屋に戻って、疲れた体で眠りにつくのを常としていました。

ところが、一週間も経つか経たないうちに、建物の何か得体の知れぬ人を陶酔させる力が、次第に私を襲い犯し始めました。私のその状態を説明するのは困難ですし、そのことを人に信じてもらうのも容易ではありません。建物全体が一つの生き物のように、私をその腹中に溜まる惑わしの汁に浸し、少しずつすり減らしていくかのようでした。

おそらく、建物に足を踏み入れた瞬間からこの過程は始まっていたのでしょう——でも、私がありありと覚えているのは、初めてその端緒をはっきり意識した日のことです。

当時、夏の始まりのこととて、市場の動きは鈍く、私の手には何の仕事もありませんでした。日没の少し前、私はその川辺の石段《ガート》の下の方に安楽椅子を据え、その上に腰掛けました。その頃、シュスタは涸れかけ、その水量はわずかでした。向こう岸のかなりの部分を覆う砂丘は、夕陽に照らされて黄金色に染まり、こちら岸の石段の下方では、澄んだ浅い水底に小石の群れがキラキラ輝いています。その日、風はどこにもありませんでした。近くの山のカミメボウキ[10]、スペアミント、茴香《ういきょう》の藪からは、濃い薫りが立ち上り、凪《な》いだ空を重たく圧しています。

太陽が山頂の蔭に退場すると同時に、昼の劇場に長い影の垂れ幕が引かれました——こちら側は山から距離があるので、日没時の光と影の交歓は長くは続かないのです。馬に乗って一走りしようと思い立ち上がりかけた、ちょうどその時でした——石段に足音が聞こえました。背後を振

10　原文は「ボン（森の）＝トゥルシ（カミメボウキ）」。「ボントゥルシ」はトゥルシに形態が似た雑草で、トゥルシのような芳香はない。ここは、「野生のカミメボウキ」の意か。

り見ましたが誰もいません。

何かの幻覚かと思い、再び前を向いた刹那、おそろしくたくさんの足音が耳に入りました――大勢で一斉に追いかけっこをしながら、駈け下りてくるかのような。微かな怯えに入り混じったある名状し難い歓喜が、私の四肢を隅々まで満たしました。目の前に影も形もなかったとはいえ、私には手に取るように感じとれたのです――この夏の日の夕暮れ、喜びにはち切れんばかりの女性の一群が、シュスタの流れの中で水浴びするために下りてきたのを。その日暮れ時、静まり返った山麓、川岸、人気ない宮殿の、どこにもコトリとも音がしなかったにかかわらず、私にははっきり聞くことができたかに思われました――高笑いをあげてふざけ合いながら、滝を落ちる幾筋もの水流のように、女たちが水浴のために私の側を我先に駈け抜けていくのを。私がいるのには気づかない様子でした。私に彼女たちが見えないのと同様、彼女たちにも私が見えないようでした。川面は相変わらず静まり返っていましたが、私には明瞭に感じとれました――シュヴァッチャトーヤーの浅い水流が、しゃんしゃん腕環を響かせる多くの腕に撹乱《かくらん》されて激しく波打ち、女たちが笑い声をあげながら互いの身体に水をかけ合い、泳ぐ女たちの足に打たれて、水沫が一連《つら》なりの真珠のように空に飛び散っているのを。

私の胸は、ある種の慄《おのの》きにうち震えました。その昂揚をもたらしたのが恐怖なのか、歓喜なのか、それとも好奇心なのか、はっきり言うことはできません。よく見てみたい気持ちに駆られますが、前には目に映る何ものもありません。聞き耳を立てれば、彼女たちの言葉が何もかもはっきりと聞き取れるのではないか、と思いました――でも、いくら一心に耳を傾けても、聞こえるのは森々の虫のすだく音だけです。二五〇年という歳月の黒い幔幕《まんまく》が、私の目の前に垂れ下がっているかのようでした――おそるおそるその一方の端を持ち上げて、中を覗いてみます――でも、そこでは大いなる集いが開かれているというのに、漆黒の闇に妨げられて何一つ見ることができません。

不意に垂れ込めた空気を破り、一陣の風がひゅうと吹き抜けました――シュスタ川の静まり返っていた川面は、見る見るうちにアプサラー[11]の髪のように皺だらけとなり、夕闇に覆われた森一帯は、瞬く間に、まるで悪夢から目を覚ましたかのように、一斉にカサコソと音を立てました。夢か現《うつつ》か、二五〇年も昔の世界から私の前に到来した、その世界を映し出す不可視の蜃気楼が、一瞬のうちに消え去りました。私の身体を掠《かす》め、身体のない早足で無音の高笑いを撒き散らしながら、シュスタ川に駈け下りその水面《みなも》に跳び込んでいた幻の女たち――彼女たちが濡れた着物の裾を絞りながら、私の側を通って上がって行くことはありませんでした。風が薫りを運び去るように、春の

11　妖艶な水の精、神々の宮廷の踊り子。

一息が彼女たちを吹き飛ばしてしまったのです。
私はおそろしく不安になりました――どうやら詩の女神が、私がひとりでいることをいいことに、突然この肩に憑依したに違いない。木綿税を徴収する仕事を日々の糧にしているこの哀れな私の頭を、破壊好きの女神が、どうやら乗っ取ろうとしているらしい。腹いっぱい食事を摂る必要がある――空腹でいると、ありとある難病を招き寄せることになる。こう思って料理人を呼びつけ、たっぷりのバター油入りの、薫り高い香辛料で味つけした、本格的なムガル料理を用意するよう言いつけました。

翌朝になってみると、前日の出来事が、何もかもまったく笑うべきことのように思えました。浮き浮きした気分で白人風《サヘブ》の日除け帽をかぶり、自分の手で馬を操り、馬車をガラガラ走らせながら調査の仕事に出かけました。その日は三ヵ月に一度の報告書を書く日だったので、帰宅が遅くなるはずでした。しかし、夕闇が迫るや否や、何かが私を宮殿の方に引き寄せようとします。引き寄せる者が誰か、言うことはできないのですが、とにかくこれ以上遅くなってはいけない、と思えました。皆がすわって私を待っているのだと。報告書を中断して日除け帽をかぶり、夕方の薄闇の中、木陰に覆われた人気ない道を馬車の車輪の音で驚かせながら、あの山裾の、暗く静まりかえった巨大な宮殿にたどり着きました。

石段を上がった正面の部屋はとてつもなく宏大です。三列の太い柱の上、装飾を施したアーチが、四辺に広がる天井を支えています。その巨大な空間は、自らの果てしない空虚に満たされ、日夜殷々《いんいん》とどよめいているかのようです。その日は暮れたばかりで、まだ灯りが点されていませんでした。扉を開けて私がその広大な部屋に足を踏み入れた刹那、部屋の中を何かただならぬ混乱が襲ったかに思えました——あたかも不意に集いを中断して、四方の扉、窓、部屋、廊下、ベランダに向けて、人びとが散り散りに逃げ惑っているかのような。どこにも何ひとつ見ることができず、私は茫然と佇《た》ちつくしていました。恍惚とした感覚に襲われ、全身鳥肌立ちました。長い歳月を経た髪油・花香油の微かな残り香が、私の鼻腔を擽《くすぐ》り始めたかのようでした。その灯もなく人気ない宏大な部屋の、古びた石柱の列に囲まれて佇んだまま、私は耳にしたのです——噴水が白い大理石の上に潺潺《せんせん》とこぼれる中、セタールが奏でる名状し難い調べ、黄金の装身具が立てる顫音《せんおん》、足鈴《ヌプル》[12]の軽やかなとよめき。間に間に時を告げる巨大な銅鉦の音《ね》が響きわたり、遥か彼方か

---

12 「ヌプル」は女性の足首に巻きつける銀の足飾りの総称。さまざまな装飾が施され、歩くにつれ音を響かせる。

らはナハバト[13]の序奏《アーラープ》[14]が聞こえ、シャンデリアの水晶のペンダントは風に揺られてシャンシャン音を立て、ベランダからは籠の中のヒヨドリの歌声が、庭からは飼われたコウノトリの鳴き声が届く。こうしたすべてが、私の四囲で、幽界のラーギニー[15]を奏で続けました。

私はすっかり幻惑の虜となりました。この触れることも辿ることもかなわぬ、現実離れした事態こそ世界の唯一の真実であり、他のすべてはまやかしの蜃気楼である、と思えました。私が私であること――すなわち、私が何某氏で、何某の長男であり、木綿税徴収の仕事で四五〇ルピーの月収を得ており、日除け帽をかぶり短い胴着《クルター》をまとい、馬車馬を駆り立てながら事務所に通うこと、こうしたすべてが、私には、この上なく奇妙で馬鹿げた根も葉もない偽りのように思え、私はその宏大な静まり返った暗闇の部屋の只中に佇んだまま、はあはあ声をあげて笑い始めました。

とその時、私のイスラーム教徒の召使いが、煌々《こうこう》と輝く灯油ランプを手に、部屋の中に入ってきました。彼が私を狂人と思ったかどうかはわかりません。ですが、その瞬間、私は想い起こしたのです――私が、何々チャンドラの長男の、何々ナートに他ならないことを。また、こうも思いました――この世界の中、あるいは外の、いずこかで、形なき噴水が永遠に溢れ続け、幻のセタールが見ることのかなわぬ指に弾かれて、終わりなきラーギニーを奏でているか否かは、我らが大詩人たちが語るに任せておくとしても、私がバリーチャの市場で木綿税を徴収し、毎月四五〇ルピーの収入を得ていることは、紛れもない真実なのだ、と。灯油ランプに明るく照らされた簡易テーブルの傍で新聞を広げながら、最前の奇妙な幻惑を改めて想い起こし、そのあまりの馬鹿馬鹿しさに薄笑いを禁じ得ませんでした。

新聞を読みムガル料理を食べ終えて隅の小部屋に引き下がり、灯を消して寝台に身を横たえました。目の前の開いた窓を通して、暗黒の森に囲まれたアラーリー山の上空にひときわ輝く星座が、百億由旬《ゆじゅん》[16]彼方の天空から、みすぼらしい簡易ベッドに横たわる彼《か》の木綿徴税人氏を凝っと見つめている——このことに驚嘆と興趣を感じながら、私はいつしか知らぬ間に、眠りに落ちていました。どれだけの時間眠っていたかも定かではありません。ある時不意に、身震いとともに目覚めまし

---

13 王宮の門の上や隣にある音楽棟《ナハバト＝カナ》で四六時中奏でられる、合奏楽。

14 「アーラープ」は古典歌唱・楽曲における無伴奏の導入部。バーンヤー＝タブラーのリズム伴奏が入る前にラーガ（注15）の持つ情調《ラサ》を確立する。

15 「ラーギニー」は「ラーガ」の女性形。いずれもインド古典音楽の旋律型を指す。その旋律型の枠組みに則り、定められた時間・季節に、その時々の情調《ラサ》を表現する即興演奏を行なう。

16 由旬《ゆじゅん》は古代インドの長さの単位。一由旬は牛を車に引かせて一日にたどる距離を指した。今日では天体間の距離など、測り難いほど大きな距離を指す時に比喩的に用いられる。

た——部屋に物音がしたのでもなければ、入ってくる誰かを見たわけでもないのですが。闇に沈む山の上空から、瞬きもせず見つめていたあの星座はすでに沈み、黒分《こくぶん》[17]の月の朧《おぼ》ろな光が、怯《お》ず怯《お》ずと遠慮がちに、窓を通って差し込んでいました。

誰の姿も見えません。それでもはっきりと感じとれました——何者かが、私をそっと揺り動かしているのを。身を起こすと、その者は一言も言わずに、ただその指環を嵌めた五本の指の動きで、細心の注意を払って後に従うよう、私を促しました。

私は、音を立てないように、そっと立ち上がりました。その百の大部屋小部屋を擁する巨大な空虚に領され、眠りについた物音とそのいまだとよめく反響に満ちた宏大な宮殿に、私以外、生きとし生ける何ものもいなかったにもかかわらず、歩を運ぶごとに、誰かが目を醒ますかもしれないという恐怖に襲われました。宮殿のほとんどの部屋は鎖《とざ》されており、私は、一度とて、それらの部屋に入ったことがありません。

その夜、息をひそめ、忍び足で、その目に見えぬ案内人の後をたどりながら、私はどこを通りどこに向かっていたのか、今となってははっきり言うことはできません。いったいいくつの暗闇の隘路《あいろ》、いくつの延々と続くベランダ、重い沈黙に満ちたいくつの広大な集会用ホール、いくつの風も通わぬちっぽけな秘密の部屋を、過ぎたことか。

不可視の使者を肉眼で捉えることができなかったとはいえ、その姿は私の心に映らずにはいませんでした。アラブ女性で、垂れた袖の中からは、大理石にも似た純白の、硬く丸々とした腕が覗いていました。帽子の縁から繊細な薄衣のヴェールが顔の上にかかり、腰帯には反った短刀が装着されていました。

私には、アラビアの千一夜物語の中の一夜が、この日、物語の世界から舞い来《きた》ったかに思われました。あたかも私は、闇夜の中、眠りに沈むバグダードの灯の消えた狭い路地を、ある危険に満ちた逢引きのために彷徨《さまよ》い歩いているかのようでした。

こうして私の使者は、ついに一枚の濃紺の帷の前に至り、そこで不意に立ち止まると下方を指し示しました。何ひとつ見えなかったとはいえ、恐怖のあまり、私の心臓の血は凍りつきました。私にはわかったのです——その帷の前の地べたに、錦織の衣装をまとった異教徒の宦官がひとり、その巨躯の膝の上に抜身の剣を載せ、両足を広げたまま眠り呆けているのが。使者は軽やかな足取りでその両足を跨ぎ越えると、帷の一方の端を持ち上げました。

ペルシア絨毯を敷きつめた部屋の一部が垣間見られました。寝台の上にすわっているのは誰

17　満月から新月までの、次第に月が欠けていく期間。

か、その姿は見えません——ただ、サフラン色の緩やかに広がるパエジャヤマ[18]の下方に、錦糸のサンダルを履いた二つの美しい足が、薔薇色のビロード椅子の上に、投げやりに置かれているのが目に映ります。食卓の片側、青みがかった切り子ガラスの器には、林檎、梨、オレンジがいくつか、さらには葡萄の房がこぼれるばかりに飾られ、その横では二つの小さな酒杯と黄金色のガラスの酒器が、客人の到来を待っています。部屋の中からは、えも言われぬ香煙の人を酔わせずにはおかぬ薫りが漂ってきて、私を恍惚とさせました。

私が胸をときめかせて、その宦官の広がる両足を跨ごうとした時です——彼はびくりと起き上がり、その膝から、剣が音を立てて石の床の上に落ちました。

不意に異様な叫び声が耳に入り、ぎくりとして目を覚ますと、私は例の簡易ベッドの上に、汗まみれになって身を起こしていました——明け方の光の中、痩せ細った黒分の月のかけらは、不眠に疲れ果てた病人のように蒼ざめています——そして我らが狂人メヘル・アリは、彼の日々の習慣に従い、朝の人気ない道を、「近寄るな！　近寄るな！」と叫びながらうろついていました。

こうして、私の千一夜物語の一夜が、あっけなく終わりを告げたのでした——でもまだ、千夜が残されています。

私の昼と夜の間に、とてつもない諍《いさか》いが始まりました。昼の間は疲れ切った身体を引きずって仕事に出かけ、空虚な夢に満ちた幻惑の夜を呪い続ける——ところが、日が暮れると、私の昼の勤めに縛られた存在が、まったく取るに足りない、偽りの、笑うべきものに思われます。

日が落ちると、私は一枚の陶酔の網に絡めとられ、完全にその虜になります。文字に記されていない歴史に埋もれた、何百年も昔のある比類ない人物になりおおせた私に、イギリス風の短い胴着《クルター》や窮屈なズボンはもはや似合いません。そんな時、私は、頭に赤いビロードのトルコ帽を載せ——緩やかなパエジャマ、花模様の長衣《カバ》の上に長い袖広の絹の寛衣《チョガ》[19]をまとい、色鮮やかな手巾に花香油を振り撒き、細心の注意を払って着飾りました。紙巻きタバコには目もくれず、薔薇水に満たされた、蛇のようにくねくねと管を巻く巨大なアルボラ煙管《ぎせる》[20]を手に、高い足座のついた大椅子に腰を据え、とある夜の空前絶後の逢引きに向けて、全霊を傾けて備えました。

18　腰を紐で縛った緩やかなズボン。インドのイスラーム教徒の一般的な下衣。

19　胸元の開いた、長衣の上に羽織る寛衣。ジョッバとも呼ばれる。上流階級の衣装で、多くの場合派手な刺繍を縫い付けている。

20　水煙管《フッカ》の、水を通したタバコの煙を吸い口まで導く、長い煙管。

その後、夜闇が濃くなるにつれ、どんなに驚くべき出来事が起こり続けたか、それを私はうまく描き出すことができません。ちょうど、ひとつの素晴らしい物語のいくつかの千切れた部分が、この宏大な宮殿のさまざまな部屋部屋を、春の突風に煽《あお》られてヒラヒラ舞っているかのようでした。少し先までは見えるのですが、その結末がどうなるかが見えないのです。私もその渦巻くちりぢりの断片を追いかけながら、夜を徹して部屋から部屋へと彷徨《さまよ》い歩きました。

この夢屑の渦の中に、この微かなヘンナの薫り[21]、微かなセタールの響き、仄かに甘く薫る水沫を乗せた風波の中に、ひとりの女主人公の姿が、束の間閃く稲妻のように、間々《まま》視界を過《よ》ぎることがありました。下半身を包むサフラン色のパエジャマ、火照った白く柔らかい足には金糸銀糸を縫い付けた尖の反った下履き、錦糸の花模様に彩られた乳当てはその胸を締め付け、頭に載く赤い帽子の縁まわりに垂れる黄金の房は、純白の額と頬を取り巻きます。

彼女は私を狂わせました。私は彼女との逢引きのために、夜毎眠りの地底世界に下り、夢の迷路が縺《もつ》れ合うまやかしの街の、路地から路地、部屋から部屋へと渡り歩きました。

夕暮れ時、大きな鏡の両脇に二本《ふたもと》のランプを灯し、心を傾けて皇子のような装いに身を凝らしていると、不意に目に映ることがあります——鏡の中の私の傍らを束の間過《よ》ぎる、若きイラン女性の影——瞬く間に肩を反らし、漆黒の大きく見開かれた瞳に深い情感を湛えた痛々しいまでの恋情を訴え、湿り気を帯びた美しい両唇には定かに聞き取れぬ言葉の暗示を浮かべ、軽く優雅に身を踊らせながら、花開く蔓草のような若さ漲《みなぎ》るその全身を上方に向けて素早く旋回させ――痛みと欲望と錯乱に満ちた笑い、流し目、装身具の輝く火花を雨霰と注いで、瞬く間にその同じ鏡の中に消え去ります。山麓の森々に漂う薫香のすべてを奪い去る凄まじい風が吹きつけ、私の二本《ふたもと》のランプの灯を吹き消します。私は身にまとった飾りをすべて脱ぎ捨て、衣裳室の横の寝台に歓喜に慄《ふる》える身体を横たえ、目を閉じたまま凝っとしていました――私の四囲を吹き荒れるその風の中にアラーリー山巓《さんてん》のすべての薫香が入り混じり、抱擁、口づけ、柔らかな手の愛撫の数々が秘めやかな闇いっぱいにめぐり漂い続け、甘い囁きの数々が耳元を、甘い薫りの息吹きが額を擽《くすぐ》り、仄かな薫香に彩られた柔らかなスカーフが舞い翻《ひるがえ》りながら繰り返し頬をなぶります。一匹の惑わしの雌の大蛇が私の全身を、その陶酔のとぐろでじわじわと締めつけるかのようです。私は深々とため息をつき、麻痺した身体を引きずって、底無しの眠りへと落ちていきました。

21　高さ三～六メートルほどのミソハギ科の常緑樹。白や赤の芳香を放つ花を咲かせる。その楕円形の葉を乾燥させオレンジ色の粉にしたものを、髪の染色やマニキュアに用いる。

ある日の午後、私は馬に乗って出かけようと決意しました——未知の何者かが、私をそうさせまいとしていました——でもその日、私はその制止を無視しました。木の衣紋掛けに、私の白人風帽《サヘブ》の帽子と短い胴着《クルター》が掛かっていたので、手を伸ばしてそれを取り、身につけようとした時でした——シュスタ川の砂とアラーリー山の枯れた葉叢《はむら》を旗のように掲げた烈しい竜巻が巻き起こり、私のその胴着《クルター》と帽子を巻き込んでぐるぐる旋回させながら運び去ると同時に、この上なく甘やかな高笑いがひとつ、その風とともに輪を描き続け、好奇の音階のひとつひとつを叩きながら、上へ、そのまた上へとオクターブの階段を駆け上り、ついには西方の日没の領土へと消え去りました。

その日、もはや馬にまたがることはなく、その次の日からは、その珍妙な短い胴着《クルター》と白人風帽《サヘブ》子を身にまとうことも、一切やめてしまいました。

またその日の真夜中のことでした。寝台に身を起こしてすわっていると、誰かがしゃくりあげながら、胸が張り裂けんばかりに泣いているのが耳に入りました——あたかも私の寝台の下、床の下、この宏大な宮殿の礎石の底にあるじめじめした暗闇の墓の中から、涙ながらに訴えているかのようでした、「私をここから救い出して、連れて行って！——冷酷なまやかし、深い眠り、無益な夢の扉をすべて叩き壊し、私を馬に乗せ、あなたの胸にしっかり抱き寄せ、森を通り山を越え川を渡って、あなたの陽の光に照らされた部屋の中へ、連れて行って！　私を救い出して！」

私が誰だというのだ！　この私が、どうやって救い出せようか！　この変幻極まりない、渦巻く夢の奔流の中から、溺れかけ救いを求めるどんな美女を、どうやってこの私が、岸辺に引き上げようというのか！　あなたは、いつ、いずこに生きていたのか、神々しい美女よ！　いかなる涼やかな水源のたもと、棗椰子《なつめ》の園の蔭、いかなる家無き砂漠の住人の膝元にあなたは生を享けたのか！　いかなるベドウィンの盗賊が、野生の蔓草から花の蕾を引きちぎるようにあなたを母親の膝元から引きちぎり、稲妻の如く駆ける馬の背に乗せ燃える砂の広がりを越え、いかなる王都の奴隷市場に連れ去ったことか。そこではまたいかなる皇帝の従者が、あなたの恥じらう咲き初《そ》めの青春の輝きを値踏みして、幾枚かの金貨にて買い取り、海を越えその身を黄金の駕籠に乗せ、主人の館のハーレムへと献じたことか。そこではまた、なんという歴史が！　あのサーランギー[22]の調べ、足飾り《ヌプル》の響き、黄金の酒の如く降り注ぐランプの光の只中を、短刀の煌《きら》めき、毒の苦しみ、流し目の惑わしが行き交う。何という限りなき豪奢、終わりなき牢獄！　両脇には女召使いが二人、金剛石の腕輪を稲妻の如く閃めかせながら、ヤクの毛の大扇を煽《あお》いでいる。王の中の王たる皇帝

22　インドの伝統的な擦弦楽器。三本の主弦と三〇本を超える共鳴弦からなる。伝統歌曲の伴奏に用いられた。

は、純白の足の下、宝珠を鏤《ちりば》めた足座の傍らに転げている。外扉の傍らでは、死神ヤマにも似たアビシニアの黒人奴隷が、神の使者さながらに装い、抜身の剣を手に佇む。その後、あの血塗《まみ》れの、嫉妬泡立つ策謀に満ちた、凄まじく輝く豪奢な流れの只中を漂いながら、砂漠の花の蕾であるあなたは、いかなる冷酷な死の中に、はたまた、いかなる冷酷無残な栄光の岸辺に打ち捨てられたことか！

とその刹那、あの狂人メヘル・アリが、不意に叫び声をあげます、「近寄るな！　近寄るな！すべてはまやかしだ！　すべてはまやかしだ！」

目を開くと、すでに朝でした。仕着せ着をまとった使いの者が、配達された郵便物を私に手渡し、料理人が来て、一礼した後、今日は何を料理したらいいかと尋ねました。

「いや、もう、この建物にいることはできない」――私はこう答えると、その日のうちに身の回りの物を携えて、事務所に駆け込みました。事務所の年老いた書記官カリム・ハーンは、私を見て微かな笑いを漏らしました。私はその笑いを見て気分を損ない、彼を無視して、ひとり仕事を始めました。

夕刻が近づけば近づくほど、気もそぞろになってきます――今すぐどこかに行く必要がある、との思いが湧いてきます――木綿の量の検査などまったく無用な仕事で、ニザームの行政を見ること自体、どうでもいいことのように思われます――今目にすることのすべて、私の四囲で進行する事態の数々、あくせく働き、腹を満たし、また働く――こうしたすべてが、私には、まったく卑しい、意味のない、つまらないことに思われてきます。

ペンを投げ捨て分厚い帳面を閉じると、私はすぐさま馬車に乗り込み、馬を駆り立てました。馬車は自ら進んで、ちょうど日が落ちる刹那、あの石の宮殿の側へと行き着きました。急ぎ足で石段を駈け上がり、建物の中に入りました。

この日、すべてがしんと静まり返っていました。暗闇の部屋部屋は、怒りのあまり顔をしかめているかのようでした。私の心は後悔の念で溢れんばかりでした。でも誰にその思いを伝えたらいいのか、誰に赦しを乞うたらいいのか、求めても答えは得られません。虚ろな心を抱えたまま、私は暗闇の部屋部屋を彷徨《さまよ》い続けました。楽器をひとつ手に取り、誰かの耳に届くように、こんな歌を歌いたい気持ちでした――「ああ、火よ！ あなたを捨てて逃げ出そうとした虫が、再び死ぬために戻って来たのです！ どうかその虫を、赦してください！ その両の羽根を灼き尽くし、灰にしてください！」

不意に上方から、涙が二雫《ふたしずく》、私の額に落ちました。その日、アラーリー山頂には、漆黒の雲が蟠《わだかま》りつつありました。闇に沈む森とシュスタの墨を流したような水は、何か恐ろしいものの到来を待ち受けて静まり返っています。とその時、川が、陸が、空が、不意に震え上がりました――突如歯を剝き出しにした稲妻を従え、嵐が縛る鎖を断ち切った狂人のように、彼方の道無き森の中から、あたりをつん裂く雄叫びをあげて駆けて来ました。宮殿の巨大ながらん胴の部屋部屋はそのすべての扉をバタつかせ、鋭い苦痛に苛まれてひゅうひゅう悲鳴をあげ続けました。

この日、召使いたちは残らず事務所にいたため、ここには灯を点す者が一人もいません。その雲に覆われた新月の夜、建物を満たす黒曜石のように黒い闇の只中で、私ははっきりと感じ続けました――一人の女性が豪奢な寝台の下、絨毯の上にうつ伏せになって倒れ、解きほどけた自らのもつれ髪を両の拳でつかみ引きちぎっているのを。彼女の皓白《こうはく》の額を血が溢れ滴り落ち、ときに彼女は乾いた甲高い声でけたたましく笑い出し、ときに胸を激しく波打たせて泣き崩れ、両手で胸の乳当てを引きちぎり、剝き出しになった胸を叩き続けます。開いた窓からは風が唸り声をあげて吹き込み、雨は滝のように流れ込んで彼女の全身を水浸しにします。

夜通し嵐は止まず、泣き声も止みませんでした。私は無益な後悔に苛まれつつ、闇の中を部屋から部屋へと彷徨《さまよ》い続けました。どこにも、誰ひとり見当たりません――いったい、誰を慰めたらいいのか？　この凄まじい怨恨《アビマーナ》は誰のものか？　この限りない悲嘆は、いったい、どこから湧いてくるのか？

狂人が叫び声をあげます、「近寄るな！　近寄るな！　すべてはまやかしだ！　すべてはまやかしだ！」

気がつくと夜明けでした。メヘル・アリは、この凄まじい大嵐の日にも、いつも通り宮殿の周りを巡りながら、お決まりの叫び声をあげていました。その時、不意に思い至りました――もしかするとこのメヘル・アリも、ある時、私のように宮殿に住んでいたのではないか？　今や気が狂い、宮殿の外にいてもこの石の惑わしに惹かれ、毎朝その周りを巡りに来るのではないか？すぐさま私は、降り注ぐ雨の中を駈け寄り、狂人に問い質しました、「メヘル・アリ、何がいったい、まやかしなんだい？」

彼はその問いに何も答えず、私を押しのけると、大蛇の縄張りの周囲を憑かれて飛び回る鳥のように、建物の四囲を、叫び声をあげながら、ぐるぐる回り続けます。自分に警告を発するために、ただひたすら、懸命に叫び続けます、「近寄るな！　近寄るな！　すべてはまやかしだ！　すべてはまやかしだ！」

私はその大嵐の中を、気が狂ったように事務所に駈け込むと、カリム・ハーンを呼びつけて言いました、「これはいったい、どういうことなのか、洗いざらい説明してください」

その時、老人が私に語ったことをまとめると：——

かつてあの宮殿には、多くの満たされぬ欲望、気違いじみた歓楽の炎が、渦巻いていました——そうしたすべての心の業火《ごうか》、すべての実りなき欲望の呪いを浴びて、宮殿の石のひとつひとつが飢えと渇きに苛まれ、生身の人間を得ると、屍肉を漁《あさ》る悪鬼のように、その人を貪り喰おうとします。三晩あの宮殿に泊まった者たちの中で出て来ることができたのは、狂人になったメヘル・アリの一人のみ。これまで、他に誰ひとり、その口から逃れ得た者はいません。

尋ねました、「私が助かる道はないのですか？」

老人は答えました、「ただ一つだけあります、とても困難な道ですが。お教えしましょう——でもその前に、あの花園宮殿《グルバーグ》に住むあるイラン人女奴隷がたどった、昔日の物語を語る必要があります。あのように驚くべき、あのように胸を抉《えぐ》る悲惨な出来事は、かつてこの世で、起きたことはなかったのです」

ちょうどこの時、苦力《クーリー》たちがやって来て、まもなく汽車が来ると告げた。こんなに早く？　あわてて寝具を畳み、まとめているうちに、汽車が到着した。その汽車の一等客室の窓から、眠りから覚めたばかりのあるイギリス人が、顔を突き出して駅の名前を読もうとしていたが、ぼくらに同行していた人物が自分の友人であることに気づくと、「ハロー」と叫び声をあげ、自分の客車へ呼び込んだ。ぼくらの車両は二等客室だったので、ついにその人物の正体を知ることはかなわず、物語の結末も聞くことができなかった。

ぼくは言った、「あの人はね、ぼくらがうぶなのを見て取って、ふざけ半分で騙したのだよ。あの話は、最初から最後まで作り話さ」

この時の口論の結果、ぼくはこの神智学論者の親戚と、永遠に訣別することになった。

非望

দুরাশা

英領インド時代にイギリス人によって開発された、北ベンガルの避暑地、ダージリン。その道端で、小さな藩王国の太守《ナワーブ》の娘が、自らがたどった悲劇の歴史を物語る。聞き手は、たまたまそこを通りかかった、白人《サヘブ》気取りの現代風ベンガル人紳士。

一八五七年、イギリス東インド会社のインド人傭兵（シパーヒー）の蜂起に始まった反英独立運動は、北インドを中心に、インド全土のイギリス直轄領・藩王国に広がる。この太守《ナワーブ》の娘が属する架空の藩王国も、その争乱に巻き込まれた。反乱軍は、同年五月デリーを占拠、ムガル王朝皇帝バハードゥル・シャー二世を最高指導者に立てた。しかし同年九月、デリーを包囲されたバハードゥル・シャー二世はイギリス軍に投降。またその翌年、抵抗の中心であったアワド藩王国やジャーンシー藩王国が陥落し、反乱は終結した。

インド人傭兵が蜂起した直接のきっかけは、イギリスが導入したライフル銃の火薬と弾丸を包んだ薬包に、牛脂や豚脂が塗られているとの噂が広がったためとされている。銃に装填する時、兵士はそれを食いちぎる必要がある。牛脂はヒンドゥー教徒の、豚脂はイスラーム教徒のタブーであった。

この「インド大反乱」の終結を機に、一八五八年、イギリスはムガル皇帝を廃位に追い込み、東インド会社を解散してインド直接統治を開始する。タゴールが生まれる三年前のことである。

ダージリンに来て見ると、見渡す限り、雲と雨に覆われている。部屋から出る気が起きないが、かと言って、部屋の中に閉じこもっているのも、なおのこと気に染まない。

ホテルで朝の食事を済ませてから、大きな長靴を履き、マッキントッシュのレインコート[1]にすっかり身を固めて散歩に出た。雨粒が頻りにポタポタと降り注ぎ、すべてが厚い雲の靄《もや》に包まれているその様子は、神がヒマラヤの山々もろとも、全世界の画布に消しゴムを繰り返しこすりつけ、その絵を拭い去ろうとしているかに思われた。

人気ないカルカッタ・ロードを、ひとり足を運びながら、こんなことを思っていた——あてどのない雲の王国は、もうとても我慢ならない。この生命は、いま一度、五感をそれぞれの仕方で駆使して、多様な音・感触・形象に満ち満ちた母なる大地にしがみつきたくてうずうずしているのだ、と。

そんな時、ほど近くから、女性の哀れを誘う、くぐもるような泣き声が聞こえてきた。この病と悲嘆に溢れた現世において、泣き声は特に珍しいものではなく、別の場所、別の時であれば、

1　イギリスの老舗ブランド。チャールズ・マッキントッシュが防水布を開発、一八三〇年に会社を設立して、この技術を用いたレインコートを売り出した。

それに係《かかずら》わったかどうか、疑わしい。だが、この果てしない雲の王国の只中にある私の耳には、その泣き声は、消し去られた全世界から響いてくる、唯一つの泣き声であるかのように聞こえた。それが取るに足らぬものとは思えなかった。

音のする方に近づいて見ると、サフラン色の僧衣に身を包み、黄金色の重い髻《もとどり》を頭に冠のようにひき詰めた女性が、道端の岩のひとつに腰を下ろして、か細い声で泣いている。それは、直前に起きたことに対する悲嘆ではなく、長い歳月にわたって積み重なった無言の疲弊と落胆が、この日、雲の闇に包まれた孤絶に圧されて、一気に溢れ出ているのだった。

内心、こう思った――なかなか、うまいぞ。まるで、誂《あつら》えものの小説の、出だしみたいじゃないか。山の頂に、女修行僧がすわって泣いている――こんな姿をこの肉眼で見ることができようなんて、今の今まで、思ったこともなかった。

女性がどんな出自なのか、見当がつかなかった。ヒンディー語で懇《ねんご》ろに尋ねた、「どなたですか、あなたは？　どうされたのですか？」

最初は、答が返ってこなかった。雲の中から、涙に濡れて光る目で私を一瞥した。

私は再び口を開いた、「怖がらなくてもよろしい。不審な者ではありません」

これを聞くと、彼女は微笑を浮かべ、生粋のヒンドゥスターニー語[2]で答えた、「恐怖などというものは、もう遥かな昔にどこかに葬り去り、いまや何の恥も外聞もありません。旦那様《バブー＝ジー》[3]、かつて私は婦人だけの区画《ゼナーナ》[4]におりましたが、そこでは、実の弟が出入りするのにすら許可が必要だったのです。でも、今はもう、この世界のどこにも私を隔てる帷《とばり》はありません」

始めは少し腹が立った。私の振舞いは何から何まで白人風《サヘブ》である。なのにこの不幸な女は、どうして私を、躊躇なく旦那様《バブー＝ジー》と呼ぶのか？　この辺で私の小説はおしまいにして、白人《サヘブ》のように鼻高々と、蒸気機関車さながら威勢のいい音とともにタバコの煙を撒き散らし、揚々とこの場を退場しようかとも考えた。しかし、結局は好奇心が勝利を収めた。私は少し威厳を取り繕い、肩をそびやかしながら尋ねた、「何か、手助けできることは？　私に頼み事でも、ありますかな？」

女性は私の顔を凝っと見つめ、少し間を置いて手短に答えた、「私はバドラーオーンの太守《ナワーブ》、ゴー

2　ヒンドゥスターン（註9）の言語ないし人を指す。ここではムガル宮廷などで使われていた、ペルシア語やアラビア語の影響を受けた洗練されたウルドゥー語の意味で用いている。

3　「バブー」は、ベンガル人中間層《ミドルクラス》のヒンドゥー男性に対する呼称。「ジー」は、北インドのヒンドゥー男性に対する、親しみをこめた敬称。

4　「ゼナーナ」（ペルシア語）／「ジェナナ」（ベンガル語）　高貴なイスラーム教徒の家の、女性のみが入ることが許される区画。ヒンドゥー教徒の「奥の区画《オントップル》」は、後にこの慣習を取り入れたもの。

ラームカーデール・ハーンの娘です」

バドラーオーンがどこにあり、ゴーラームカーデール・ハーンがどんな太守《ナワーブ》で、その娘がいかなる悲運に見舞われて修行僧となり、ここダージリンのカルカッタ・ロードの縁にすわって泣いているのか――その一切が私には五里霧中で信じようもなかった。だが、話はせっかく盛りあがってきたところだ、こんな好機をみすみす逃す手もあるまい、と考えた。

すぐさま威儀を正し、長々しい一礼《サラーム》[5]をして言った、「高貴なご婦人《ビビ＝サヘブ》[6]、ご無礼をお赦し下さい。どんなお方か存じ上げませんでした」

「存じ上げなかった」のには多くのもっともな理由がある。中でも一番大きな理由は、これまで彼女をまったく見たこともなかったことだ。その上、こんな霧の中では、自分の身体に付いている手足さえ「存じ上げる」のは難しい。

高貴なご婦人《ビビ＝サヘブ》の方も私の過ちを咎めず、右手で別の岩を指し示し、満足気な声で私に許可を与

5 イスラーム式の挨拶。ふつうは軽く頭を下げ、下に向けた掌を額に触れる動作のみだが、高貴な人の前では、この動作を繰り返しながら後退《あとずさ》りして距離感を表す。
6 「ビビ」はイスラーム教徒の女性。「サヘブ」は尊称。

えた、「おすわりなさい《バイティエ》」
どうやらこの女性は、人に指図する権威を備えているようだ。私は彼女から、その濡れそぼち苔むしたでこぼこ岩の上に座を占めることを許されるという、考えられぬほどの栄誉を手にすることができた。バドラーオーンのゴーラームカーデール・ハーンの娘、ヌル＝ウンニーサーないしメーヘール＝ウンニーサーないしヌル＝ウルムロクは、この私に、ダージリンのカルカッタ・ロードの縁の、彼女からほど近い、やや低目の泥まみれの座にすわる権利をお与えになった。ホテルからマッキントッシュをまとって出てきた時、かくも畏れ多い恩恵に浴することになろうとは、夢にだに思わなかった。

男女二人の歩行者がヒマラヤ山麓の岩に密《ひそ》かにすわり、秘めやかな会話を交わすとなると、できたてホヤホヤの、まだ湯気が立ち昇っている詩物語のように聞こえ、読者諸氏の胸には、はるか彼方の人気ない山奥の洞窟から落ち来る滝の水音、あるいは、カーリダーサ作『雲の使者』や『軍神クマーラ』[7]が伝える、多彩な音色のさざめきが湧き起こることだろう。だがそれにしても、次のことは、誰しも認めざるを得まい——長靴とマッキントッシュをまとった身で、カルカッタ・ロードの縁の泥まみれの座に、粗末な衣装のヒンドゥスターニーの女性とともにすわるなどという状況に置かれて、自分の威厳がいささかも損なわれないと感じ得る「現代風ベンガル人」は、滅多にいるものではない、と。だがその日、深い霧に四囲はすべて閉ざされ、人びとの目を気にするような心配はまったくどこにもなく、ただひたすら、限りない雲の王国の中に、バドラーオーンのゴーラームカーデール・ハーンの娘と、この私という新たな文明に浴した白人《サヘブ》風ベンガル人の二人のみが、並び立つ岩の上に、宇宙の崩壊を生き延びた二つのかけらのように取り残されている――この奇妙な邂逅《かいこう》に潜むこの上ない皮肉に、私たち二人を操る運命の女神以外、誰の目にも映ることはなかったのだ。

私は言った、「高貴なご婦人《ビビ＝サヘブ》！　誰がいったい、あなたをこんな状態に貶《おとし》めたのですか？」

バドラーオーンの太守《ナワーブ》の娘は、額に手を打ちつけて答えた、「これが誰のなせる業か、どうして私にわかりましょう！　いったい誰が、かくも巨大な硬い岩に覆われたヒマラヤの山を、単なる霞《かすみ》に過ぎぬ雲の帷の陰に、消し去ることができると言うのでしょう？」

私はいかなる哲学的議論も持ち出すことなく、すべてを受け入れて言った、「おっしゃる通り、いったい誰が、運命の謎を知り得ましょう！　我々は虫けらのようなものです」

7　インド古代（四～五世紀）の大詩人カーリダーサの、古典サンスクリット語で描かれた代表作。『雲の使者』は抒情詩、『軍神クマーラ』は叙事詩。

議論をふっかけ、高貴なご婦人《ビビ＝サヘブ》の言い分に喰らいつくこともできたのだが、なにせ言葉が足りなかった。門番や人夫たちとの接触を通してしゃべり慣れたヒンディー語では、カルカッタ・ロードの縁に腰を下ろし、バドラーオーンないし他のどこかの太守《ナワーブ》の娘と、運命論や自由意志論をめぐる本格的な議論をすることは、私の手に余った。

高貴なご婦人《ビビ＝サヘブ》はおっしゃる、「私の人生の驚くべき物語は、今日この日を以て完結しました。もしお望みなら、お聞かせしましょう」

私はあわてて答えた、「もちろんですとも！『お望み』も何もありません。伺うことができるとすれば、それにまさる光栄はありません」

私がこうした言葉の数々を、まさしくこのようにヒンドゥスターニー語で発した、とは決して思わないでいただきたい。そうしたい気持ちはあったが言葉がついていかなかった。高貴なご婦人《ビビ＝サヘブ》が話す言葉を聞いていると、露濡れた黄金の穂を頂く田圃の鮮やかな緑の上を、朝の甘やかな風が小波《さざなみ》となって過ぎ行くかに思われた。その一句一句に、まことに自然な慎み、この上ない美、澱みない言葉の流れが感じられた。それに引き換え、私の方は、ボツボツと途切れ途切れに、野蛮人のそれのような、味も素気もない言葉で応じていたにすぎない。言葉にこもるかくも完璧で淀みない、自然なしとやかさを、私は絶えて知らなかった。高貴なご婦人《ビビ＝サヘブ》と言葉を交わすことになって初めて、私は、自分の品行がいかに貧相なものかを、身にしみて感じることになった。

彼女は言った、「私の父方の家系には、デリーの皇帝一族の血が流れていたので、私にはその家系の威信を守るに相応《ふさわ》しい嫁ぎ先が求められていました。しかし、婿捜しは困難をきわめました。ラクナウの太守《ナワーブ》[8]から結婚の申し出があり、父が躊躇しているちょうどその時でした。銃口に装塡するため口で噛み切らなければならない薬包《やくほう》に、牛脂・豚脂が塗られていたことをめぐって、インド傭兵《シパーヒー》と東インド会社の総督との間で戦いが始まりました。大砲の煙でヒンドゥスターン[9]は闇に覆われたのです」

それまで女性の口から、とりわけ高貴な女性の口から、ヒンドゥスターニー語を聞いたことがなかった。それを初めて耳にして、これこそ貴族《アミール》の言葉であると明瞭に理解した――この言葉が日常使われていた時代はもはや過ぎ去り、今や鉄道に電報、仕事の山、ムガル王朝時代の気高い伝統の喪失――すべてが矮小で飾り気のない世界となってしまった。太守《ナワーブ》の娘の言葉を聞いただ

8　ラクナウはアワド藩王国の首府。イギリスが一八五六年にアワド王国を強引に併合したことが、インド大反乱を引き起こす引き金の一つとなった。

9　「ヒンドゥスターン」は、インダス川以東の地、の意。インドの地全体を指す。

けで、イギリス人によって作られた現代の山間の街ダージリンを覆う、濃密な霧の網に絡めとられながらも、私の心眼には、ムガル帝国の想像上の街が、魔法のように浮かびあがってきた——巨大な、天にも届かんとする大理石の館の列、長い尾を垂らして道を闊歩する馬の背には細やかに編まれた敷物が置かれ、象の背には黄金の縁飾りを編み込んだ座が設《しつら》えられている。街の住人たちの頭に巻かれたさまざまな色のターバン、羊毛・絹・モスリン製の緩やかに広がる上衣とパエジャマ[10]、腰帯には半月刀、足には尖端の反った金糸銀糸の靴——長閑《のどか》な余暇、ゆったりした衣服、礼儀正しい振舞い。

太守《ナワーブ》の娘は言う、「私たちの砦は、ヤムナー河[11]のほとりでした。私たちの軍隊の司令官は、ヒンドゥーのバラモンでした。その名を、ケーシャルラールと言います」

彼女はこの「ケーシャルラール」の音の響きの中に、女性の声音が持つ調べのすべてを、余す所なく、一瞬のうちに注ぎ込んだ。ステッキを地面に置くと、私はすわり直して居住まいを正した。

「ケーシャルラールはヒンドゥー教徒の鑑《かがみ》でした。私は毎日明け方に起きて、奥の区画《オントップル》[12]の覗き窓から見つめたものです——胸までヤムナーの水に浸ったケーシャルラールは、両掌を結んで上方を仰ぎながら大きく輪を描くと、明け初めの太陽に向けてその結んだ両掌を捧げました。そうした後、濡れた衣をまとったまま川辺《ガート》の石段に腰を下ろし、数珠を一心にまさぐりながら真言の朗誦《ろうしょう》を済ませ、美しい明瞭な声音でバイラギー・ラーガ[13]の祈禱歌を歌いつつ館に戻って来ました。私はイスラーム教徒の娘でしたが、自分の宗教についての話を聞いたこともなく、それに相応《ふさわ》しい儀礼のやり方も知りませんでした。その当時、男たちは歓楽・飲酒・放蕩に耽り、宗教の規律はまったく杜撰《ずさん》で、奥の区画《オントップル》の歓楽の館でも、宗教はもはや生きていませんでした。神様におそらく、私の心の中に、ひたすら宗教を求める本性を植えつけたのでしょう。あるいは私には知る由もない、何か他の深い理由があったのかもしれません。とにかく、日々静まり返った朝、明け初めの陽光の下、波ひとつない青きヤムナーの、人気ない白い階《きざはし》の辺で祈りを捧げるケーシャルラールの姿を見て、私の目覚めたばかりの心は、言うに言われぬ甘い信愛に覆いつくされました。

常変わらず慎ましやかで敬虔に振舞うバラモンの鑑《かがみ》ケーシャルラールの、見目麗しい色白の生

---

10 腰を紐で縛った、緩やかなズボン。インドのイスラーム教徒の一般的な下衣。

11 インド北部を貫通する大河。ヒマラヤ山脈西部を源とし、デリー、アグラーを通り、アラーハーバードでガンガーと合流する。

12 ここから太守《ナワーブ》の娘は、「婦人の区画《ゼナーナ》」に替えて、ヒンドゥーの用語「奥の区画《オントップル》」を用いる。

13 バイラヴィーは夜明けに演奏されるラーガ。哀切な情調《ラサ》で知られる。

気溢れる身体は、煙を立てず燃え輝く炎のように思われました。バラモンの聖なる偉大さは、このイスラーム教徒の娘の無知な心を、比類ない尊敬の念で満たし、全《まった》き帰依へと導きました。私にはヒンドゥー教徒の侍女が一人いました。彼女は、毎朝、ケーシャルラールの前に身を屈めて帰敬[14]し、それを見て私の胸には、嬉しさと同時に嫉妬の念も湧いてきました。勤行《ごんぎょう》や祭祀の時、この侍女は折に触れてバラモンを饗応し、喜捨を施しました。私は、自ら進んで彼女を援助しながら、『ケーシャルラールを招待できないだろうか?』と尋ねました。彼女は舌打ちして、『ケーシャルラール師は、誰からも食事や捧げ物をお受け取りにならないのです』と答えます。

このように、直接にも間接にもケーシャルラールに信愛の徴《しるし》を示すことができず、私の心は満たされぬ思いに苛まれ続けました。

私の祖先の中に、ひとり、バラモンの娘を無理やり娶《めと》って連れ来《きた》った者がいます。私は、奥《オントップル》の区画の境界にすわりながら、その祖先の聖なる血の流れを自分の血管の中に感じ、その絆を通してケーシャルラールと一つに繋がれていると想像して、わずかながら自分を慰めました。

そのヒンドゥーの侍女から、私はヒンドゥー教の慣習・しきたり・神々の驚くべき物語の数々、『ラーマーヤナ』、『マハーバーラタ』の比類ない伝承を、微に入り細を穿って聞いたものです。そうした話を聞いていると、奥《オントップル》の区画の境界にすわる私の心の前方に、ヒンドゥー世界の類《たぐ》い稀な光景が展《ひら》けてきました。数々の神像、法螺貝や鉦の音、黄金の頂を持つ神寺、線香・抹香からたちこめる煙、沈香《じんこう》や白檀《びゃくだん》の薫りに混じる花々の芳香、ヨーガ行者や修行僧の超越的な力、バラモンの人間を超えた偉大さ、人間の貌《かたち》をまとった神々のさまざまな戯れ――これらすべてが混じり合って、私の中に、時空を超越した、超自然的な幻の世界を創り出しました。私の心は、あたかも巣を失ったちっぽけな鳥のように、夕暮れ時の光に照らされた古く巨大な宮殿の、部屋部屋を飛び回ったものでした。ヒンドゥー世界は、私の少女心には、この上なく麗しいお伽話の王国でした。

　まさしくその時です――東インド会社総督に対するインド人傭兵《シパーヒー》たちの戦いが始まったのは。私たちバドラーオーンのちっぽけな砦の中も、反乱の波で沸きたちました。

　ケーシャルラールは言いました、『今こそ、牛肉を喰らう白人のやつらをこのアーリアの地から駆逐して、再びヒンドゥスターンの地に、ヒンドゥー教徒とイスラーム教徒の間だけの、王権の獲得をめぐる賽子博奕《さいころばくち》の世界[15]を取り戻さねばならぬ』

　私の父ゴーラームカーデール・ハーンは、臆病な人でした。父はイギリス人たちを、特別の親

14　目上の者または尊者に対し、恭順の意を表す。通常、ひざまずくか、あるいは単に身を屈めて右手で相手の足に触れ、その塵を口や頭に戴き、胸の前で両手を合わせる動作を伴う。

15　ヒンドゥー教徒とイスラーム教徒の間の領地の奪い合いを、賽子博奕の世界にたとえる。

縁関係を表すある呼びかけ[16]を用いて罵ると、こう言いました、『やつらはな、どんなに困難なことでも成し遂げることができるのじゃ。ヒンドゥスターンの人間は、やつらにはとても太刀打ちできまい。不確かな希望のために、わしのこのちっぽけな砦を失うわけにはいかんのじゃ。わしは東インド会社の総督とは戦わんぞ』

ヒンドゥスターンのすべてのヒンドゥー教徒とイスラーム教徒の血が騒ぎたっている時に、私の父が商人さながらの小心さを見せるのを見て、私たち皆の心に、嫌悪の念が起こりました。皇后や王妃たちまでが、心穏やかでなかったのです。

こんな時、兵士たちを引き連れ武器に身を固めたケーシャルラールがやって来て、父にこう告げました、『太守《ナワーブ》閣下、もし閣下が我々の側につかないのであれば、戦いが続く間、閣下を人質にして、この砦を指揮する責任は、私が取ることにいたします』

父は答えました、『そうした心配は、まったく無用じゃ。わしは、そなたたちの側につこう』

ケーシャルラールは言います、『宝物庫から、財宝を少し、供出してもらう必要があります』

父は『必要に応じて、その時々に供出することにしよう』と答えただけで、ほとんど何も与えませんでした。

私は、私の身体を頭から足の爪先まで飾っていた、装身具のすべてを布に包み、例のヒンドゥー教徒の侍女の手を通して、密かにケーシャルラールのもとに届けました。彼はそれを受け取りました。私の飾りを剝ぎ取られた肢体は、喜びのあまり、隅々まで総毛立ちました。

　ケーシャルラールが、錆びついた銃身や古びた剣を磨こうとしていたある日の午後、その地域の弁務官が、赤い胴着《クルター》をまとった白人たちを伴い、空に塵埃を撒き散らしながら、突然私たちの砦に入って来ました。

　父ゴーラームカーデール・ハーンが、密かに弁務官に反乱の情報を伝えたのです。

　バドラーオーンの兵士たちに対し、ケーシャルラールは一種神がかり的な影響力を持っていました。彼がそう言えば、兵士たちは壊れた銃や鈍った剣を手に、戦って死ぬことも辞しませんでした。

　裏切り者の父の住居は、私には地獄のように思われました。憤懣、悲哀、恥辱、嫌悪にまみれ、胸は張り裂けんばかりでしたが、目からは一雫《しずく》の涙もこぼれません。臆病者の弟の服をまとって男になりすまし、奥の区画《オントップル》から外に出ましたが、誰にもそれを見とがめる余裕はありませんでした。

　その時にはもう、塵埃《じんあい》と火薬の煙、兵士たちの叫喚、銃声のすべてが止み、恐ろしい死の平安が、

16　「シャラ(B)」。「義理の兄弟」の意だが、罵り言葉として使われる。ここではこの卑語を避けるため、遠回しに述べている。

水陸空を覆いつくしていました。陽はヤムナーの流れを血の色に染めてすでに沈み、夕暮れ空には満月を前にした一三夜の月が輝いています。

戦場の隅々まで広がる死の無惨な光景。他の時であれば私の胸は哀しみに傷んだことでしょうに、その日、私は夢遊病者のようにあたりをうろつきながら、ケーシャルラールの居場所を捜し回っていました――その唯一の目的を除き、私にとって、すべては無意味に思われました。

捜し回ったあげく、真夜中の輝く月明かりの中、ついに目に留まりました――戦場からほど近い、ヤムナーの河縁のマンゴー庭園の蔭に、ケーシャルラールとその従僕デーオーキナンダンの骸《むくろ》が、転がっているのが。私にはわかりました――ひどい重傷を負ったため、主人がその従僕を、あるいは従僕がその主人を戦場からこの安全な場所へ運び来て、平安のうちに自らを死の手へと委ねたのです。

私の長いこと飢え渇いていた帰依への直向《ひた》きな思いが、ついに報われる時が来ました。ケーシャルラールの足下に身を投げ出し、膝まで届く豊かな髪を解き放つと、その髪で繰り返し彼の足塵を拭い、熱した額に氷のように冷えたその蓮華の御足《み》を載せ、さらにその御足に口づけした刹那、長い歳月の溜まりに溜まった涙が一気に溢れ出ました。

とこの時、ケーシャルラールは身動《じろ》ぎし、その口から不意に、苦痛の不明瞭な呻き声が漏れました。私は震え上がり、彼の足下から身を離しました。目を閉じたまま、掠《かす》れ声で、『水！』と呟く一言が、耳に入りました。

すぐさま私はヤムナーに赴き、頭に巻いたスカーフを水に濡らして戻って来ました。スカーフを絞り、ケーシャルラールの開いた両唇の間に水を与え続けました。顔面に加えられた凄まじい打撃のために、彼の左目は潰れ、額はひどい傷を負っていました。私は濡れたスカーフの裾を引きちぎり、その傷ついた箇所を縛りつけました。

こうして何度かヤムナーの水を運び、その口や目を濡らすにつれ、彼の意識は徐々に戻ってきました。私は、『もう少し、水を？』と尋ねました。ケーシャルラールは、『誰だ、おまえは？』と返します。私は、もはや耐えることができず、こう答えました、『あなた様を崇拝し仕える、婢女《はしため》です。太守ゴーラームカーデール・ハーンの娘です』その時の私の思いはこうでした——死に際し、ケーシャルラールは彼の崇拝者の素顔を見知り、それを胸に抱いたままこの世を去るだろう。この幸福を、誰も私から奪うことはできまい、と。

私の正体を知るや、ケーシャルラールは獅子のように吼えました、『破廉恥漢の娘、異教の女！死に際に、イスラーム教徒の汚れた水を与えて、おまえは、わしの信仰を無にしおった！』言うなり、激しい力で、私の頬を右の掌で叩きました。私は目の前が闇になり、今にも気を失いそうでした。

その時私は一六歳、奥の区画《オントップル》から外に出たのはこれが初めて。外の世界の空に輝く熱く貪欲な陽光は、私の麗しい頬の薔薇色の輝きを、まだ奪ってはいませんでした。その外の世界に足を踏み入れた刹那、その世界から——私にとってその世界の神である方の手から受けた、最初の挨拶がこれだったのです」

私はこの時まで、消えた紙巻きタバコを咥《くわ》えたまま、呪文にかかったように、身じろぎもせずすわっていた。耳にしていたのが物語なのか、それとも流れる言葉の音楽なのか、定かではない。一言も口をついて出なかった。だがこの時になってとうとう我慢できなくなり、不意に口走った、

「けだものめ！」

太守《ナワーブ》の娘は言った、「けだものですって？　けだものが、死の苦しみにある時、口に差し出された水滴を拒むでしょうか？」

私は鼻白んで言った、「ごもっとも。では、神と言うべきでしょう」

彼女は答える、「どこが神ですか。神が信者の心を込めた世話を、拒めましょうか？」

「それもまた、その通りですな」

こう言うと、口を閉ざした。

太守《ナワーブ》の娘は続ける……

「最初、私はひどい衝撃を受けました。世界が突然私の頭上で粉々になって、崩れ落ちたかのように思われたのです。しかし、すぐ意識を取り戻すと、その峻厳冷酷で何事にも動じない、神聖なバラモンの足下を、遠くから拝したのです。心の中でこう呟きながら——ああ、バラモンよ、あなたは卑しい者の世話、他者からの糧、富者の喜捨、娘の青春、女の愛——そのどれをも、受け取ろうとしない。あなたは独立不羈《ふき》、無執着、手の届かぬ彼方の存在——私には、あなたに自分のすべてを捧げる権利すらないのですね。

太守《ナワーブ》の娘である私が、頭を地につけて礼拝するのを見て、ケーシャルラールが何を思ったかはわかりません。ただその顔には、驚きも、他のいかなる感情も表れませんでした。私の顔にただひとたび、穏やかな眼差しを投げました。そして、おもむろに立ち上がりました。私はハッとして、彼を支えるために手を差し出しましたが、彼は黙ってそれを拒絶すると、力を振り絞ってヤムナーの船着場《ガート》に降り立ちました。そこには、一艘の渡し舟が繋いであったのです。川を渡る人もなければ、渡し守もいません。乗り込んだケーシャルラールが纜《ともづな》を解くと、舟は見る見るうちに河中の流れに乗り、次第に姿を消しました。私は願いました——その見えなくなった舟の方を両掌を合わせて拝みながら、早まって枝から落ちる花房のように、夜の月明かりに恍惚として静まり返る波無きヤムナーの流れの中にこの無益な人生を捨て去ってしまおう、すべての心の重荷、青春という重荷、報われなかった帰依の重荷とともに、と。

でも、かないませんでした。天空の月、ヤムナー河畔の漆黒の森影、カーリンディー[17]の濃紺の揺るぎない水流、遠くマンゴー林の上に聳え立つ月光に照り映えた私たちの砦の頂――それらすべてが、無言の重々しい楽の音に合わせて死の歌を歌います。その夜更け、月と数々の星を鏤《ちりば》め静まり返る三界《さんがい》は、声を合わせて私に死ねと言います。ただ、波無き広大なヤムナーの只中を漂う一艘の目に見えぬ朽ちかけた舟が、その月夜の穏やかで美しい、静謐で限りない、この世のすべてを魅する「死」の広々とした胸の抱擁から私を引き離し、生の道へと連れ去ったのです。私は夢幻に惑わされた者のように、ヤムナー河の岸辺から岸辺へ、薄《すすき》生い茂る野、果てなく広がる砂丘、起伏に富む分断された岸辺、深い雑木雑草に覆われた人跡無き森の中を彷徨《さまよ》い続けました」

ここで語り手は沈黙に落ちた。私も一言も発しなかった。

長い沈黙の後、太守《ナワーブ》の娘は口を開いた、「この後の一連の出来事は、たいへん混み入っています。それをどうやって解きほぐし、筋道立てて話したらいいのか、私にはわかりません。ある深い森の只中を旅していたのです――どの道をいつ通り過ぎたか、そんなことを、今になって事細かに思い出すことができましょうか？　どこから始め、どこで終わり、どれを捨て、どれをとどめたらいいのか、どうやって話全体を、至難で、不可能で、不自然だと感じさせることなく、明瞭なありありとした姿にして、語ることができましょう？

　しかし、人生のこの短い日々を生きる中で、次のことははっきりと理解しました――困難なこと、不可能なことは何一つない、と。奥の区画に住む太守の娘にとって、外の世界はとうてい手の届かぬものと思われがちですが、それは単なる想像です。一度外に出てしまえば、進む道は自ずと拓《ひら》けます。その道は、太守《ナワーブ》に相応しい道ではないとしても、道であることに変わりはありません。その道を、人は永遠に歩き続けてきました。凹凸だらけで、驚きに満ち、果てしもなく、数知れぬ分岐があり、悲喜交々《こもごも》、様々な障害に富む――それでも、道は道です。

　この普通の人間が歩む道をたどる太守《ナワーブ》の娘の孤独な長旅の経緯が、聞いて愉快なものであるはずもなく、またそうであったとしても、それを話そうとする意欲が私にはありません。一言で言えば、多くの悲しみ、苦痛、危険、恥辱に出会いましたが、人生が耐え難いものとはなりません

17　ヤムナー河の別名。

でした。花火のように、焼かれれば焼かれるほど、ますます勢いづきました。勢いに任せて進んでいる時には焼かれているとは感じなかったのですが、突然その究極の不幸と幸福に輝く炎が消えた今日この日、私は、この道端の塵の上に、生命無きもののように倒れています――今日、私の旅は終わりました――私の物語は、完結したのです」

ここまで言うと、太守《ナワーブ》の娘は口を噤んだ。私は、内心、首を大きく横に振った。とうていこれで、終わりにするわけにはいかない。しばらく黙した後、たどたどしいヒンディー語で言った、「失礼をお赦しください。話の最後の方を、もう少しわかりやすくしていただければ、この拙《つたな》い者の心の混乱も、だいぶ鎮まろうというものです」

太守《ナワーブ》の娘は微笑んだ。私のたどたどしいヒンディー語が、効を奏したのがわかった。もし私が、真性ヒンドゥスターニー語の会話をこなすことができたとしたら、私に対して抱く躊躇《ためら》いを、彼女が乗り超えることはなかっただろう。しかし、私が彼女の母語をほんの少ししか知らないという事情が両者の間に大きな距離を築き、それが帷《とばり》の役目を果たしたのだ。

彼女は再び口を開いた、「ケーシャルラールの消息はしばしば得られたのですが、彼に会うことはどうしてもかないませんでした。彼はターティヤー・トーペー[18]の軍に加わり、あの反乱の嵐に覆われた空の下を、ある時は東に、ある時は西に、ある時は北東に、ある時は南西に、東の間稲妻のように輝いたかと思うと、次の瞬間には姿を消してしまうのでした。

その頃私は、女ヨーガ行者のなりをして、ベナレス[19]のシヴァーナンダ＝スワーミーを父と呼びながら、スワーミーの下でサンスクリット語の経典を学んでいました。インド全土の情報は、すべてスワーミーの下に集まってきました。私は、敬虔な心を以て経典を学ぶかたわら、生命が縮むような危惧に駆られながら、戦争の情報を集めました。

英帝国は、次第次第に、ヒンドゥスターンの反乱の炎を足下に踏み躙《にじ》り、最後にはそれを消し去りました。その時になって突然、ケーシャルラールの消息が途絶えました。恐ろしい破壊の世界の血の光に照らされながら、インドの遠隔の地から頻りに姿を現していた英雄たちの姿が、不

18　ターティヤー・トーペー（一八一三〜五九）ジャーンシー国の女王ラクシュミー・バーイーとともに、インド大反乱で最後まで戦った指導者の一人。一八五九年、イギリス軍に捕えられ、公開絞首刑に処された。

19　ベナレス（ヴァーラーナシー（H））は、ウッタル＝プラデーシュ州のヒンドゥー教の聖地。「スワーミー」はヒンドゥー教の聖者に与えられる尊称。

意に闇の中に紛れてしまいました。
私は、もはやじっとしていられませんでした。導師の住まいを後にして、シヴァ派女行者《バイラヴィー》を装い、再び外の世界へ足を踏み出しました。道から道へ、聖所から聖所へ、僧院へ神寺へと旅を続けました。どこに行っても、まったくケーシャルラールの行方を知ることができません。彼の名を知っている者にも二、三出会いましたが、『戦いの中で、もしくは反逆罪に問われて、死んだに違いない』との言葉を得るだけです。でも私の心はこう告げます、『そんなこと、絶対に有り得ないわ。ケーシャルラールは、不死身なの。あのバラモン、あの苛烈な炎は、決して尽きることなく、私が自分を生贄に捧げるのを受け入れるため、いまだ人跡未踏の人知れぬ供儀《ヤジュニャ》の祭壇で、上へ上へと燃え熾《さか》っているのだわ』
ヒンドゥー経典では、知の獲得によって、また厳しい禁欲行によって、不可触民《シュードラ》がバラモンになったという記述がありますが、イスラーム教徒がバラモンになれるかどうかは書かれていません。それは、当時イスラーム教徒がいなかったのが唯一の理由です。ケーシャルラールにまみえるのがまだまだ先であることはわかっていました。なぜなら、その前に、私がバラモンにならねばならなかったからです。こうして一年、また一年が過ぎ、ついに三〇年の歳月が経ちました。私は身も心も、日々の行状や振舞いも、すべて余す所なくバラモンになりました。私の中を流れるあの義祖母のバラモンの血が、汚れなき力を以て、私の全肢に行きわたりました。私は、いまや心の内に、あの青春の初めの最初のバラモン、青春の終わりの最後のバラモン、私のこの三界《さんがい》における只一人のバラモンの足下に、何の躊躇《ためら》いもなく、類《たぐ》い稀な輝きとともに自分を立たせることができます。

ケーシャルラールの、反乱の戦場における武勇伝の数々を耳にしました。しかし、そうした話は私の心に刻まれませんでした。あの音無き月明かりの夜、静まり返るヤムナーの河中を、一艘のちっぽけな舟に乗ってただひとり漂い去るケーシャルラールの姿、かつて目にしたその絵だけが、私の心に刻まれていました。私の目に映っていたのは、日夜人気ない流れに身を任せ、どこかあてどない謎に向かって突き進むバラモンの姿のみでした——伴侶もなく、世話するものもなく、誰一人倚《たの》むもののない、その無垢の、自らのうちに沈潜し自らの中で完結している男。天の月や星々も、無言のまま、そんな彼を凝っと見守っていたのです。

こうした時、ケーシャルラールが、反逆罪の桎梏《しっこく》を逃れ、ネパールに身を隠しているとの情報を得ました。私はネパールに赴きました。そこに長いこと滞在してわかったのは、彼がかなり前にその地を去り、どこに行方をくらましたのか、知る者は誰もいない、ということでした。彼を求めて、山から山へ、旅を続けました。ヒンドゥー教徒の地ではありません——ブータン人、レプチャ人といった野蛮人たち、その衣食や振舞いには格式も何もなく、彼らの神、彼らの祭祀の取り決めは、すべてヒンドゥー教とは別のものです。長い歳月の修行の末に私が獲得した清浄さに、わずかなりとも汚点がつきはしないかと怖れ始めました。あらゆる種類の汚れた接触から苦労して身を守りながら、旅を続けました。私の舟がついに岸辺にたどり着き、私の人生の最上の聖地が目の前にあることがわかっていました。

さてその後、いったい何を言うべきでしょうか？　残されているのはほんのわずかな言葉です。灯火が消える時は、一吹きで吹き消されるものです――長々しく説明する必要がありましょうか？三八年の後、このダージリンに来て、今朝、ケーシャルラールの姿を見たのです」

語り手がここで黙したのを見て、私は好奇心を抑え切れずに尋ねた、「何をご覧になったのです？」

「歳老いたケーシャルラールが、ブータン人の村で、ブータン人の妻とその孫たちを伴い、汚れた服に身を包みながら塵まみれの庭で、トウモロコシの実を選別している姿です」

物語は終わった。一言慰めの言葉をかけるべきかと思い、口を開いた、「三八年の間たゆまず生命の危険にさらされ、常に異教徒たちとともに生活しなければならなかった人が、どうやって自分の慣習を守ることができましょう?」

太守《ナワーブ》の娘は答える、「私がそれを理解できない、とでも? でも、私はこれまで、何というまやかしの中を彷徨《さまよ》ってきたことでしょう! 私の少女の心を奪ったバラモン教というものが、単なる慣習、単なる迷信にすぎないとは、知る由もありませんでした。私にとってはそれこそが信ずべきもの、始まりもなければ終わりもないものだったのです。もしそうでなかったとしたら、一六歳の時に初めて父の住居から外の世界に足を踏み入れ、あの月明かりの夜、私の花開いたばかりの、一途な信心にうち震える全身全霊を捧げようとした時、バラモンの右の掌から受けた耐え難い屈辱——あの屈辱を、いったいどうして導師からの最初の伝授と受け止め、前にも勝る信仰心を以て、無言のまま垂れた頭に戴いたのでしょうか? ああ、バラモンよ、あなたは自分の慣習に代わる別の慣習を得たというのに、この私は、自分のこのかけがえのない青春、かけがえのない人生に代わる別の人生、別の青春を、いったいどこに、取り戻したらいいのでしょう?」

ここまで話すと、女性は立ち上がって言った、「帰敬《ナマスカール》[20]いたします、旦那様《バブー＝ジー》！」一瞬の後、その言葉を修正するかのように、「サラーム、高貴なお方《バブー＝サヘブ》！」と言い直した。このイスラーム風の挨拶によって、あたかも彼女は、拠り所を失い塵に塗《まみ》れ崩れ去ったバラモン教に、最後の別れを告げたかのようだった。私が言葉を返す前に、彼女はあのヒマラヤ山巓《さんてん》の霞む靄《もや》の只中に、雲のように紛れ去った。

私は、暫し目を閉じ、心の画布の上に描かれた出来事を、一部始終見つめ続けた。ヤムナーの岸辺の館の覗き窓を前に、きめ細かに編まれた絨毯の上に座を占めた、幸せそのものの一六歳の太守《ナワーブ》の娘。聖地の神寺で夕暮れ時の神の慰撫《アロティ》に勤《いそ》しむ、信仰に浸り切った禁欲の女修行者。それに続けて、このダージリンのカルカッタ・ロードの端に、靄《もや》に包まれ、破れた胸の重荷にひしがれて絶望に沈む、年配の女性の姿――一人の麗しい女性の身体に流れる、バラモン教とイスラーム教の相反する血のせめぎ合いが、彩り豊かで痛切な楽の音を生み、それが美しくも完璧なヒンドゥスターニー語の中に溶け込んで、私の脳の中で響き続けた。

目を開くと、不意に途切れた雲間から覗く太陽の心地よい光を浴びて、無垢の空はキラキラ輝いている。押し車に乗ったイギリス人婦人、馬に跨《またが》るイギリス人紳士が、風に吹かれに外に繰り出し、ベンガル人も二、三人、マフラーを巻きつけた顔の中から、好奇心に満ちた眼差しを私の上に投げかける。

あわてて立ち上がった。この陽光にさらされて隠れもない光景の中にいると、あの雲に覆われた物語は、もはや真実とは思われなかった。どうやら私は、山の靄《もや》に紙巻きタバコの煙をたっぷり混ぜ合わせて、一片の想像上の物語を作りあげたらしい――あのイスラーム教徒のバラモン女性、あのバラモンの英雄、あのヤムナー河畔の砦、こうしたすべては、おそらく実在しなかったのだ。

20 「ナマスカール／ナマステー」（H）／「ノモシュカル」（B） ヒンドゥー教徒の日常の挨拶言葉。胸の前に両掌を合わせ、上体を前に傾ける動作を伴う。

宝石《モニ》を失って

মণিহারা

表題の「モニ」には、「宝石」の意と、主人公の妻の名前「モニマリカ」（「宝石の首飾り」）の愛称の、二つの意味が込められている。

古び崩れかけたあの石造りの舟着場《ガート》に、私の舟は繋がれていた。陽は今しがた沈んだばかりだ。舟のデッキの上では、船頭が跪《ひざまず》いて礼拝《ナマーズ》[1]をしている。西の燃え上がる空を背景に、無言の祈りを捧げる彼の姿が、間を置いて絵のように浮かびあがる。静かで波筋ひとつ見えない川の面には、言葉では言い尽くせぬ無数の色の飛沫が、見る見るうちに凝縮して濃密な輪郭を描き、次第に光芒《こうぼう》を失いながら黄金色から鈍色《にびいろ》へとその色合いを移していった。

窓が壊れベランダが傾いている荒れ果てた宏大な館を前に、インド菩提樹の根が喰い込み罅《ひび》割れた舟着場《ガート》の階段の上、夕暮れ時、蟋蟀《こおろぎ》の音に包まれながらひとりすわっていると、私の乾いた眼尻はいまにも涙で濡れてきそうになる。そんな時だった――不意に人の声を耳にして、頭の先から足の先まで震えあがった。「失礼ですが、どこからいらっしゃったんで？」

見ればそこに立っているのは、食うものも食えず痩せ細り、幸運の女神ラクシュミー神からすっかり見放された、とでもいう風体の男性。ベンガルの外から出稼ぎに来た者のほとんどが、一様に、長い歳月にすり減らされ拠り所を失った哀れな外貌を持っているが、この男性もちょうどそ

1　イスラーム教徒の礼拝。規範に則り、一日に五回、メッカに向かって跪拝する。

んな具合だ。ドーティー[2]の上には、色褪せ油染みた、アッサム産の野蚕糸[3]で織られたボタンのない長衣《チャプカン》。仕事場をつい今しがた離れて、家に帰る途次のようだった。本来なら軽食でも摂る時間なのに、この人は哀れにも、霞で腹を充たそうとして夕べの川岸を散策している。

不意の闖入者《ちんにゅう》は階段の端に腰を下ろした。私は言った、「ラーンチー[4]から来ました」

「何をなさっているんです?」

「商いをしています」

「どんな商いで?」

「ミロバラン[5]、蚕、それに材木を扱っています」

「お名前は?」

少し躊躇《ためら》って後、名前をひとつ告げた。だがそれは、私の本当の名前ではなかった。

男性の好奇心は、まだ充たされなかった。さらに質問を続けた、「何をしに、ここにいらしたんです?」

私は答えた、「転地療養のためです」

男性はやや呆れた様子を見せた。「旦那、ここの空気を吸いながら毎日一五グレーンほどのキニーネ[6]を飲み続けて、もうかれこれ六年になるんですがね、いまだに何の効き目もないのですよ」

私は言った、「ラーンチーとこことでは、空気に相当の違いがあることは、認めなければなりますまい」

「はあ、確かにその通りで。で、ここでは、どこにお泊りのつもりで？」

私は、舟着場《ガート》の上に聳《そび》える古びた館を指して言った、「あの家です」

男性の胸にに疑惑の念がもたげたに違いない。私がこの廃屋に財宝が隠されていると聞き知ってやって来たのだ、とでも思ったのだろう。だがこのことについてはもう何も突っ込んで聞こうとせず、ただひたすら、今から一五年前にこの呪われた家で起きた出来事を、一部始終語って聞かせたのだった。

2　ドゥティ（B）、インドのヒンドゥー男性の日常の下衣。裾模様のついた長く白い布で両足を巻くように包み、余った裾を畳んで腰や腹に差し込む。
3　野生の蚕から取れる絹、「タッサー・シルク」。「チャプカン」は膝までだらりと垂れた長衣。
4　当時のビハールの中心都市、現ジャールカンド州の州都。
5　「ホリトキ」（B）、二四〜三〇メートルにもなる落葉高木。四センチほどの楕円形の核果はタンニンを多く含み、皮なめしや染色に使われる。この核果はさまざまな薬効があり、粉にして食される。
6　キニーネはマラリアの治療薬。グレーンは質量の単位。一グレーンは約六五ミリグラム。

その人は土地の学校の教師だった。飢えと病に痩せさらばえたその顔の、すっかり禿げあがった広い額の下では、一対の巨きな眼が、その眼窩の中から異様な輝きに燃えていた。彼を見て、私にはイギリスの詩人コールリッジが創出した老水夫[7]のことが思い起こされた。

船頭は礼拝《ナマーズ》を終えて料理に精を出し始めている。夕暮れの最後の光芒《こうぼう》も次第に失せて、舟着場《ガート》の上の寂《さび》れた暗い館は、華やかなりし昔の面影がそのまま巨大な亡霊となって立ち現れたかのように、ひっそりと佇んでいた。

教師は語った:――

私がこの村に来る十年ばかり前、あの館にはフォニブション・シャハ[8]という人が住んでおりました。その方は、父方の叔父にあたるドゥルガモホン・シャハに子供がなかったために、その莫大な資産と商売の後を継ぐことになりました。

しかし、その方は、当世の習わしにすっかり染まってしまいました。つまり、学問を修めたのです。そして、足には靴まで履いて白人《サヘブ》の事務所に出入りし、正真正銘の英語で会話を交わしたものでした。その上顎髭まで生やしていたのですから、白人商人の間で商売がうまくいく見込みなど、金輪際なかったのです。一目見ただけで、「若きベンガル」[9]の一員ではないか、と疑われたのですから。

それに、家庭でも厄介なことがありました。その方の細君は、美人だったのです。大学に行った上、見目麗しい細君ときては、昔ながらの習わしや振舞いが保たれる道理はありません。病気になると、白人の医者まで呼ぶ騒ぎでした。衣食から身の回りの装飾品に至るまで、こんな調子でどんどん贅沢になっていきました。

旦那にも、無論奥さんがおありでしょうから、こんなことは今更言うまでもないでしょうが、女というものは、ふつう、まだ青いマンゴーの実、ピリッと辛い唐辛子、そして厳格な亭主を好

7　サミュエル・テイラー・コールリッジ(一七七二～一八三四)、イギリスのロマン派詩人。代表作のひとつである長篇詩『老水夫行』は、船に乗って異界を旅し、ただ一人生き残って戻ってきた亡霊のような姿の老水夫が、爛々《らんらん》と目を光らせて、若き聞き手に自分の体験を物語る。
8　「シャハ」はさまざまな商いに携わる出自集団。その多くは酒類を商う「指定カースト」だが、他の商いに携わる、より上位の者もある。この家系は後者か。
9　カルカッタのヒンドゥー・カレッジで教鞭をとった、ヘンリー・ルイ・ヴィヴィアン・デロジオ(一八〇九～三一)に感化され、ヨーロッパの急進的な自由主義思想を信条とした、ベンガルの若き知識人グループ。顎髭は彼らのトレードマーク。

むものです。不幸にも自分の細君から愛情を得られない男とは、見てくれが悪いとか財産がないとかいうのでなく、情けないほどおとなしい男のことなのです。

どうしてこうなのか——これについては私も、前からいろいろ考えていました。誰でも、自分の持っている本能や能力を使う機会が得られないと、気持ちが晴れません。角を研ぐために、鹿は硬い木の幹を捜し求めます。バナナの木のへなへなした幹では、張り合いがないというものです。男女の区別ができてからというもの、女は、わがまま勝手な男どもを手懐《なず》ける手管を、いろいろ捻《ひね》り出しては磨いてきました。それなのに、何もしないうちから足下に跪《ひざまず》いているような亭主を持っては、細君たるもの、哀れ、何ひとつすることがないではありませんか。祖母たちの手から受け継いだ、何千万年もかけて研ぎ澄まされた輝かしい武器の数々。雨を降らせ、火の粉を散らし、蛇のとぐろでがんじ搦《がら》めにする——それらの武器がすべて、役立たずとなってしまいます。

女は男をたぶらかして、自力で愛を獲得しようとします。もし亭主がおとなしく言いなりになって、その機会を与えてやらないとしたら、細君の悲運は亭主のそれにも勝る、と申せましょう。新しい文明とやらが授けた教育のせいで、男は神様から賜《たまわ》ったその生来の偉大なる野蛮さを失い、当世の夫婦の絆を、こんなにも弛《たる》んだものとしてしまいました。フォニブションは、哀れにも、近代文明という機械の中から、申し分なく善良な人間となって出て来ました——でもそれは商いにも役立たなければ、夫婦生活にもさしたる益とはなりませんでした。

フォニブションの細君モニマリカは、求めるまでもなく優しくされ、涙の雨を降らさずともダッカ風サリー[10]を、むくれて無言の行をするまでもなく腕飾りを手に入れることができました。こんな風にして、彼女の女としての本性、それとともに情愛までもが、自分から働きかけるのを止めてしまいました。もらうだけで、与えるということがない。お人好して分からず屋の亭主の方はと言えば、どうやら、与えることがその見返りを得る唯一の手段だ、とでも思っていたらしい。つまり、まったく逆に考えていたわけで。

こんなわけですから、細君の方は、亭主のことを、ダッカ風サリーや腕飾りを供給する機械も同然に考えておりました。まったく素晴らしい機械で、かつてその歯車に、一滴の油を注《さ》す必要すら生じませんでした。

フォニブションの生まれ故郷はフルベレですが、商いの場所はこの村でした。仕事の都合上、

10 「(ダカイ＝)ジャムダニ」(B)の名で知られる、東ベンガル(現バングラデシュ)ダッカ地方の伝統的なサリー。ムガル王朝の庇護を受けて発展した。綿モスリン製で、彩り豊かな、特に花柄をあしらった模様に特徴がある。

ほとんどの時間をここで過ごしました。フルベレの家には、母親はもういませんでしたが、父方や母方の叔母たちを始めとする親類縁者が住んでいました。しかし、フォニブションは、叔母たちや親類縁者のためを思ってこんな美しい細君を娶《めと》ったわけではありません。それで、細君をそうした人びとから引き離しこの仕事場に連れて来て、ひとり自分のもとに置くことにしたわけです。ですが、他の諸々の権利と異なり、妻に対する権利というものは、たとえその妻を他人から遠ざけ自分のもとに置いたからと言って、いつも余分に手に入るというわけにはまいりません。

彼の細君は口数少なく、近所付き合いもあまりありませんでした。願掛け儀礼《ブロト》[11]をするためにバラモンを招いて饗応したり、女の信愛派乞食僧《ヴァイシュナヴァ》[12]にわずかな金を恵んだりといったことも、一切ありません。彼女の手にあってムダに使われるものは、何ひとつありませんでした。亭主からもらった優しい思いやりのほかは、手に入れたものは残らずそのまま蔵《しま》っておきました。驚くべきことに、自身の類《たぐ》い稀な青春の美しさまでも、いささかもムダにしなかったかのようでした。二四になっても、まだ一四で嫁に来た時のままの固い蕾だったと申します。心臓が氷の塊でできていて、胸の中に愛の痛みや苦しみのつけ入る隙もないような人は、どうも長い間、新鮮なままでいられるようですな。そうした人びとは吝嗇漢《りんしょくかん》と同じで、内にも外にも、自分というものを蓄えておくことができるようです。

ぎっしり葉の生い茂った生気溢れる蔓草のように、神様はモニマリカを実を結ばぬ運命に定め、子供を授けられませんでした。つまり、自分の鉄の金庫に蔵い込んである金銀宝石以上に理解し得るもの、春の曙の瑞々《みずみず》しい光のようにその優しい温もりで心臓に宿る氷塊を溶かし、日々の生活に情愛という清流をもたらしてくれるもの――そうしたものをお与えにならなかったわけです。

しかし、モニマリカは大変な働き者でした。雇人をよけいに置くなどということは、決してありません。自分にできる仕事に、他の人間が給料までもらって手を出すなど、我慢ならないことでした。人のために思い煩うことなく、人を愛することもなく、ただただ仕事をしては蓄えるだけなので、病とか悲しみとか後悔だとかは、彼女にはおよそ縁の遠い存在でした。尽きることなき健康、ものに動じぬ平静、溜まっていく一方の財産。それらに取り巻かれて、彼女は揺らぐことなく鎮座していたのです。

11　特に女性が行なう土俗的な願掛け儀礼。俚謡《チョラ》（自然発生的な韻律を持つ口承の詩形式）による呪文を唱えながら、縁結び・家庭の安寧などを祈る。儀礼に際し、祭司として、バラモンを招くこともある。

12　信愛派《ヴァイシュナヴァ》は、ヴィシュヌ神の化身クリシュナ神とその伴侶のラーダーを信仰する、ヒンドゥー教の一派。門付けで乞食する行者が多い。

ほとんどの亭主にとっては、これだけで十分です。十分どころか、得難いことである、と申せましょう。身体に腰という部分がある、などということは、腰に痛みが走りでもしなければ、気づくことはありますまい。家には安らぎを与えてくれる妻というものがある、ということを、愛情にせっつかれて、四六時中、事ある毎に感じ続けることの名を、日々の生活における腰痛と申します。亭主への献身も、度を超せば、それがたとえ細君にとっては誇りであっても亭主にとっては居心地のいいものではない――私はこう考えております。

旦那、自分の妻の愛情をどれだけ得たか、どれだけ不足が生じたか、その度合いを正確に量るために、精妙この上ない金秤《きんばかり》を目の前に据え、四六時中その針を見つめている――これがいったい、男のすることと言えるでしょうか！　妻は妻で自分の仕事をするがいい、俺は俺で自分の仕事に専念しよう――家庭とは、大まかに言えばこんなものです。言われなかった中にどれだけの本音が隠されていたか、どれだけ思いが籠もっていたかいなかったか、はっきりした言葉の中にも秘められた暗示、微粒子の中を占める広がり――愛情の遣《や》り取りをこんなに微妙なところまで解する力を、神様は男に授けませんでした。そんな必要もなかったのです。男たちの愛着や心離れのほんのわずかな兆しを目敏《ざと》く見つけ、秤を持ち出して量るのは、女たちの仕事です。言葉の合間合間にふと見せる露わな素振り、そうした素振りに窺われる本音――女たちは、こうしたものをためつすがめつ観察し、選《え》りに選《え》って拾いあげます。それというのも、男たちの愛情こそ彼女たちの支え、彼女たちの一生という商いを成立させる元手なのですから。その風向きに注意を払い、頃合いを見計らってうまく帆の向きを変えられてこそ、彼女たちの舟も向こう岸にたどり着けるというものです。こんなわけで、神様は、愛情の測定器を女たちの胸の中に吊り下げてやりになり、男たちには下さりませんでした。

でも、神様が下さらなかったものを、近頃の男たちは、ちゃっかり手に入れてしまったようですな。詩人たちが、神様を尻目にかけて、この得難い機械、動向測定探知針を、一般大衆の手に見境もなく渡してしまったようです。これを神様のせいにすることはできません——神様は、男と女をはっきり区別してお造りになりました。でも、文明のおかげでそんな区別はどこかに消し飛んでしまい、今や女は男になり、男は女になろうという始末です。家庭の中から平安と秩序が姿を消したのも、当然の成り行きでしょう。当今では、婚姻の吉日に至るまで、娶る相手が男なのか女なのか一向に定かでないので、花婿も花嫁も不安に胸をドキドキさせている始末なのですから。

そろそろ、飽きが来たようですな！　こんなところでひとり、家内とも離れて暮らしている私のような者には、この世を遠くから眺めているせいか、ふだんは隠れて人目につかないような真理が次々に浮かんできます——こんなことは、生徒たちを相手に話すことでもありません。話のついでに申し上げたまでで、あとでゆっくり、お考えになってくださいませ。
要するに私が申し上げたかったのは、料理に塩が足りなかったり、パーンに石灰が余分についていたり[13]といったことがなかったにもかかわらず、フォニブションの心は、一種名状し難い、やりきれない焦燥を抱えていたということです。細君には何の咎《とが》も過《あやま》ちもないというのに、亭主の方はどうにも気が晴れません。一生の伴侶たる細君のぽっかり穴の空いた胸めがけて、黄金や真珠の装身具を次々に投げ込むのですが、それらは皆、鉄の金庫に行き着くだけで、彼女の胸は相変わらず空っぽのまま。彼の叔父のドゥルガモホンは、愛情というものをこんなに微妙なところまで解しもしなければ、こんなに必死になって求めたりもせず、またこんなに見境なく貢いだりもしませんでしたが、それでも義叔母からは、計り知れないほどの見返りがありました。商人になるなら「若きベンガル」などになるものではなく、亭主になるなら男らしくならなきゃなりません——このことをどうか、決して疑われることがありませんように。

まさにこの時、ジャッカルの群れが、近くの茂みの中からとてつもなく甲高い叫び声をあげた。教師の話は数分の間途絶えた。あたかもその暗闇に沈む集いの場で、冗談好きのジャッカルの一群が、夫婦の在り方についての教師の講説を耳にしてか、あるいはまた新文明に骨抜きにされたフォニブションの体たらくを聞いてか、間を置いて、一斉に高笑いの声をあげているかのようだった。彼らの哄笑の波が収まると、あたりの川や陸は、今までの倍も深く静まり返った。教師は夕闇の中、その巨きな、ギラギラ輝く眼を見開き、話を続けた：——

フォニブションの複雑で多岐にわたる商売に、不意に不吉な兆しが現れました。どんな事態になったか、私のような商売に疎い人間には、理解したり説明したりするのは困難です。簡単に言えば、どういうわけでか、突然、信用貸しから金を借りるのが難しくなったのです。たとえ五日間だけでも、どこからか一五万ルピーほどの金を工面することができれば、信用貸しにその札束をチラリとでも見せることができれば、一瞬のうちに危機は乗り越えられ、商いはまた、順風満帆で進むことができます。

ですが、どうしても金の算段がつきません。土地の顔見知りの金貸したちから金を借りようとしている、などと噂が立てば、ますます商売の先行きが危うくなる——こう考えて、知り合いの

13　パーンは、キンマの葉に檳榔子《びんろうじ》や石灰、諸種の香料を包んで食する、清涼用の嗜好品。それを男性の好みに合わせて包むのは、主婦の仕事。

ない他の土地で金策をしなければなりませんでした。でもそうした場所では、抵当となるものがないとうまくいきません。

装身具を抵当に入れれば、書類を書いたりしてぐずぐずする必要もなく、手っ取り早く、しかも簡単に事が運びます。

フォニブションは、ひとたび妻のところに顔を出しました。亭主であれば、自分の細君のもとに気兼ねなく行けるはずですが、フォニブションにはそんな力はなかった。不幸なことに、彼は自分の細君を愛してしまっていたのです——詩に出てくる男の主人公が、女の主人公に恋をするような具合に。そういう愛に陥ったとなれば、用心深く歩を運ばねばならず、思っていることを全部口に出すこともかなわず、互いを強く牽き合う引力の間には、太陽と地球の間のような果てしない距離が置かれています。

それでも、どうしても追い詰められれば、詩の主人公だって、恋人に為替手形や抵当や借用書の話を持ち出さねばなりません。ただ残念なことに、言葉はつっかえ、言い淀み、こうしたまったく実務的な話なのにもかかわらず、感情の縺《もつ》れや心痛による震えが声音に表れずにはいませんでした。気の毒なことに、フォニブションは、はっきりこう言い切ることができませんでした——「ねえおまえ、必要ができたんだ。おまえの装身具を貸してくれないか?」

言うには言いましたが、蚊の鳴くような声でした。モニマリカがむっとした顔をしてうんともすんとも言わないのを見て、彼の胸は冷酷無惨な痛手を被《こうむ》りましたが、反撃しようとはしませんでした。男に備わって然るべき野蛮さというものを、まったく持ち合わせていなかったのですから。強引に奪い取るべきであったのにそうしなかったばかりか、自分の憤怒までも心の中に押さえつけてしまいました。愛のみが支配すべきところには、たとえこの身が滅びようとも暴力の侵入を許すまい、というのが彼の心情でした。このことでもし、彼を叱りつけることができたとしたら、彼はきっと、こんな風に込み入った反論をしてきたに違いありません——信用貸しが、たとえ不当な理由によるものであろうとも、私を信用せずに金を貸さないからといって、彼らから金を略奪する権利が私にないのと同様、妻が自分から信頼して装身具を渡さない限り、私がそれを奪い取ることはできない。信用貸しには「信用」、家庭では「愛情」がものを言う。腕力が通用するのは戦場だけだ、と。事ある毎にこんな舌先三寸の議論を戦わすために、神様は男を、かくも鷹揚《おうよう》で逞《たくま》しく、堂々とした体格にお造りになったのでしょうか？　いったい男に、のんびり腰をおろし、優しく傷つきやすい心の動きを繊細この上なく感じ取る、といった暇があるものなのでしょうか？それが男に似合う、とでも言うのでしょうか？

それはともかく、自分の洗練された心性を恃《たの》むあまり、細君の装身具には手を触れず、フォニブションは別の手段で金を工面すべく、カルカッタへと発ちました。

この世ではふつう、亭主が細君を知るよりも、細君が亭主のことをずっとよく知っているものです。でも、亭主の性格があまりに繊細にできている場合、たとえ細君が顕微鏡で覗いたところで、何もかも見えると言うわけにはまいりません。我らがフォニブションのことを、細君はよく理解していませんでした。女たちが「教育」の場の外で獲得した手練手管は、遥かな昔からのさまざまな伝統によって形作られてきたのですが、当世の最先端を行く男たちは、そうした伝統から外れてしまっています。彼らは、まったく別の人種です！　彼らは、女と同様、謎めいた存在となってしまった。男一般を腑分けするのに使われる幾つかの大まかな範疇――野蛮とか、頑固とか、盲目とか――そのどれにも、彼らをうまく分類することはできません。

こういうわけで、モニマリカは、相談するために彼女の参謀を呼んだのでした。村の中の繋がりでか、あるいは遠い血縁でか、彼女が弟分とみなしている男が一人、フォニブションの事務所の管財人の下で働いていました。自分の働きで昇進を勝ち得ようなどという気はさらさらなく、何か口実を見つけては、親戚であることを盾に、給料はおろか、給料以上のものまであれやこれやせしめてしまう、という風でした。

モニマリカは、その男モドゥシュドンを呼んですべてを打ち明けました。そして尋ねました、「ね

わん

え、どうしたらいいかしら？」

彼は、いかにも物がわかった風に、首を横に振りました――まずい事態になったぞ、と言わんばかりに。物わかりのいい人間は、事態を決して甘く見ないものです。彼は言いました、「ご主人が金を都合することは、金輪際ありますまい。終いには、モニさんの装身具にまで手をつけることになりましょう」

人間というものに対し彼女がこれまで抱いていた知見からして、そうなることこそ当然有り得べきことのように思われました。彼女の懸念は強まりました。彼女は子供を授かりませんでした。夫だって、確かにあるにはありましたが、心底からその存在を感じることはありません。ですから、彼女にとっての唯一の大切な宝物、まるで腹を痛めた子供ででもあるかのように、年を経るにつれて次第に大きくなっていく、単なる抽象ではない、この胸や頸や頭を飾ってくれている本物の黄金、本物の宝石――それら長い日々にわたって愛着を抱いてきたものどもが、一瞬のうちに、商いの底無しの洞の中に投げ込まれてしまう――そのことを思い浮かべただけで、彼女は、全身凍りついてしまいそうでした。彼女は尋ねました、「どうしましょう？」

「装身具をまとめて、今すぐ実家に帰るんですな」

装身具の幾分か、いや、あわよくばそのほとんどが自分のものになるようにと、狡猾なモドゥシュ

ドンは、秘かに謀《はか》り事をめぐらしました。

モニマリカは、この計画に、一も二もなく同意しました。

アシャル月[14]も終わりに近いある夕暮れ時、一艘の小舟がこの舟着場《ガート》に横づけになりました。そして、濃く雲の垂れ込めた夜明け前の深い闇に紛れて、不眠の蛙たちの騒がしい鳴き声の中を、一枚の分厚い肩掛けで足先から頭頂まで覆い隠したモニマリカが、舟に乗り込みました。モドゥシュドンは、舟の中から身を起こして言いました、「装身具が入った箱を、こちらに寄越しなさい」

モニは答えました、「後にしましょう。早く舟をお出しなさい」

纜《ともづな》を解くと、舟は早瀬に乗って矢のように迅《はし》りました。

モニマリカは、一晩中かかって、自分の装身具をひとつひとつ肢体にまといつけ、頭から足先まで少しの隙もなく、ぎっしり埋めつくしたのです。装身具を箱に入れて持ち歩けば、箱ごと失ってしまうかもしれない、という惧れを抱いていました。身につけてさえいれば、彼女を殺さない限り、誰もその装身具を奪い取ることはできません。

箱らしきものがどこにも見当たらないので、モドゥシュドンは、皆目、わけがわかりませんでし

14　西暦六月半ば〜七月半ば、雨季の始まりの季節。

た。まさか分厚い肩掛けの下が、モニマリカの身体と心と一つになった、そのどちらよりも重たい装身具でぎっしり覆われていようとは、思いつくことすらできません。モニマリカは、フォニブションは理解しなかったとはいえ、モドゥシュドンがどういう男かはすっかり見抜いていました。

モドゥシュドンは、奥様を実家に送り届けに行く旨、管財人宛に一筆書き置いて行きました。管財人は先代からの忠実な僕《しもべ》です。これを読んでひどく気分を害し、誤字だらけのたどたどしい手紙を一通、主人に書き送りました。決して上手なベンガル語ではありませんでしたが、妻を理由もなくつけあがらせるのは男のなすべきことではない、という道理を、申し分なく表現しておりました。

フォニブションには、モニマリカが何を考えていたか、手に取るようにわかりました。こんな思いが突き上げてきて、彼の胸はズキズキ痛みました——ひどい損失も覚悟の上で妻の装身具を諦め、苦心惨憺して金を工面しようとしているのに、まだ俺を疑うのか。この期に及んでもまだ、この俺がどんな男か、わからないのか。

こんな不当な仕打ちをされたら激怒するのが当然なのに、フォニブションは憤懣を覚えただけです。男は、神様の正義の杖です。神様は男の中に、霆《いかずち》の火をお授けになりました。自分や他人に対する不当な仕打ちに直面してすぐさま燃えあがれないとしたら、そんな男は犬にでも食われてしまうがいいのです。男はほんの些細な理由で山火事のように荒れ狂い、女は理由もないのにスラボン月の雲のようにとめどなく涙の雨を降らせる。神様はこんな風にお定めになったのに、それももはや時代遅れ、というわけです。

フォニブションは、罪深い妻に向かって、心の中でこう呟きました、「これがおまえの判断だと言うなら、それもよかろう。俺は俺で、自分のなすべきことをし続けるまでだ」もう五、六世紀待って、精神力だけで世界が動くようになってから生まれて来ればよかったものを、その未来の人たるべきフォニブションが、誤って一九世紀に降臨し、古代の人間と覚しき女と結婚してしまったのです。経典では、こういう浅はかな知恵を、「破滅をもたらすもの」と名づけております。フォニブションは細君に、ただの一字も書き送らなかったばかりか、妻の前ではこのことに関し一言も口にすまい、と秘かに決意しました。まったく、大した判決を下したものです。

一〇日あまり後、どうにか必要な金をかき集め、窮地を脱すると、フォニブションは家に戻って来ました。もうモニマリカも、実家に装身具を置いて戻って来ている頃だろう、と踏んでいました。あの日の惨めな物乞いのような態度を捨てて、大事を成し遂げた男に相応《ふさわ》しい威厳をもって現れれば、モニはどんなに恥入ることだろう。不必要な手回しをしたことを、些《いささ》かなりとも後悔せずにはいられまい。こんなことを想像しながら、フォニブションは、奥の寝室の扉の前へとやってきました。

見ると、扉は閉ざされたままでした。錠を壊して部屋に入りました。中は空っぽです。隅には鉄の金庫が開いたまま打っ棄《ちゃっ》てあり、中にあった装身具は影も形もありません。亭主フォニブションにとって、これはあまりに酷い一撃でした！　この世には、もはや生きている甲斐もない。愛も、商いも、すべて無意味になってしまった。俺たちは、この世の生活という鳥籠を、その格子のたとえ一本でも揺るがせにすまいと懸命になってきたというのに、その中には、鳥など初めからいなかったし、たとえ鳥を飼おうとしたところで、すぐにいなくなってしまうのだ。年がら年中、心の鉱脈の血の紅玉や涙で綴られた真珠飾りを以て、俺たちはいったい、何を飾り立てようとしていたのだろう。自らの全人生のかけがえのない拠り所だった、この虚しい俗世の鳥籠を、フォニブションは心の中で踏みにじり、遥か彼方へと投げ捨てました。

フォニブションは、細君に対し、どんな行動も起こそうとしませんでした。帰りたくなったら帰ってくるがいい、というつもりでした。年老いた管財人がやってきて諭《さと》しました、「黙ったままでいて、どうなると言うのです？　奥様がどうされているか、知る必要がありましょうに」彼はこう言うと、モニマリカの実家に使いを送りました。実家から返事が来ました――モニもモドゥも、まだ着いていない、と言うのです。

四方で捜索が始まりました。人びとは聞き込みのため、川の両岸のあちこちを駆けずり回ります。モドゥの行方を突き止めるよう、警察にも届けが出されました――でも、どの舟に乗ったのか、船頭は誰か、どの道筋をたどってどこに行ったのか、皆目、手懸りがつかめませんでした。

すっかり諦め果て、ある夕暮れ時、フォニブションは、打ち捨てられたままの寝室に入っていきました。その日は黒分八日[15]、クリシュナ神の誕生日[16]で、朝からひっきりなしに雨が降り注いでいます。祭りの日のこととて、村の原っぱでは縁日が開かれ、八方屋根《アート＝チャラ》の露台[17]では村人たちが招《よ》

……………

15　満月から新月までの、次第に月が欠けていく期間。

16　西暦八月下旬から九月の初頭、陰暦で黒分の八日目がクリシュナ神の誕生日とされる。北インドの信愛派《ヴァイシュナヴァ》（註12）にとって最も重要な祭日。

17　四方屋根《チャール＝チャラ》（四方になだらかに広がる屋根）の上に、それと同じ小ぶりの屋根を載せた形式の屋根を指す。のちに四方屋根の吹き抜けの露台もこう呼ばれるようになった。村の集いや催しに用いられる。

んだ芝居《ジャトラ》[18]の興行が始まっていました。激しく降る雨の音にかき消されて、芝居の唄声は辛うじて耳に届くに過ぎません。

ほら、あの窓の上に、蝶番《ちょうつがい》も緩んで落ちかかっている扉がございましょう？　フォニブションが闇の中、ひとりで腰をかけていたのはあの場所です――雨混じりの風、雨の飛沫《しぶき》、芝居の唄が部屋の中に入ってきましたが、彼はまるで頓着しませんでした。部屋の壁には、アートスタジオ社[19]製の、ラクシュミー女神とサラスヴァティー女神[20]の一対の絵が掛けられています。衣紋《えもん》掛けには汗拭《ガムチャ》きとタオル、それに細襞《ほそひだ》のサリーと縞模様入りのサリーが一着ずつ、すぐにも着られるように畳んだまま掛けてあります。部屋の隅には三脚卓が見え、その上の真鍮の容器の中には、モニマリカが手ずから巻いたパーンがいくつか、干からびたままになっています。硝子の戸棚には、彼女が子供の頃から集めて来た陶人形、香水瓶、色硝子のデカンター、趣味のカード、大きな海の貝殻が幾つか、さらには空っぽの石鹸箱といった類《たぐ》いまで、几帳面この上なく並べられています。ほんのちっぽけな煙突がついた、趣味の小さな灯油ランプ。彼女が毎日手入れし、手ずから灯を点して壁龕《へきがん》に置いたそのランプすら、しかるべき場所に、燃え尽きて顔を曇らせたまま佇んでいます。このちっぽけなランプこそ、寝室を去るモニマリカの最後の一瞬を見届けた、無言の証人なのです。何もかも空《から》にしたまま立ち去ってしまう者でさえも、それまで歩んで来た日々の痕跡を、こんなにも残していくものなのか。もの言わぬものどもの上に、自らの生きた心の情愛の徴《しるし》を、こんなにもたくさん刻みつけていくものなのか！　ああ、戻って来ておくれ、モニマリカ！　戻って来て、おまえのその手で、このランプを灯しておくれ！　この部屋を、おまえの輝きで明るくしておくれ！　鏡の前に立って、襞《ひだ》をつけて大事に畳んでおいたおまえのそのサリーを、身にまとっておくれ！　おまえの使ったものたちはみな、おまえが現れるのを待ち焦がれている。おまえから何かを得ようなどとは、誰も思っていない。だからどうか、姿を現して、おまえのその不滅の青春、衰えを知らぬ美によって、今ここに散らばったままの無数の寄る辺ないものの山を、一つの生命あるものとして、生き返らせておくれ！　これら押し黙った生命通わぬものどもの声にならぬ啜り泣きは、この部屋を、墓場にしてしまっているのだ！

18　一九世紀から二〇世紀初頭にかけてベンガルで流行《はや》った、農村出の役者・脚本家グループによる芝居の興行。多くの場合、ヒンドゥー神話に基づく大衆向けの芝居を演じた。祭祀の時などに、村の有志が金を出して招いた。

19　アノンドプロシャド・バグチが、その生徒たちとともに、一八七八年にカルカッタで設立した印刷会社。ヒンドゥー神話をテーマにしたモダンな様式の石版印刷で名を成した。

20　ラクシュミー女神（吉祥天）は美と豊饒の女神。サラスヴァティー女神（弁財天）は学芸の女神。

夜は更け、いつしか、降りしきる雨の音も芝居の唄声も止んでいました。フォニブションは、前と同じ姿勢のまま、窓際に腰かけていました。窓の外は、世界のすべてを一部の隙もなく覆いつくす闇。彼にはあたかも、死神ヤマが住む地獄の宮殿の天を突く獅子門の扉が、目の前に聳え立っているかに思われました。その前に佇んで泣き喚けば、永遠に失われてしまったものさえも、束の間、その姿を垣間見せないとも限るまい、この漆黒の死の画布、このおそろしく硬い試金石の上に、あの失われた黄金の痕跡が一筋、過《よ》ぎらないでもあるまい、と。

その時でした。カタカタいう音とともに、かち合う装身具のジャンジャンいう響きが耳に入りました。音はまさしく、川辺の舟着場《ガート》から上って来るようでした。その時にはすでに、河水と夜闇は一つになり、見分けることもできません。それでもフォニブションは、胸をときめかせて両の眼を一心に見開き、闇を押し分け押し分けその中を覗き見ようとし続けました——興奮で張りつめた胸も、精一杯見開いた眼もズキズキ痛みましたが、なお何ひとつ見えませんでした。眼を凝らせば凝らすほど、闇はいよいよ濃く、外界はいよいよ影のようになってきます。まるで、夜更けになって死の隠れ家に退いていた「自然」が、その小窓の前に不意に訪問客がやって来たのを見て、あわててその手でさらにもう一枚、帷《とばり》を引き下ろしてしまったかのようでした。

音は次第に舟着場《ガート》の石段をのぼりつめ、館に向かって進んで来ます。館の前まで来て立ち止まりました。門番は正門を閉めて、芝居を見に出かけていました。その閉じた扉を、カタカタ、ジャンジャン叩く音がします、装身具とともに何か硬いものが扉にぶつかって、音を立てているかのようでした。フォニブションは、もう居ても立ってもいられませんでした。灯の消えた部屋部屋を突っ切り暗い階段を降りて、閉じた扉の側に駈けつけました。扉は外側から錠が下ろされていました。彼が必死に両手でその扉を揺すった刹那、その衝撃と音で、ハッと目が覚めました。気がつくと、眠ったままの状態で上から下に降りてきていたのです。身体中汗まみれ、手足は氷のように冷え、心臓は消える寸前の灯火のように震えていました。夢から醒めてみると、外にはもはや物音はなく、ただスラボン月[21]の雨がいまだ止むことなくざあざあ音を立て、その音に混じり芝居役者たちの唄う暁の調べが聞こえてくるのみでした。

すべては夢の中の出来事だというのに、それがあまりに身近で生々しかったので、フォニブションには、叶うはずもなかった願望が、信じられないことに、あと一歩で叶うところだったのだ、と思われました。その降りしきる雨音に混じって遠くから流れ来るバイラヴィーの調べ[22]は、彼に

---

21 西暦七月半ば〜八月半ば。雨季の、最も雨が多い季節。

22 バイラヴィーは夜明けのラーガ。哀切な情調《ラサ》で知られる。

こう語りかけていたのです――この覚醒こそ夢なのだ、この世界こそ偽りなのだ、と。

その翌日も芝居があり、門番も休みでした。フォニブションは彼に、一晩中正門を開けたままにしておくよう、命じました。

門番は言いました、「縁日のために、いろいろな場所からいろいろな人間が来ています。門を開けっ放しにしておくなんて、とてもできません」――フォニブションは耳を貸そうとしません。門番は言いました、「それなら、私が夜通しここに残って、番をしましょう」「それはならぬ。おまえは芝居を見に行かねばならんのだ」門番は呆れるほかありませんでした。

その日、日が暮れると灯を消して、フォニブションは寝室のあの窓辺に腰を下ろしました。空には「雨の兆し無き雲」[23]が浮かび、四囲は得体の知れぬものの到来を待ち構えて、ひっそり静まり返っています。蛙の休みない鳴き声も、芝居の唄の甲高いどよめきも、その静寂を破ることはできず、その中に何か場違いの、奇異な感覚をもたらすに過ぎません。

夜は深まり、やがて蛙も、蟋蟀《こおろぎ》も、芝居の役者たちも沈黙に落ち、夜闇の上にさらにもう一枚、何かの闇が覆い被さりました。ついにその時が来たのだ、と知れました。

前日のように、川の舟着場《ガート》に、カタカタ、ジャンジャンいう音が響きました。でもフォニブションは、あえてそちらに目を向けません。忙《せわ》しない願望と落ち着きのない行動のために、彼の願望、彼の努力が、すべて水の泡になってしまうことを怖れていました。熱望に駆られるあまり、もし五感が言うことをきかなくなってしまったとしたら！　彼は自分のはやる心を抑えるのに全精力を注ぎ、木偶《でく》のように身じろぎもせず、すわり続けました。

ジャンジャンいう響きは、舟着場《ガート》から次第次第に進み、開いた扉の中へと入って来ました。奥の区画《オントップル》の螺旋階段を、ぐるぐる上って来るのが聞こえます。フォニブションは、どうしても自分を制御することができず、胸は嵐の中の小舟のように激しく揺れ続け、息が詰まってしまいそうです。階段が終わると、例の音は、今度はベランダを通って、次第に部屋に近づいてきます。ついに寝室の扉のすぐ傍まで来て、カタカタ、ジャンジャンは止まりました。あとはただ、閾《しきい》を越えるだけです。

フォニブションは、もはやじっとしていられませんでした。抑えつけていた感情は、一瞬にして凄まじい勢いで堰を切って溢れ、彼は電光石火の勢いで椅子から立ち上がると、涙混じりの叫び声を上げたのです、「モニ！」

23　「あたかも雨の兆し無き雲、波立たぬ静謐《せいひつ》なる海の如し…」（カーリダーサ『軍神クマーラ』三：四八より）。死した妻サティー女神の再生を願って苦行に耽《ふけ》る、シヴァ神の描写。

その瞬間、ハッと目が覚めました。気がつくと、その振り絞るような叫び声に、部屋の窓枠までが震えていました。外からはあの蛙の鳴き声、そして芝居役者たちのくたびれた唄声。

フォニブションは絶望のあまり、額に手を叩きつけました。

次の日、縁日はもう終わっていました。店を開いていた人びとも芝居の一行も、立ち去って姿がありません。フォニブションは、その日、日が暮れた後、彼の他は誰も家に残らないようにと言いつけました。召使いたちは、主人が密教《タントラ》の修行か何かに耽《ふけ》っているのだと思い込みました。フォニブションはその日、一日中絶食していたのです。

夕暮れ時、人気ない館。フォニブションは、窓辺に寄り添って腰を下ろしました。その日、空はところどころ雲が切れ、雨に洗われて風は清らかに、その彼方、星々は激しく輝いていました。黒分十日の夜、月の出には、まだだいぶ間があります。縁日が終わった後、水を満々と湛えた川には舟の影すらなく、祭りのために二日間夜通し目醒めていた村も、この日は疲れ果てて深い眠りに沈んでいます。

フォニブションは、椅子に腰を下ろし、その背に頭をもたせかけ、天を仰いで星を眺めながらもの思いに耽っていました。むかし彼がまだ一九歳で、カルカッタのカレッジで学んでいた頃、日が暮れると丸池《ゴール＝ディギ》[24]の芝生に仰向けになって寝転び、手で頭を支えながら、あの永遠の星空を眺め続けたものでした。その時胸に浮かんだのは、あの川縁《かわべり》にある舅の家の一室にただひとりひっそりすわっている、一四になったばかりのモニの燃えるような幼い面差し。その頃の二人の別離は何と甘く美しく、あの星の揺らめく光は胸に慄える青春のときめきとひとつになって、何と彩り豊かな「ヴァサンタ・ラーガの調べに乗り、ジャティ・ターラの律動に合わせて[25]」響きわたっていたことでしょう！　これなのに、今日その同じ星々に、炎を以て、天に『迷妄を打破する者《モーハムドガル》』[26]の

24　「ゴール＝ディギ（丸＝池）」は、カルカッタ大学、プレジデンシー・カレッジ等のキャンパスに隣接するカレッジスクエアに、一九世紀半ばに作られた池。現在は正方形だが元々は丸い形だったと言われる。周囲は歴史的な人物の彫像、墓、小さな公園などで囲まれ、学生たちの憩いの場だった。

25　一二世紀の詩人ジャヤデーヴァ作『ギータ＝ゴーヴィンダ』より。クリシュナが、春、牛飼いの娘たちと戯れる場面を描いた歌の冒頭に、「ヴァサンタ・ラーガとジャティ・ターラを以て歌われる」との指示があり、タゴールがそれを翻案したもの。ヴァサンタは春の情調《ラサ》を代表するラーガ(旋律型)、ジャティは古典的なターラ（リズム形式）の一つ。

26　シャンカラ・アーチャーリヤ（七〇〇～七五〇）の著述とされる。別名『ゴーヴィンダ神を誉め讃えよ』。引用はその第八頌。「愛する者とは誰か？　息子とは誰か？／この世は、まこと、惑わしに満ちている／　お前は誰のものか？　お前は誰か？／お前はどこから来たのか——兄弟よ、この真理を沈思せよ」

詞章を書きつけたかのようでした——「この世は、まこと、惑わしに満ちている」と。

見る見るうちに、星々はすべて消え去りました。天から一枚の闇が垂れ下がり、地上からもうひとつの闇が迫り上がって、ちょうど眼の上下の瞼のようにぴったりと合わさりました。この日、フォニブションの心は落ち着いていました。彼にははっきりわかっていました——今日この日、彼の望みは叶えられるであろう——苦行する彼の前に、死は自らの秘密を明かして見せるだろう、と。

前日の夜のように、例の音が、川の水の中から舟着場《ガート》の石段へと上って来ました。フォニブションは両眼を閉じ、凝っと心を集中したまま、瞑想の姿勢をとりました。音は番人のいない門をくぐり、音は人気ない奥の区画《オントップル》の螺旋階段をぐるぐる上り続け、音は長いベランダを通りすぎ寝室の扉の傍にたどり着き、暫しの間、途絶えました。

フォニブションの、心は焦がれ、全身は総毛立ちました。しかしこの日、彼は目を開けませんでした。音は閾《しきい》を越えて、暗闇の部屋の中に入って来ました。サリーが畳んである、あの衣紋掛《えもんか》け。灯油ランプの佇む、あの壁龕《へきがん》。干からびたパーンの器を載せた、あの三脚卓。さまざまな物で溢れんばかりの、あの硝子棚。それらの前に、いちいち立ち止まったあげく、とうとう音は、フォニブションのすぐ傍まで来て、止まりました。

フォニブションは、はじめて目を開きました。見ると、部屋の中には今昇ったばかりの黒分一〇日の月光が差し込み、彼のすわる椅子の真ん前には、一体の骸骨が佇んでおりました。その干からびた八本の指には指環、掌は宝石を綴った輪で覆われ、手首には腕環、腕《ただむき》には腕飾り、頸に絡まる小振りの頸飾り、頭頂から額に垂れ下がる豪奢な髪飾り——頭の先から足の爪先まで、骨という骨に、黄金や宝石の装身具がキラキラ煌《きら》めいています。飾りはすべて、緩《ゆる》く危うげに揺らぎますが、肢体から滑り落ちることにありません。何よりも恐ろしいのは、骨の顔面に、眼だけが双《ふた》つ、生きていることです。その黒い眸、その濃く長い睫毛、その潤いを帯びた輝き、そのものに動じぬ冷静沈着な眼差し。一八年前のある日、光眩《まばゆ》い広間で、ナハバトのサーハーナーの調べ《アーラープ》[27]流れる中、婚礼の席で初めてフォニブションが目にした、あの切れ長の、麗しい、黒くくりくりした双《ふた》つの眼。まさしくその眼を、このスラボン月の真夜中、黒分一〇日の月明かりの下で、彼は目にしたのです。全身の血は凍ってきました。懸命に目を閉じようとしましたがどうしてもできません。彼の眼は、まるで死人のそれのように瞬きもせず、ひたすら見開いたままでした。

その時その骸骨は、呆然と見つめているフォニブションの顔に凝っと眼差しを注ぎながら、無

27　ナハバトは合奏楽。サーハーナーは真夜中に奏されるラーガ、敬虔な情調《ラサ》で知られる。アーラープは、ラーガの持つ情調《ラサ》を表現する、リズム伴奏無しの即興演奏。

言のうちに右手を差し上げ、その指で彼をさし招きました。四本の指の骨に嵌められたダイヤの指環は、その時、ギラリと光を放ちました。

フォニブションは、腑抜けのように立ち上がりました。骸骨は扉に向かって進んで行きます。骨の一つ一つ、装身具の一つ一つがかち合い、硬い音を立てます。フォニブションは、呪いをかけられた人形さながら、その後へ、後へとついて行きました。それはベランダを過ぎ、闇に閉ざされた螺旋階段をぐるぐる巡りながら、カタカタ、コトコト、ジャンジャン音を立てて下までたどり着きます。下の階のベランダを過ぎて、灯の消えた、人気ない正門の下に入ります。やがてそこを通り抜けると、煉瓦の屑を敷きつめた、庭園の道をたどり始めます。煉瓦の屑は、骨に当たって、カチカチ音を立てます。そこでは、月の微かな光は、鬱蒼《うっそう》と茂る木の枝々に遮《さえぎ》られて、どこからも入り込むことができません。その雨に湿った匂いが充満する暗い木蔭道を、螢の群れをかき分けて進み、両者はついに、舟着場《ガート》へとたどり着いたのです。

舟着場《ガート》の、その音が上って来た石段を、装身具を絡みつけた骸骨は、硬い音を響かせながら、そのままのぎくしゃくした足取りで、一歩一歩下りて行きます。漲《みなぎ》る雨季の川の、凄まじい勢いで迅《はし》る水の面には、月光が一筋、長い尾を曳いてチラチラ輝いています。

骸骨は川に入り、続いてフォニブションも、水の中に足を入れました。水に触れた刹那、フォニブションの眠りは吹き飛びました。目の前にはもはや彼を導くものの姿はなく、向こう岸にはしんと佇む樹々が見えるばかり。その樹々の頭上では、欠けた月が、ひっそりと驚いたようにこちらを見つめています。足先から頭頂に向けて、繰り返し震えに見舞われ、フォニブションは足を踏み外して流れの中に落ち込みました。泳ぎを知っていたとはいうものの、神経が麻痺してしまっています。夢の中から束の間、覚醒の岸辺に届いただけで、次の瞬間にはもう、彼は底無しの眠りの中へ沈んで行ってしまったのです。

語り終わると、教師はしばらく口を閉ざした。その不意の沈黙によってはじめて、彼を除く外界のすべてが、もうすっかり静まり返っているのがわかった。私は長い間、一言も発しなかったし、暗闇の中、彼に私の表情が見えるはずもなかった。

彼は私にこう訊いた、「あなたはこの話を、お信じにならないんですか？」

私は尋ね返した、「あなたはどうなんです？」

彼は答えた、「信じませんな。どうして信じないか、理由を幾つか、申し上げましょう。第一に、自然の女神は小説家ではないので、他に山ほど、片付けなければならない仕事がありますし――」

私は言った、「第二に、フォニブション・シャハというのは、私の名前ですし」

教師は少しも臆した様子を見せずに言った、「それでは、やはり、私の想像した通りで。で、奥さんの名前は、何とおっしゃったのです?」

「ヌリットカリです」[28]

28 「ヌリット(踊り)=カリ(カーリー女神)」(B)、恐ろしい形相で踊り破壊をもたらすカーリー女神のような女性、の意。

解説

一……タゴールの「物語」

本書は、インドとバングラデシュの国民詩人、ラビンドラナート・タゴール（ロビンドロナト・タクル(B)、一八六一〜一九四一）が書いた「物語」の中から、一〇篇を選んでまとめたものです。ベンガル語の近現代の短編作品は「ゴルポ」（物語）と呼ばれ、長編作品「ウポンナシュ」（「特別に配列されたもの」の意）と区別されます。それは、この分野の作品が、ベンガルの口承文化の伝統に培われた「お話」、「語り」の性格を受け継いでいるからです。本書に収められた一〇篇を見ても、三番目の「骸骨」、最後の「宝石《モニ》を失って」を含む半数の五篇が、特定の語り手が特定の聞き手に「物語る」構造をとっています。

本書に収められた一〇篇は、タゴールが三〇代の七年間（一八九一〜一八九八）に書かれました。この時期、タゴールは、父デベンドロナトにタゴール家の土地管理状況視察の仕事を任され、東ベンガル（現バングラデシュ）農村の自然と社会に深く触れる機会を得ました。

この七年間を含む三〇代の一〇年間は、タゴールの長い生涯の中でも、特に際立った創造力を発揮した時期です。この時期の作品をざっと見ただけでも、『黄金の舟』（一八九四）・『変幻自在の女《チトラ》』（一八九六）・『チョイトロ月にて』（一八九六）・『短編物語詩』（一九〇〇）・『長編物語詩』（一九〇〇）・『想像』（一九〇〇）・『供え物』（一九〇一）等の詩集、五〇篇を超える「物語」、劇詩『チットランゴダ』（一八九二）・『別れの呪詛』（一八九四）、随筆『ヨーロッパ旅行者の日記』（第一巻一八九一、第二巻一八九三）、評論集『五元素』（一八九七）。のちに書簡集『折々の手紙』（一九一二）として出版される、姪のインディラに宛てた手紙の数々。そして後年『社会』・『王様と臣下』・『文学』・『現代文学』・『古代文学』・『民衆文学』・『教育』・『言語論』などにまとめられる膨大な量の評論。これらはそのほとんどが、この時期『インド女神《バロティ》』誌、『修行《シャドナ》』誌などの雑誌に掲載されたものです。その量、その内容の広がりと深さには、驚嘆を禁じ得ません。

本書に収めた「物語」群は、ベンガル語近現代文学の歴史において、特筆すべき位置を占めています。まず内容の面では、東ベンガル農村の自然・社会の生き生きとした描写、都会と農村の関係性の中で生きる中間層ベンガル人や、農村社会に生きる多様な人びとの人物造型。斬新な構成と鋭い心理分析で独自の境地を切り拓いた奇譚・幽霊譚。文体の面では、題材に合わせ、素朴で抒情的な文体から高度に磨き抜かれた美文体に至るまで、およそ近代ベンガル語散文の文体の可能性を、渉猟しつくした感があります。特に、会話文における生き生きとした口語的表現や、擬音語・擬態語の効果的な使用は、それまでのベンガル語文学には見られなかったものです。実際、この作品群の存在なしに、この後の世代のベンガル語散文文学の発展を考えることはできません。

タゴールが最晩年の一九四〇年に書いた回想記『少年時代』（めこん、二〇二二）の解説の中で、私は、タゴール家の歴史とタゴールの祖父・両親・兄弟姉妹について叙述した後、タゴール自身の幼少期から青年期のとば口に至る生涯を追ってみました。

この解説では、それに続き、二〇代から三〇代にかけてのタゴールの生涯、その時期の彼の文学・社会活動等について紹介します。特に、タゴールの生活の中心となった東ベンガルの自然と社会、その中で「領主」として果たした役割について述べます。そして最後に、本書に収められた「物語」の一篇一篇について、解説することにします。

家系図（解説に言及されている成員のみ）

- デベンドロナト（父）(1817-1905)
  ‖ シャロダシュンドリ（母）(1826?-1875)
  - ディジェンドロナト（長兄）(1840-1926)
    ‖ ショルボシュンドリ (1847?-1878)
    - ショロジャシュンドリ（長女）(?)
    - シュディンドロナト（四男）(1869-1929)
  - ショッテンドロナト（次兄）(1842-1923)
    ‖ ギャノダノンディニ (1850-1923)
    - シュレンドロナト（長男）(1872-1940)
    - インディラ（長女）(1873-1961)
  - ヘメンドロナト（三兄）(1844-1884)
    ‖ ニポモイ (?-1910)
    - ヒテンドロナト（長男）(1867-1908)
    - キティンドロナト（次男）(1869-1937)
    - リテンドロナト（三男）(1870-1936)
  - ビレンドロナト（四兄）(1845-1915)
    ‖ プロフッロモイ (?)
    - ボレンドロナト（長男）(1870-1899)
  - シャロダプロシャド・ゴンゴパッダエ (?-1883)
    ‖ ショウダミニ（長姉）(1847-1920)
    - ショットプロシャド（長男）(1859-1933)
  - ジョティリンドロナト（五兄）(1849-1925)
    ‖ カドンボリ (1859-1884)
  - ジョナキナト・ゴシャル (1830-1913)
    ‖ ショルノクマリ（四姉）(1855-1932)
  - ショメンドロナト（七兄）(1859-1922)
  - **ロビンドロナト (1861-1941)**
    ‖ ムリナリニ (1873-1902)
    - マドゥリロタ（ベラ）（長女）(1886-1918)
    - ロティンドロナト（長男）(1888-1961)
    - レヌカ（ラニ）（次女）(1890-1903)
    - ミラ（オトシ）（三女）(1893-1966)
    - ショミンドロナト（次男）(1896-1907)

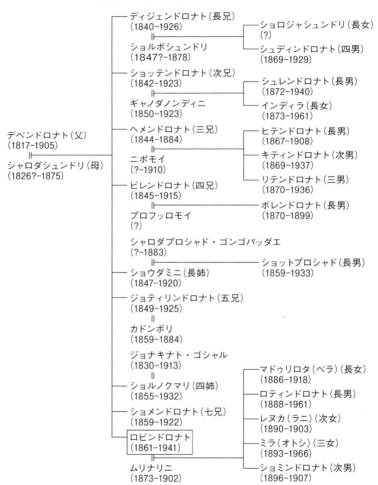

二……二〇～三〇代のタゴール（一八八四～一九〇一）

▼▼ 二・一　はじめに

タゴールは、一八八三年一二月、二二歳の時に、ジョラシャンコ＝タゴール家の使用人の娘、ボボタリニ（結婚後、タゴールにより「ムリナリニ」に改名）と結婚します。そして翌八四年四月、彼が最も親しく接していた、五兄ジョティリンドロナトの妻、カドンボリの自死に直面します。この二つを、彼の青年期のとば口における、最も重要な出来事と見ることができましょう。この時から、彼が東ベンガルの自然と農村社会に本格的に関わり始める一八九一年までの約七年間を、三〇代の成熟期に至る前の試行錯誤の時期、と捉えることができます。

この時期、タゴールは、ムリナリニとの間で家庭を徐々に築きながら、他方では原《アーディ》ブラーフマ協会《サマージ》の代表としての責任を負って盛んに講演・執筆活動を行ない、その過程でインドの社会・宗教・教育問題についての思索を深めていきます。一八九〇年には二度目の洋行を果たし、この時の体験が、ヨーロッパ文明の批判的考察と、その対比においてインド社会の近代化のあり方を考察する重要な契機となります。また、詩作の面では、『嬰音と変音』（一八八六）、『心の女《ひと》』（一八九〇）の二つの詩集を通して、叙情詩が持つ可能性を、内容・形式の両面で、さまざまな実験を通して追求しました。

タゴールは、その後、父デベンドロナトの命を受けて、一八九一年初頭から、東ベンガルとオリッサのタゴール家領地を頻繁に訪問、特に東ベンガルの三つの徴税区《パルガナー》[1]の本拠であるシライドホ、シャジャドプル、ポティショルに長期間滞在して、土地管理状況の視察を行います。その間、そこに生きる人々の生き様を鋭い目で観察する一方、しばしばパドマ河やその支流に舟を浮かべ、ベンガルの自然に浸りながら旺盛な創作活動に勤《いそ》しみます。

この三〇代の時期の文学活動の媒体として、何より重要なのは、一八九一年一一月から九五年八月まで刊行された月刊誌『修行《シャドナ》』の存在です。タゴールは、毎号自分の作品を掲載しただけでなく、他の執筆者の著作の選定や編集も行ない、この雑誌の発展に全力を注ぎました。この雑誌には、詩集『黄金の舟』のほとんどの詩と詩集『変幻自在の女《チトラ》』の前半、三六篇の「物語」、随筆『ヨーロッパ旅行者の日記』、評論『五元素』を始め、生涯の代表作に数えられる多くの作品が掲載されました。また、こうした文学作品の他にも、編集者の立場から、インドの政治・社会・教育問題についての評論や同時代の文学時評などを、毎号掲載しています。

詩集『黄金の舟』で、タゴールは、叙情詩の枠組みを大きく越え、日常生活、社会への風刺、自然描写、劇詩、御伽噺や神話など、実に多様な題材を自由自在に書きこなしています。百行を超える長篇詩が多いのもこの詩集の際立った特徴の一つです。また、「物語」も内容形式ともに多様で優れたものが多く、本書に収められている一〇篇のうち七篇までがこの雑誌に掲載されたものです。

『修行《シャドナ》』廃刊後の六年間の創作活動は、『インド女神《バロティ》』の編集長を務めた一八九八年四月〜九九年三月の一年間を含め、主にこの『インド女神《バロティ》』誌を発表の場にしています。特に詩に関しては、この時期、『チョイトロ月にて』（一八九六）、『短編物語詩』（一九〇〇）、『長編物語詩』（一九〇〇）、『想像』（一九〇〇）、『供え物』（一九〇一）など、古典的な骨格の韻文詩から日々の生活を扱った口語的な詩、インドの古典文学や歴史を題材にした劇詩や物語詩、後の『歌の捧げ物《ギタンジョリ》』（一九一〇）に通ずる宗教的な内容の詩などを書き綴りました。

一八九五年七月、甥のシュレンドロナト（次兄ショッテンドロナトの長男）とボレンドロナト（四兄ビレンドロナトの長男）が中心になり、タゴールがそれに加わって、シライドホの隣の街クシュティアに「タゴール商会」を設立、ジュートの商いを中心とした事業に乗り出します。また、

---

1 「パルガナー」（ペルシア語）／「ポルゴナ」（ベンガル語）　いくつかの村落からなる、イスラーム王朝時代の行政・徴税単位。東インド会社が一七九三年に制定した「永代ザミンダーリー制」（三・三参照）により法的には廃止されるが、その後も共通の慣習・社会組織を持つ地域単位として存続した。

翌九六年八月、タゴールは、父デベンドロナトに、父がその弟や甥などと分有している土地を含めたすべての領地の管理を委ねられ、オリッサや東ベンガルの土地所有権の処理をめぐる親戚間でのさまざまな問題に対処せざるを得なくなります。

この間、父デベンドロナトの瞑想の地シャンティニケトンでは、ブラーフマ教修道場の建設が徐々に形をなし、デベンドロナトの理想に感化された甥のボレンドロナトが、ブラーフマ教の教えに基づく「ブラフマ学舎《ブロンモ＝ビッダロエ》」創設の計画を進めますが、彼は一八九九年に、志半ばにして亡くなります。一方、タゴールは、九八年に家庭生活の拠点をシライドホに移しますが、「タゴール商会」の事業が翌九九年に破綻した上、成長する子供たちや社交的性格の妻を抱えて辺境の地で生活することに、次第に無理が生じてきます。

タゴールは、一九〇一年六月に長女マドゥリロタ(愛称ベラ)を、同年一〇月には次女レヌカ(愛称ラニ)を嫁がせます。そして残りの家族をシャンティニケトンに移し、同年一二月、長男ロティンドロナトを含む数人の生徒を相手に「ブラフマ学舎《ブロンモ＝ビッダロエ》」を開設。ここに、シャンティニケトンを拠点にしたタゴールの後半生が始まります。

▼▼ 二・二　原《アーディ》ブラーフマ協会《サマージ》2

一八八四年九月、タゴールは、父デベンドロナトが主宰する原《アーディ》ブラーフマ協会《サマージ》の事務局長に任命されます。この職務は、それまで五兄ジョティリンドロナトが果たしていましたが、妻カドンボリの自死による衝撃と、自身が関わっていた渡船運行業の多忙さのため、彼はその役割を十分こなせなくなります。このため、デベンドロナトは、ジョティリンドロナトに代わり、事実上の末子であるタゴールにこの大役を委ねます。

タゴールはこの役割を忠実に果たし、原《アーディ》ブラーフマ協会《サマージ》の顔として、インドの社会・宗教・教育などをめぐる雑誌論文の執筆や講演活動を、盛んに行なうようになります。ことに、ヒン

2　「ブラーフマ協会《サマージ》」（ブランモ・ショマジュ（B））は、一八三〇年、ラムモホン・ラエにより設立された、絶対神ブラフマンを唯一神として偶像崇拝を否定する新興宗教団体。タゴールの祖父ダロカナトが後援者で、父デベンドロナトがその運営を引き継ぐが、一八六六年、急進派のケショブチョンドロ・シェン率いるグループが分裂して「インド＝ブラーフマ協会」を設立。以来、デベンドロナト率いるブラーフマ協会を「原《アーディ》ブラーフマ協会《サマージ》」と呼ぶようになった。

ドゥー復古主義の立場に立つ、ボンキムチョンドロ・チョットパッダエ[3]およびその周辺の知識人たちとの間に、たびたび論争を繰り広げます。

原《アーディ》ブラーフマ協会《サマージ》の最も大きな年次行事は、ラムモホン・ラエがブラーフマ協会を創立したマーグ月一一日（一八三〇年一月二三日）を記念して開かれるマーグ祭で、毎年この日に、カルカッタのジョラシャンコ＝タゴール家では、盛大な催しが開かれました。またシャンティニケトンでは、デベンドロナトがブラーフマ教に入信したポウシュ月七日（一八四三年一二月二一日）を記念して、一八九一年のこの日にブラーフマ教寺院が建立され、その後、毎年この日に

タゴールの 左 長女マドゥリロタ（ベラ）
右 長男ロティンドロナト

結婚したタゴールとムリナリニ

大祭が開かれるようになります。このいずれの催しにもタゴールはほぼ毎回参加し、そのために数多くの歌曲を作詞・作曲しています。

▼▼ 二・三　結婚生活

タゴールの新嫁ムリナリニ(一八七四〜一九〇二、結婚当時九歳)は、結婚後、次兄ショッテンドロナトの妻ギャノナノンディニの南カルカッタの住居に預けられていましたが、カドンボリの死後北カルカッタに戻り、この時からタゴールの本格的な家庭生活が始まります。その後、一八八六年一〇月には長女マドゥリロタ(愛称ベラ)が、八八年には長男ロティンドロナトが、また九〇年には次女レヌカ(愛称ラニ)が生まれます。

一八九一年以降、タゴール家の領地視察のため、タゴールは頻繁に東ベンガルやオリッサで生活を送ることになりますが、その合間合間に、カルカッタに置いてきた妻への手紙を認《したた》めて

3　ボンキムチョンドロ・チョットパッダエ(チャタルジ)(一八三八〜九四)　近代ベンガル語の散文文学を確立した文豪。その歴史小説『歓喜の僧院』(一八八二)に出てくる愛国歌「バンデー・マータラム」(母を讃えます)は、インド独立運動の愛唱歌・スローガンとなった。

います。また、姪のインディラに宛てた『折々の手紙集』（二・四）の中に、しばしば、この三人の子供たちについての愛情溢れる記載が見られます。

タゴールは、とりわけ長女ベラに対し深い愛情を寄せていました。詩集『黄金の舟』の中の長編詩「行かせないから」は、長女ベラが四歳の時、シライドホへ旅立とうとするタゴールを引き止めようとして言い放った、この言葉を題材にしています。詩では、旅立ちの様子の微に入り細を穿った描写とともに、父親タゴールの後ろ髪引かれる思いを、実に一七三行にわたって綴っています。また、「カーブルの行商人」で、主人公の父親が愛情を注ぐ愛娘ミミのモデルも、この長女ベラです。

さらにその後、一八九三年には三女ミラ（愛称オトシ）、九六年には次男ショミンドロナト（愛称ショミ）が生まれます。子供たちが成長するにつれ、一八九八年、タゴールは、シライドホに生活の拠点を移すことを決意します。カルカッタでの大家族生活、そこでの親戚間の諍いに倦み疲れていた妻ムリナリニを慰めた後、タゴールはその意図を、こう記しています：——

［一八九八年六月、シライドホにて（『手紙集』1：16）］

今日、ぼくの心の唯一の願いは、ぼくらの生活が自然で簡素なものとなり、ぼくらの四囲が平穏で喜びに溢れ、ぼくらの日々の営みが飾り気のない、吉祥に満ちたものとなり、ぼくらの不足はわずかで理想は高く、利他の心を以て努め、国のための仕事が自分たちの仕事を優先するように――そして、もし子供たちが、ぼくらのこの理想から外れて次第に遠くに去ることがあっても、ぼくらは最後までお互いの人間性の杖となり、生活に倦み疲れた心の唯一の支えとなって、この生を美しく終えることができるように。そのためにこそ、ぼくは、自己欲の神が鎮座するカルカッタの石の寺院から、きみたちを遠く人気ない農村世界へと連れ出すのに、こんなにも熱をあげているのだ――カルカッタでは、損得、自他の別を、忘れようとしてもできない――そこでは瑣末なことにいつも心を煩わせ、ついには人生の広大な理想を、何百にもバラバラにしなければならなくなる。ここシライドホでは、わずかなもので満ち足り、嘘を真実と見間違えることはない。ここでは、この誓いをいつも思い起こすことがそれほど困難ではない：

「幸福、不幸、好ましきもの好まざるもの、すべてを受け入れよ、征服され得ぬ心を以て。[4]」

同年八月、タゴールは家族を引き連れてシライドホに移ります。長男ロティンドロナトは、回想記『父の追憶』の中で、次のように述べています：――

4　『マハーバーラタ』寂静の巻（174：39）より引用。

シライドホでのぼくらの生活環境は、カルカッタの大家族生活・社交生活とは正反対のものだった。ぼくらの家は遮るもののない野の中にあった。コルシェドプル村[5]、地主管理事務所、シライドホの舟着場からは、かなり離れていた。父さん・母さんとぼくら五人兄弟姉妹が一緒に住んだ。妹のラニとミラ、そして弟のショミは、まだほんとうに幼かった。この人気ない静寂の中で、ベラ姉さんとぼくは、父さん・母さんをより近しく得ることができた。父さんはその時、ぼくら二人に読み書きを教えるのにとりわけ心を砕いた。父さん自身、学校やカレッジで学問を修めたことはなかった。カルカッタの二、

左より、次男ショミンドロナト、次女レヌカ（ラニ）、長女マドゥリロタ（ベラ）、三女ミラ

妻ムリナリニ

三の学校に短い期間通った時の経験が、あまりに苦痛に満ちたものだったので、その記憶を父さんは決して忘れることができなかった。だから、自分の子供たちを学校に通わせることに、父さんは初めから反対していた。

シライドホでの家庭教育について：——

シライドホに来てから、父さんの監督下で本格的な勉強が始まった。ぼくらの国のイギリス政府の下で進められている教育のやり方を、根本的に変えることの必要性を、父さんはずっと前から考えていた。「教育の転倒」[6]という題の論文を『修行《シャドナ》』誌に掲載してその考えを述べたのは、一八九二年のことだ。自分が好まない教育を子供たちに受けさせるなんてことが、どうして父さんにできよう？　自分でぼくらにベンガル語を教え始めた。姉さ

5　シライドホの旧名。
6　『修行《シャドナ》』誌〈一八九二年一二月〜九三年一月号〉掲載。九二年一一月にラジシャヒ・カレッジで行なった講演に基づく。なお、『コッラニ』第六号（一九八九）に、ベンガル読書会共訳（臼田雅之編集）がある。

んはそれでも少しはベンガル語を学んでいたけれど、ぼくはその頃、全くの無知だった。でも、父さんはそんなことは無視して、いい詩を朗読してはぼくらに暗誦させた——内容を理解しようとしまいと。幼い子供たちに味も素っ気もない片言コトバで書かれた児童用教科書を読ませることを、父さんは好まなかった。読んで喜びが得られる本物の文学を、最初から子供たちに読ませる必要があると考えていた。初めは全部を理解できなくても、聞くにつれ、読むにつれて自然に理解するようになる。その頃、詩集『短編物語詩』が出たばかりだった。幾日もしないうちに、ぼくらはその中の詩を残らず、丸ごと暗記してしまった……

読み書きに並行して、鼻・耳・目、および身体全体を活発に働かせることが必要だと、父さんは信じていた。自然の助けを得ることによって、それがどんなに容易になるか、他には比べるものがない。子供たちが無鉄砲なことをしても、父さんが心配のあまりそれを咎めるようなことはなかった。そんな幼い頃からぼくらは自由だった——好きな場所をうろつき回り、馬に乗り、魚釣りをし、舟を漕ぎ、棍棒や槍を振り回し、水泳する等々、ありとある遊びに思う存分熱中した……

サンスクリット語と英語を教えるため、二人の先生が雇われた。シブドン・ビッダルノブ先生はシレト地方（東ベンガル）の寺子屋で学んだ学者だったが、そのサンスクリット語の発音は真性だった。大聖《モホルシ》(デベンドロナト)と同様、父さんも、ベンガル語風のサンスクリット語の発音を好まなかった……

英語については、一人のイギリス人の先生が得られた。いろんな国を回ったあげく、彼はインドに住みついたのだ。その名をミスター・ローレンスという。教えるのがとても上手で、彼のおかげで、ぼくらの英語の基礎はしっかりしたものになった……

シライドホには、甥のシュレンドロナトやボレンドロナトなどのごく近しい親戚をはじめ、タゴールの友人たちが頻繁に訪れ、子供たちとも親しく接します。詩人・劇作家のディジェンドロラル・ラエ、インドを代表する自然科学者ジョゴディシュチョンドロ・ボシュ卿、歴史学者のオッコエクマル・モイトロ等です。また子供たちは、毎週日曜に、母ムリナリニの指導の下、自分たちで料理を作る義務を負わされました。

こうして二年あまり、シライドホを中心にした家庭生活が続きますが、社交的な性格の妻ムリナリニにとって、特に親しかったボレンドロナトの死後、親戚や知人との交流が少ない辺境の地での生活が次第に苦痛となってきたようです。また、子供たちが成長するにつれ、結婚適齢期になった長女ベラおよび次女レヌカの婚姻の手配や、長男ロティンドロナトの大学入学資格試験準備などのために、タゴールは頻繁にカルカッタやシャンティニケトンに行き来するようになり、シライドホでの生活に次第に無理が生じてきます。一九〇一年になると、タゴールは娘たちの嫁ぎ先との交渉に奔走し、六月に長女ベラを、八月に次女ラニを嫁がせ、一二月にはシャンティニケトンに「ブラフマ学舎《ブロンモ＝ビッダロエ》」を創立してロティンドロナトを入学させます。こうして、家族生活の拠点は、この年からシャンティニケトンに移ります。

▼▼ 二・四　姪インディラと書簡集『折々の手紙集』

タゴール家の中で、直接の家族以外にタゴールが最も心を許し親しく接したのは、次兄ショッテンドロナトとその妻ギャノダノンディニの間の長女、インディラ（一八七三〜一九六一）です。タゴールは、一八七九年九月、一八歳の時に、賜暇《しか》を得た次兄ショッテンドロナトに伴われて初めてイギリスを訪れ、一年半近く滞在しますが、その最初の三ヵ月間、夫より一足先にブライトンに滞在していたギャノダノンディニの家庭に寄宿し、まだ幼かった長男シュレンドロナト（一八七二〜一九四〇）および長女インディラと大変親しくなります。その後、ギャノダノンディニは、イギリスからの帰国後、インド各地に転勤となる夫ショッテンドロナトとは別に、南カルカッタの白人居留区に居を構え、シュレンドロナトを聖ザビエル校、インディラをロレート修道院付属校に通わせます。タゴールは彼らの住居をたびたび訪れ、親交を深めます。妻ムリナリニが結婚後すぐギャノダノンディニに預けられたことは、前述しました。

タゴールは、その後、一八八七年九月から九五年一二月まで、姪のインディラに、数多くの手紙を書き送っています。インディラは、後にその手紙の多くを二冊のノートに書き写し、タゴールに献呈します。タゴールは、このノートに載った手紙を選定・編集し、そのうちの一四五通をまとめ、さらにスリシュチョンドロ・モジュムダルに宛てた八通を加えて、一九一二年、『折々の手紙』のタイトルで出版しました。

そのさらに後、タゴール死後の一九六〇年に、ビッショ＝バロティ大学は、インディラの二冊のノートに掲載されたタゴール未編集の手紙文をまとめ、『折々の手紙集』として出版しました。これには、『折々の手紙』に掲載された一四五通に加え、さらに一〇七通のインディラ宛の手紙が含まれています。これらの手紙は、その高度な文学的内容もさることながら、この時期のタゴールの生活・思想を知る上でかけがえのない資料です。

[一八九四年一〇月七日、カルカッタ、『折々の手紙集』一六〇]
……ぼくが君に書いている時、君がぼくの言葉を理解しないだろうとか、誤解するだろうとか、信じないだろうとか、ぼくにとって心の奥底から真実だと思っていることが、君には単に綺麗に飾られた詩の言葉と思われるだろうとか、そんな考えは決して浮かぶこ

タゴールの左 姪のインディラ　右 甥のシュレンドロナト

甥　ボレンドロナト

とはない。そのため、ぼくは心に浮かんだことを、まったくそのままの形で、やすやすと書くことができるんだ。…… ぼくが心の中で感じていることを君の前で率直に表現できるのは、君がぼくのことをずっと以前から知ってきた、という理由からじゃない。君の中に、何の衒《てら》いもない、自然そのものの、真実を愛する本性があるので、真実が自ら、君のもとで、まったく自然にその姿を現すのだ。……君のその何の衒いもない本性の中には素朴な「透明さ」があって、真実の姿が君の中に、ほとんど何の妨げもなく映し出される。

タゴールがインディラに対し、いかに心を開いていたかは、以上の一節からも明らかです。この後の解説や作品紹介の中で、私は、この書簡集の中から、関連の手紙をたびたび引用することにします。

▼▼ 二・五　タゴール家領地視察と二度目の洋行

一八八九年一一月、父デベンドロナトはタゴールに、タゴール家の領地すべての管理状況を視察し逐一報告する責任を負わせます。この直後、タゴールは、タゴール家の領地のうち、東ベンガルの二つの徴税区《パルガナー》を視察するため、シライドホとシャジャドプルに赴きます。また、翌九〇年八月〜一〇月には、イギリスを中心に二度目の洋行を体験します。一八歳の時の最初の洋行は一年以上に及び、イギリス人家庭に暖かく迎えられ、ロンドン大学のヘンリー・モーリー教授に英文学の薫陶を施されるなど、もっぱら楽しい体験だったようです。しかし、この二度目のわずか二ヵ月の洋行は、タゴールにとって決して楽しい体験ではなかった一方、ヨーロッパ社会を成熟した目で観察し、それとの対比でインド社会の近代化をめぐる考察を深める、重要な契機をもたらしました。この時の体験に基づく考察は、随筆『ヨーロッパ旅行者の日記』（第一巻一八九一、第二巻一八九三）に結実します。

ロンドン滞在中、タゴールは、インディラ宛の手紙でこのように書いています：――

［一八九〇年一〇月三日（『折々の手紙集』七）］

この国に来て、ぼくらのあの不幸で哀れなインドの大地が、心の奥底から自分の母親だと思えるようになった。母なるインドはこの国のような、そんな力もなければ豪華さもない。でも、彼女はぼくらを愛している。ぼくらが生まれて以来得たすべての愛情、すべての幸福は、残らずあの母の膝元にある。この国の持つ魅力もきらびやかさも、ぼくを決してたぶらかすことはできない――あの母の膝元に行けたら、ぼくは本当に、ホッとした気持ちになれる。文明社会全体から完全に知られないまま母なるインドの片隅にすわり、ミツバチのように自分の巣いっぱいに愛情を溜め込むことができたら、他には何も望むことはない。

このような洋行時の体験が、翌一八九一年一月から始まる東ベンガルでの生活に、タゴールが本格的に没入する契機となったと考えられます。

パドマ（ポッダ）河・フグリ川流域（19 世紀末）
（□はタゴールの生活拠点、—·—は県境）

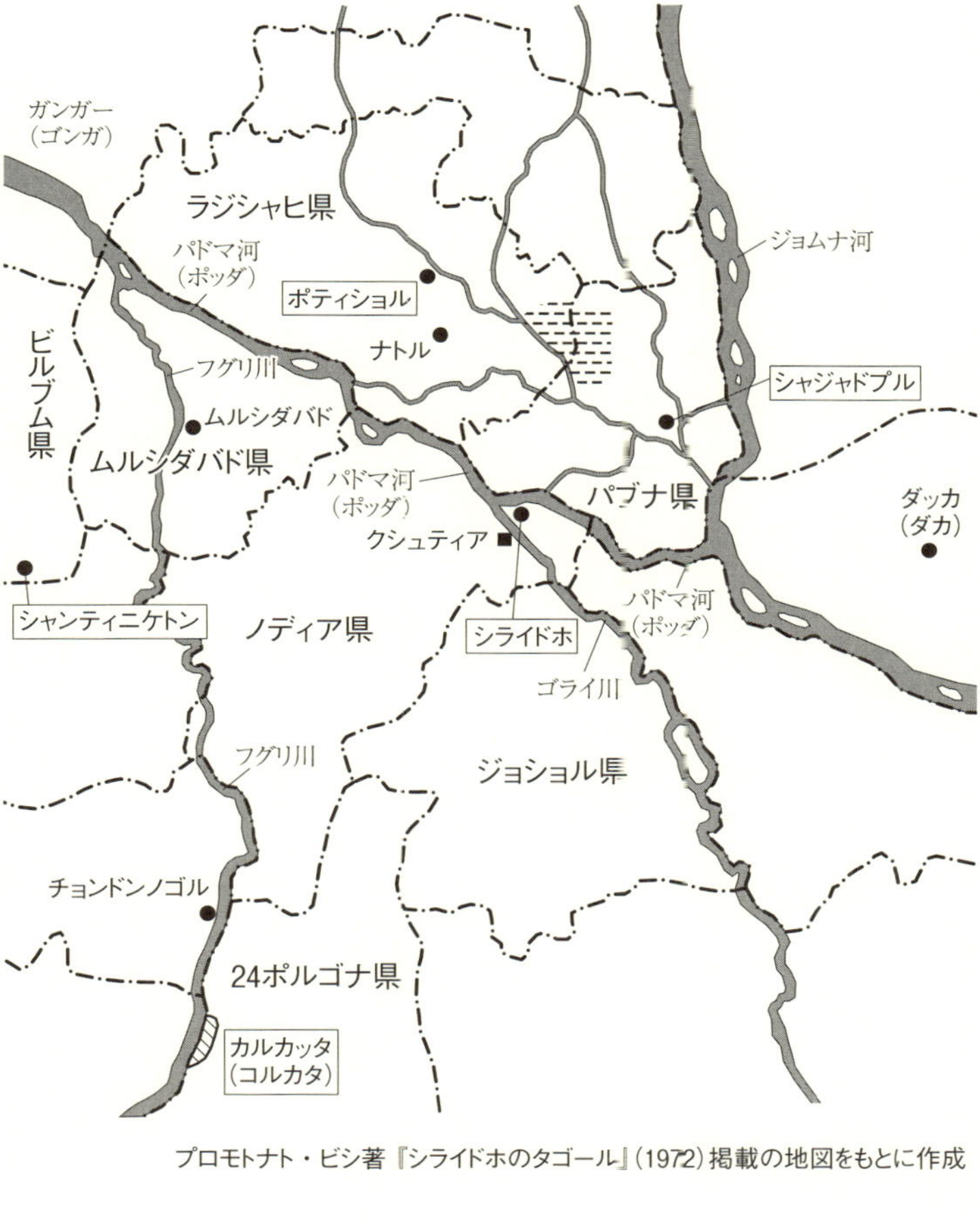

プロモトナト・ビシ著『シライドホのタゴール』（1972）掲載の地図をもとに作成

三……東ベンガルの自然と社会——領主としてのタゴール

▼▼三・一　発端

前節で述べた通り、一八八九年一一月、父デベンドロナトは、タゴール家の領地の管理状況の視察を事実上の末子であるタゴールに一任し、タゴールはその直後、東ベンガルの二つの徴税区《パルガナー》の本拠、シライドホとシャジャドプルを訪れます。しかし、彼が東ベンガルの自然と社会に本格的に関わり始めるのは、翌年八月〜一〇月の二度目の洋行の後、一八九一年一月から二月にかけて、三つ目の徴税区《パルガナー》であるカリグラムの本拠、ポティショルを訪れた時からです。

［一八九一年一月二三日、ポティショル、『折々の手紙集』一〇］

ぼくの舟を管理事務所からずっと離れた場所まで漕がせて、人里離れた場所に停泊させた。この地には、どこにも何の喧騒もない——そんなもの、ほしいと思ったところで得られない——ただひとつ、市まで行けば、他のいろんなものと一緒に得られるかもしれないが。その上、ぼくが今来ている場所には、人間の顔すら見られない。あたり一面、田圃が果てしなく広がっている——稲はすべて刈り取られ、刈られた後の黄色い稲の切り株で、地面は隅から隅まで覆われている。一日の仕事が終わって陽が沈む頃、ぼくは昨日も一度、この田圃にやって来た。……太陽が次第に血の色になり、世界の果て、地平線の彼方にその姿を消した。四囲が、その時、どんなに美しくなったか、とても言葉では言いつくせない！……インドの果てしなく澄んだ天空、遥か彼方まで広がる平野、こうしたものがヨーロッパのどこかにあるのかどうか、疑わしい。このためにこそぼくらインド人は、広大な大地のこの果てしない「非情さ」を発見することができたのだ。このためにこそぼくらには、プールヴィ・ラーギニーやトーリ・ラーギニー[7]の調べの中に、広大な世界すべての内側に潜む悲嘆が、あたかも声をあげているかのように感じられるのだ。それは、日常生活の嘆きではない。この地上世界には、日々の務めをちゃんと果たすための、親愛の情に満ち決められた限界に囲まれた部分があるが、そこから生じる情感はぼくらの心に大した影響を及ぼし得ない。地上界のこの人気ない、得難い、果てしない情感こそが、ぼくらの心をこの世界の執着の外へと連れ出す。……

7　プールヴィは夕暮れ時、トーリは朝に奏されるラーガ（旋律型）。前者は深く神秘的な、後者は優美で哀調を湛えた情調《ラサ》で知られる。「ラーギニー」は「ラーガ」の女性形。タゴールは、表現される情調《ラサ》の優美さを強調するために、好んでこの女性形を用いた。

タゴールが、父デベンドロナトに連れられてシライドホに最初に訪れたのは、一八七五年一二月、タゴールが一四歳の時です。この時は二週間足らずの短い滞在でしたが、その翌年には、五兄ジョティリンドロナトとともに、二度にわたり、それぞれ一ヵ月前後滞在して、気ま

シライドホ　タゴール家 本館
（訳者撮影、1985 年）

シライドホ　タゴール家 地主管理事務所
（訳者撮影、1985 年）

まな生活を楽しんでいます。しかし一八九一年の滞在は、少年期のこうした自由な滞在とは異なり、ジョティリンドロナトに代わって東ベンガルおよびオリッサにあるタゴール家の領地すべてを視察するという、大きな責任を負っていました。

▼▼ 三・二　タゴール家の領地

タゴールの祖父ダロカナトは、長男デベンドロナトが宗教活動に没頭する様を見て、自分が亡き後の財産管理に不安を覚え、一八四〇年に、タゴール家の四つの広大な地所を信託財産しました。その四つの地所とは、

（一）東ベンガル・ノディア県（現バングラデシュ・クシュティア県）ビラヒムプル徴税区《パルガナー》
（二）東ベンガル・ラジシャヒ県（現バングラデシュ・ノオガン県）カリグラム徴税区《パルガナー》
（三）東ベンガル・パブナ県（現バングラデシュ・シラジゴンジ県）イウシュフシャヒ徴税区《パルガナー》
（四）オリッサ・カタック県のパンドゥア、プロホラジプル、バリア

ダロカナトの懸念通り、彼の死後に襲った不況、彼自身の事業が残した負債、息子たちの財産管理の失敗等が重なり、彼が築いた富のほとんどは負債の返却のために費《つい》えます。しかし、信託化された土地財産は手付かずのまま、息子たちの手に残りました。

一八八九年一一月、父デベンドロナトはタゴールに、これらすべての地所の管理状況を視察して逐次報告するよう命じます。そしてタゴールの仕事振りに満足すると、九六年八月には代理権委任状を発行して、これらの地所の管理責任をタゴールに一任します。

その三年後の一八九九年九月、デベンドロナトは最後の遺書を作成しました。それによれば、この四つの地所のうち、

(一) ビラヒムプルの地所と
(二) カリグラムの地所は、タゴール・長兄ディジェンドロナト・次兄ショッテンドロナト三者の分有。
(三) イウシュフシャヒの地所は、もともとデベンドロナトの弟ギリンドロナトの所有で、この当時は、タゴールの従弟甥に当たる、その三人の孫息子たちの分有。
(四) オリッサの三つの地所は、タゴールの三兄ヘメンドロナトの三人の息子たちの分有。

しかし、タゴールは、兄や従弟甥たちに代わって、これらすべての地所を領主として管理する責を負います。オリッサの地所については、『折々の手紙集』の中で、その自然描写とともに土地のベンガル人の知己やイギリス人高官との交流が描かれているだけで、具体的にどのような仕事をしたのか明らかではありません。しかし、東ベンガルの三つの地所に関しては、領主として領民とじかに接しながら、長年にわたり、彼らの生活の向上や根本的な農村改革に向

けてさまざまな試みをしています。

このうち、タゴールが最も頻繁に訪れ、一時期、家族生活やビジネスの拠点としたのは、タゴール家旧来の領地ビラヒムプルの本拠、シライドホです。タゴールは、カルカッタから汽車でクシュティアまで行き、そこから、陸路、駕籠に乗るか、あるいはゴライ川の舟着場から舟に乗るかして、シライドホの本館や管理事務所に至るのを常としました。

▼▼ 三・三　領主としてのタゴール

最晩年の一九三九年にスリニケトン[8]で行なわれた講演で、タゴールは、若い頃の東ベンガルでの地主《ザミンダール》としての仕事を振り返って、こう語っています：──

……シライドホ、ポティショル──こうした村々に住んでいた頃、私は初めて農村生活を目の当たりにした。その当時の私の生業は、地主業《ザミンダーリー》だった。領民たちは私のもとに、

8　タゴールが、農村生活の改革と向上を目指して、一九二三年、シャンティニケトン近郊のシュルル村に開いた、ビッショ＝バロティ大学の第二キャンパス。

彼らの喜びや悲しみ、訴え、嘆願を告げにやって来た。そうしたことを通して、私は農村の姿を見た。一方では、外側の絵——川、平原、田圃、木々の蔭に佇む彼らの粗末な家々——他方では、彼らの心に潜む思い。彼らの痛みも、私の仕事に寄り添うようにして、私のもとに届いた。

私は都会生まれの都会育ちだ。私の祖先はカルカッタの最初の頃からの住人だ。幼少の頃は、農村とのどんな接触も得ることがなかった。そのため、最初地主《ザミンダール》の仕事をしなければならなくなった時、心の中に躊躇《ためら》いがあった。もしかしたら、この仕事ができないのではないか、もしかしたら、この務めがいやになりはしないか、と……

だが、いざ仕事を始めてみると、その仕事にすっかり取り憑かれた。私の性格上、何か困難な仕事を引き受けると、その中に自分を没入させ、全力をあげて義務を果たそうとする。決して手を抜くことをしない……地主の仕事に取り組んだ時は、その錯綜とした網を掻き分け、中に潜む謎を解き明かそうと努めた。自分で考案して切り拓いたさまざまな方策のおかげで、名声も博した。私がどんなやり方で仕事をしているか知るために、近隣の地主たちが、自分たちの使用人を私のところに寄越すことすらあった。

私は、古い慣習に従うことを、一切しなかった。そのため、私の古参の使用人たちは困り果てた。彼らは土地に関わる書類を、私の手に届かないような場所に置いた。彼らが諭《さと》す通りに、私は理解しなければならない、というのが彼らの思惑だった。私が彼らのやり方を変えてしまうと、自分たちの仕事の流れがバラバラになってしまうのではないかと、彼らは怖れたのだ……　だが、妨害に直面するたびに反抗心が芽生え、私は従いたくなくなる。こうして何もかも変えてしまい、良い成果をあげることもできた。

領民たちは私に面会しに来た。私の扉は、いつも彼らのために開かれていた――日暮れ時であろうと、夜であろうと、面会を禁じることは一切なかった。日によっては、終日、彼らの訴えのために過ごすことがあった――食事の時間が過ぎても、気づくことすらなかった……

農村にいる間は、その生活を隅々まで知ろうと、心から努めた。仕事の目的で一つの村から別の遠い村へと行かねばならず、シライドホからポティショルへ、川、水路、湿地帯を過ぎる――その道すがら、農村のさまざまな光景を目にした。村民たちの日々の営み、彼らの生活のさまざまな姿を見て、心は好奇心でいっぱいになった。都会育ちの私が、たまたま、農村の美の膝元に場を占める機会を得たのだ――心からの喜びとともに、好奇心を満たしながら、眼差しを注ぎ続けた。次第にこの農村の貧困が、私の目にははっきりと映るようになり、そのために何かせねばならぬという思いに駆られ、居ても立ってもいられなくなった。私が地主業《ザミンダーリー》に携わり、自分の損得計算に忙しく、ひたすら商いの仕事で日々を過ごしていることが、まったく恥ずべきことのように思われた。それからというもの、努力した――どうしたら彼らの心が開かれ、自分たちの責任を彼ら自らが負うようになれるか。私たちが外から援助することは、彼らにとって害にしかならない。どうすれば彼らの中に生命が行き交うようになるか――この問いこそ、その頃、私の頭を悩ませ続けたのだ。彼らのためになることをするのは難しい――なぜなら、彼らは自分たちを尊重することを、まったくしないから。彼らに言わせれば、「わしらは犬のようなもので、こっぴどく鞭打たれて、初めてまともになれるのだ」、と……

一七九三年、イギリスの東インド会社総督チャールズ・コーンウォリスがベンガル管区(ベンガル・ビハール・オリッサ州)に導入した「永代ザミンダーリー制」により、ベンガルの土地制度は大きく変わりました。ムガル王朝時代、在地社会の大規模な地主《ザミンダール》たちは、領主としての権威を持ち、地租を徴収するだけでなく、領民の生活全般に大きな影響力を持ちました。一方、土地は基本的に耕す農民に属し、農民たちはその収穫の一部を領主に収めるほか、他の村民たちとの間でさまざまな権利を共有していました。ところが、「永代ザミンダーリー制」が導入された結果、政府に毎年定額の地租を収める義務と引き換えに、さまざまな規模の地主《ザミンダール》に土地の所有権が賦与され、農民は在来の権利をすべて失いました。また、高額の地租を払えない地主《ザミンダール》の土地が競売に付せられ、都会を拠点にする富裕な商人層を中心に購買された結果、急速に土地の細分化が進みました。

しかし、こうした変化の中でも、在来の土地を継続して保有し得た大規模な地主《ザミンダール》は、地域住民に対し、昔ながらの権威を、その生活全般に及ぼしていました。タゴールが東ベンガルの土地管理の責を負った時、タゴールと地域の村人との関係は、まさにこの領主と領民の関係でした。

一九世紀後半になると、こうした在来の地主《ザミンダール》の多くは都会に生活の拠点を築き、土地管理は地元の使用人に任せ、現地の村人たちとは申し訳程度の接触しか持たないのが普通でした。この点、タゴールは例外的な地主《ザミンダール》だったと言えます。

一九二六年、当時のベンガルの土地問題を扱った論考『農民《ライオット》のこと』を書いたプロモトナト・チョウドゥリ[9]は、タゴールの地主《ザミンダール》としての仕事に言及し、こう述べています：――

タゴールが、地主《ザミンダール》として、金貸しの手から領民たちを守るために、生涯を通じて何を

9　（一八六八～一九四六）、タゴールの姪インディラの夫。近代ベンガル語文学を代表する作家の一人。若い頃、弁護士として、タゴールの領地シライドホの管理職についていた。

してきたか、そのことを私は逐一知っている——なぜなら、地主事務所で、私もしばらく管理人として勤めていたことがあるからだ。そして我々の大きな義務の一つは、シャハたち(ヒンドゥーの金貸し階層)の手からシェークたち(貧しいイスラーム教徒)を救うことだった。——だが、それと同時に、ベンガル人の地主がすべてラビンドラナート・タゴールではないことも、私は承知している。タゴールは、詩人としてだけでなく、地主《ザミンダール》としてもユニークな存在だ。

▼▼三・四　舟旅

[一八九三年五月二日、シライドホ、『折々の手紙集』九三]

今ぼくは、舟の中。ここはまるで、自分の家みたいだ。ここでの主人は、ぼく一人だけ——ここではぼくに対し、ぼくの時間に対し、他の誰にも何の権利もない。この舟はぼくの古びた部屋着のようなものだ——この中に入れば、緩やかな余暇にすっぽり包まれることができる——好きなように考え、好きなように想像し、好きなだけ本を読み、好きなだけ書き、そして好きなだけ川の方に目を遣りながらテーブルの上に足をもたげ、思いのままにこの空と、光と、怠惰に満ちた一日に浸っていられるのだ……

インドラ神に象のアイラーヴァタがあるように、ぼくにはパドマ号がある――ぼくにうってつけの乗り物だ――いつもおとなしく言うことを聞くわけではない、ちょっと野生味もある――でも、そんなやつの背中や肩を、撫でて可愛がりたくなる……

タゴールは何艘もの舟を持っていましたが、中でも、パドマ河の名前をとった「パドマ号」を愛用していました。三つの地所を行き来する舟旅や、創作に集中したい時などは、船頭、料理人を伴ってこの舟に乗り、何日もひとりで過ごすのを常としました。この舟はタゴールの祖父ダロカナトが作らせたもので、父デベンドロナトもガンガーでの舟旅に愛用していました。タゴールが一四歳の時、父に連れられて初めてシライドホを訪れた時も、この舟による旅でした。その時の思い出‥――

［一八九一年一〇月一八日、シライドホ、『折々の手紙集』三二］

……一昨日、こうして舟の窓際に黙ってすわっていると、漁師の小舟を操る一人の船頭が、唄を唄いながら過ぎて行った。特にいい声というわけではなかったが――その時不意に、ずっと昔、子供の頃、お父様と一緒に舟に乗ってパドマ河に来た時のことが思い出された。――ある日、夜二時頃に眠りから覚めて、すぐに舟の窓を持ち上げて顔を差し出して見ると、波のない川面に月明かりが落ちて輝きわたる中を、ちっぽけな舟に乗った一人の若者が、ひとり舵を操りながら、すばらしく甘い声で唄い始めた。そんな甘い歌声を、それまで聞いたことがなかった。——その時突然思ったのだ——まさしくその日の、その生を、もう一度手にすることができたら、と！……

舟の中は、トイレや入り口の小部屋に加え、広くゆったりした家具付きの二つの部屋——書斎と客間を兼ねた部屋、および寝室——が設けられ、料理はこの舟に繋がれた小舟でなされました。書斎には小さな本棚があり、さまざまな分野の英書、サンスクリット語の古典文学書、旅行記などを、そのたびに持ち込みました。ヨーロッパ文学の中では、特にゲーテ、ハイネ、フレデリック・アミエル、ヴィクトル・ユーゴー、キーツ、ロバート・ブラウニング、マーク・トウェイン、エドガー・アラン・ポーなどの作品に親しんでいました。

タゴール（シライドホにて）

パドマ号

四……作品解説

▼▼はじめに

［「文学、歌と絵」、『異郷生活者《プロバシ》』誌一九四一年六～七月号］

私は、数え切れないほどの小さな叙情詩・叙情歌を作った。たぶん、世界の他のどんな詩人も、こんなにたくさん作ったことはなかっただろう——だが、君たちが私の『物語集』をそうした詩歌のようだと言うのには、驚かざるをえない。ある時、ベンガルの川から川を巡る旅を続け、ベンガルの農村のさまざまな生活を見た。一人の娘が、舟で舅の家に連れ去られて行く時、その友人たちが川辺《ガート》で沐浴しながら言い交わす、「ああ、可哀想に——あの娘、舅の家に行ったら、どんな目に遭うことでしょう」……目にした事実はこれだけで、残りは想像の産物だ。君たちは、こうした作品を、詩歌のようだと言うのかね？　はっきり言っておくが、私の物語に「現実」が不足している、なんてことは決してない。書いたものはすべて、自分の目で見て、心の奥底で感じ取ったもの、私の直接体験そのものだ……

想像の世界に浸り、詩「心の美神」（詩集『黄金の舟』所収）を書いた。だがこれは、詩の世界での話で、「物語」の題材にはならない。「物語」で書いたことの根底にあるのは私の体験、私がこの目で見たことだ。それを詩のようだ、というのは誤りだ。もっとも、「骸骨」や「飢えた石」については、多少はそう言えるかも知れぬ——何故なら、これらの物語では想像が主要な役割を果たしているから——だがそれでも、それがすべてというわけではない。

君たちは、私の文体を評して、散文でも私は詩人だと言う。だが私の文体が、時に「物語」の内容に相応しい文の流れをはみ出して、（詩的散文という）独自の価値を持ってしまったからといって、そのことで私を責めることはできまい。そうなってしまったのは、ベンガル語の散文体を、私が、自分の手で作り出さなければならなかったためだ。相応しい言葉がなく、書く度に、一つの段階から次の段階へ、一歩一歩、新たな文体を編み出さねばならなかった……

モーパッサンのような外国の作家のことを、君たちはよく言うが、彼らにはすでに、出来上がった言葉があったのだよ。書きながら新たな言葉を作り出さねばならなかったとしたら、彼らはいったい、どんな状態に陥ったことだろう。

よく考えてみればわかるだろう——私が書いた数々の物語によって、ベンガル社会の実際の生活の姿が、初めて、捉えられたのだ。

（一）「**郵便局長**」

タゴールが東ベンガル訪問から戻った一八九一年五月、週間文芸誌『良き助言者《ヒトバディ》』が創刊されます。彼はこの雑誌の文学部門の編集長の責を負うことになり、創刊号から毎号、「物語」や評論を掲載しています。特に最初の六週間、六篇ないし七篇の「物語」を掲載したことがわかっています。その後、総編集長の方針とタゴールの意図にすれ違いがあり、タゴールは、おそらく九月か一〇月に、この雑誌との係わりを断ちます。

「郵便局長」はこの雑誌に掲載された数篇の物語のうちの一篇で、その中では構成・内容の点で最も優れています。シャジャドプル滞在中に書かれました。

［一八九四年九月五日、シャジャドプル、『折々の手紙集』一四八］

……ぼくのこのシャジャドプルの昼間は、物語を書く昼間だ――まさしくこんな時に、このテーブルにすわって、自分の心に浸り切りながら、「郵便局長」の物語を書いたことを覚えている。物語を書いていると、ぼくの四囲の光と風と木の枝の震えが、それぞれの言葉をそれに加えてくれたのだ。こんな風に自分の周りのすべてと完全に一つになりながら、自分の心の赴くままに何かを創作する喜び――こんな喜びは、この世界で滅多に得られるものではない。

ところで、同じ『折々の手紙集』の中に、シャジャドプルに配属された都会育ちの郵便局長、モヘンドロラル・ボンドパッダエのことが二度にわたって書かれており、この人がこの作品のモデルだったことがわかります。火事に遭ったこの地の郵便局が、一時期、タゴール家のシャジャドプル本館に移転していたことがあるのです。

［一八九二年六月二九日、シャジャドプル、『折々の手紙集』六二］

……この男との間には、ぼくは少し、特別な繋がりがある。この本館の一階に郵便局があって、毎日、彼の姿を見ることができた頃、ぼくはこの二階の部屋にすわって、ある日の昼、例の「郵便局長」の物語を書いた。そしてそれが『良き助言者《ヒトバディ》』誌に掲載された時、この郵便局長氏はそのことに言及して、羞《は》じらいのこもった大笑いをした。それはともかく、この男がぼくはとても好きだ。彼がとめどなくいろいろな話をするのを、ぼくは黙ってすわったまま聞く。それに、彼にはけっこうユーモアもあって、あっという間に話を盛り上げることだってできる。一日中黙りこくったままひとりすわっていて、時にこうした生き生きした人物に出くわすと、人生のすべてがまた、波立つかのように感じられるのだ。

……

都会育ちのヒンドゥー中間層《ミドルクラス》に属するこの青年が、辺境の地で他に話し相手もなく孤独な生活を送っている姿を、タゴールは共感を抱きながら観察しています。彼との邂逅は、こうして、タゴールがこの物語を書く契機となったわけですが、物語の他の要素――シャジャドプル周辺の自然描写、村の娘ロトンという人物像の創出、郵便局長とロトンの間の交渉や心理描写も、農村のさまざまな風景や人びとの観察を通して、タゴールの中に徐々に育まれたものでしょう。

なおこの作品は、後に挙げる「完結」・「宝石《モニ》を失って」とともに、サタジット・レイ監督の映画『三人娘』(一九六一年、タゴール生誕百周年記念作品)の題材となっています。

(二)「**坊っちゃまの帰還**」

一八九一年の半ばに、タゴール家では、新たな月刊文学誌を出版する計画が具体化し、この年の一一月三〇日、月刊誌『修行《シャドナ》』が創刊されます。「坊っちゃまの帰還」は、この創刊号〈一八九一年一一〜一二月号〉に掲載されました。

『修行《シャドナ》』誌の編集長は、最初の三年間は長兄ディジェンドロナトの四男シュディンドロナト、四年目はタゴールが務めますが、タゴールは、創刊号から、計三六篇の「物語」、詩集『黄金の舟』と『変幻自在の女《チトラ》』の多くの詩、『ヨーロッパ旅行者の日記』や『五元素』の連載、その他さまざまなテーマの評論や時評などに筆を揮《ふる》ったほか、甥のボレンドロナトの協力の下、他の書き手の作品の選定や編集にも深く係わりました。事実上タゴールの雑誌と言っても過言ではなく、この時期のタゴールの旺盛な創作活動の重要な受け皿となりました。『修行《シャドナ》』誌は約四年間続きましたが、雑誌費用の工面が次第に困難になってきたのと、ひとえにタゴールの肩にのしかかる執筆・編集上の負担のため、一八九五年八月三一日発刊の最終号を以て廃刊となります。『修行《シャドナ》』廃刊の理由は、その他にも、「タゴール商会」事業への参加や、タゴール家の領地問題の対処のための奔走など、タゴールの生活がこの時期を境に、急速に多忙になったことがあげられます。

この物語の主人公、無学なライチョロンは、自らの「童子神」である三人の「坊っちゃま」、すなわち主人オヌクルの幼時、その再来であるオヌクルの幼い息子、さらにはそのオヌクルの死んだ息子の再生と彼が信じる自らの息子「捨て子《フェルナ》」に仕えます。彼のもとに二度帰還する「坊っちゃま」に奉仕し続けることを通して、ライチョロン自身も、あたかも幼児世界の中に、成長を忘れたままとどまり続けるかのようです。彼は、こうして「坊っちゃま」に仕えることを、神に定められた自らの使命と信じて疑いません。

しかし、このような前近代的な世界観は、近代教育を受けて判事となったオヌクルや、都会で「坊っちゃま」として育てられたフェルナにとっては、理解の外です。そのためライチョロンは、最後にはオヌクルばかりか、自分が育てた捨て子《フェルナ》にも、逆に見捨てられてしまいます。

むしろ皮肉なことに、ライチョロンの世界観に共感し得る唯一の存在は、ライチョロンを自分の息子を奪った張本人と信じて疑わなかった、オヌクルの妻ただ一人だった、と言えます。ライチョロンは、フェルナが「坊っちゃま」の生まれ変わりだと悟った瞬間、「そうなんだ！母親だからこそ、わかったんだ――誰が自分の子供を奪ったのか」と、オヌクルの妻の疑念を自分の世界観に引き寄せて理解します。その一方、夫やフェルナがライチョロンを断罪した時、彼女だけが彼を赦すのです。

なお、タゴールの東ベンガルでの滞在が長くなるにつれ、パドマ（ポッダ）河は、彼にとって、東ベンガルの自然と社会を象徴する中核的な存在となり、詩や物語に頻繁に登場するようになります。この物語はそうした一群の物語の最初を飾る作品で、ここではパドマ河は、とりわけその水音を表す擬音語・擬態語の効果的な用法によって、幼児を誘い込まずにはおかぬ魔物のような存在として描かれています。

(三)「**骸骨**」

タゴールの「奇譚」の最初の作品です。『修行《シャドナ》』誌〈一八九二年二〜三月号〉に掲載されました。

［『少年時代』七章］

格闘技の道場から戻ると、今度は医科カレッジの学生が一人、人間の骨格についての知識を授けようと、待ち構えていた。人間の骸骨がまるごと、壁にぶら下がっている。夜ぼくらが休む寝室の壁に、だ。風に煽られると、カタカタ音を立てた。その骨をひとつひとついじりながら、それについている難しい名前を残らず覚えることになった——そのおかげで、恐怖のほうはどこかに消し飛んでしまったのだ。

タゴールは、九歳の頃から、三兄ヘメンドロナトの教育方針に従い、七兄ショメンドロナト、従兄ショットプロシャドとともに、自宅で家庭教師のもとにさまざまなレッスンを受けていました。その一つが毎朝行なわれたこの解剖学の授業で、その記憶がこの作品の元となっています。屍体の解剖自体に抵抗のあったこの時代に、自宅で人間の本物の骸骨を使って子供たちに解剖学を学ばせるなどということは、普通の家庭では考えられません。しかし、タゴールの祖父のダロカナトは、一八三五年にカルカッタに創設された医科カレッジの主要な後援者の一人で、定期的に学費援助を行ない、のちには医学の勉強のために洋行する学生の旅費・学費を負担するなど、ヨーロッパの近代医学の導入に意欲的でした。タゴールの兄弟の中では、特に三兄のヘメンドロナトが、医学を含め自然科学全般に深い関心を持ち、彼自身、一時期医科カレッジで学んでいたこともあります。

ところで、語り手の女性は、冒頭に、「私はただ墓場の風に乗って、ひゅうひゅう言いながら彷徨《さまよ》うばかりだったの」と述べています。ヒンドゥーの慣習に従えば、彼女は焼き場で焼かれ、骨は残らないはずですが、この描写では、彼女はあたかも、自分が埋葬された墓場を彷徨い続ける亡霊のようです（ここで「墓場」と訳したベンガル語の「ショシャン」は、「焼き場」とも「墓場」ともとれます）。

タゴールは、一八九〇年一〇月一九日、ヨーロッパ訪問の帰途に訪れたイタリアのブリンディシの墓場で骸骨を見た時の印象を、当時の日記にこう記しています：——

……階段を下り、地面の下にある一部屋に行き着いて見ると、無数の頭骸骨が堆《うずたか》く並べられていた。おそらく、古い墓の中から拾い集めて、そのように並べ置いたのだろう——幾歳月もの数知れぬ喜びと悲しみの、これがその、唯一残された残骸なのだ……日々の生活と美が、この無限の人間世界の上に、絵で飾られた帷を被せかけているかのようだ——徐々にその帷を持ち上げて見てみるがいい、その中には、麗しさのかけらもない骨格、輝きの失せた眼窩、知恵のない頭蓋。何かの残酷な力が、人間世界からこの帷を取り払ってしまうことがあれば、露わになるに違いない——全世界を覆うバラ色の唇の甘い口づけの陰に隠れて、乾いた白い歯の列が、何とも嫌らしく嘲り笑っている様が！

この時の追憶がこの作品の背景にあるように思われます。

義姉ギャノナノンドや父デベンドロナトが居を構え、タゴールもしばしば訪れていた南カルカッタの白人居住区には、教会が多く、冒頭の教会の鐘の音は、おそらくその記憶に由来しています。また、「その頃、家で不幸が二、三あったので」とありますが、これは、タゴールが結婚した当時、タゴール家でわずか半年の間にたて続けに起きた三つの死――長姉ショウダミニの夫シャロダプロシャド、兄嫁カドンボリ、そして三兄ヘメンドロナトの死を想起させます。

語り手の女性は、若くして寡婦となりました。当時のヒンドゥー教の慣習では、寡婦は常に装飾のない白いサリーをまとわねばならず、ガラスの腕環などの装身具も身につけることはできません。また、相手の男性が慣習を破る勇気を持たない限り、再婚も望めません。これらの機会を奪われた彼女にとって、唯一のよすがは、自分の美しさです。

兄以外に彼女が接することのできた、ただ一人の男性、ショシシェコルの振舞いの中に、彼女は、彼女の美に惹きつけられる兆候を見、彼への思いを肥大させていきます。しかしその一方で、彼との結婚が叶わぬ願いであることも自覚しており、そのため彼女は、ショシシェコルから予め毒の情報を集め、愛が遂げられない時の自死への準備を整えています。そして最後に、持参金目当てで他の女性との結婚に走るショシシェコルを見て、彼女は彼を道連れに自死に至る決意に至ります。

ところで、女性が語る物語に対する聞き手の男性の反応には、半分揶揄するような距離が感じられます。そもそも冒頭に、彼は次のように述べています：——

「もちろんわかっていた——そのすべては不眠のために熱っぽくなったぼくの脳の想像の産物で、自分の頭の中をドクドク駆けめぐる血流が、速い足音のように聞こえているにすぎないのだ、と。」

タゴールは、『人生の追憶』(一九一二)の中で、一八〜一九歳のイギリス留学当時、逗留先のスコット家で何度か参加した降霊会を、「子供っぽい戯れ事」と評しています。また、この作品の二ヵ月前に刊行された『修行《シャドナ》』誌に「幽霊の話の証明性について」と題する随筆を掲載し、イギリス人判事が語った超常現象について、皮肉をこめた懐疑的な立場から触れています。

タゴールの「奇譚」は、語り手が語る超常的な話に対して一定の距離を置く聞き手を配置するのを特徴としています。その点でも、この物語は、本書の最後に収録した四つの「奇譚」の先鞭をつける作品と言えましょう。

(四)「カーブルの行商人」

月刊誌『修行《シャドナ》』の〈一八九二年一一月～一二月号〉に掲載されました。「郵便局長」、「飢えた石」と並んで、タゴールの物語の中でも(英訳を通して)特によく知られた短編です。二・三で述べたように、ミニのモデルは、タゴールの長女マドゥリロタ(愛称ベラ)です。

ところで、この物語の「私」は、当時流行った通俗的な歴史小説を書く職業作家という設定で、ベンガルの伝統的なヒンドゥー教徒からは大きく外れた生活習慣に従っています。

ベンガル人家庭の娘であれば、生まれてすぐ、「舅のおうち《ショシュル＝バリ》」という言葉に親しむはずだが、私たちはやや今風の人間だったので、幼い娘に「舅のおうち《ショシュル＝バリ》」が何であるかを理解させていなかった。

ヒンドゥー教徒の家庭では、女性は、幼い時から、いい嫁ぎ先に嫁入りするのが何よりの願いです。幼児婚が普通であったこの当時、「舅のおうち《ショシュル＝バリ》」は、その意味で、娘を持つヒンドゥー家庭にとって最大の課題であり、娘がたとえ幼くとも、この言葉に親しんでいないということは、ふつう、有り得ません。

さらに重要なのは、ミニの結婚式が、ドゥルガー祭祀《プージャー》の日に設定されていることです。ドゥルガー祭祀《プージャー》は、北東インド、特にベンガル地方の、一年で最大の祭祀です。ドゥルガー女神はパールヴァティー女神の戦闘的な側面を表し、この祭祀は、ドゥルガーがマヒシャースラ(水牛の阿修羅)を一〇日間の戦いの末退治したことを象徴して、一〇日間にわたって祝われます。日取りは太陰暦に従い、アッシン月(九月半ば〜一〇月半ば)ないしカルティク月(一〇月半ば〜一一月半ば)の新月の日から始まります。そもそも、パールヴァティー女神はシヴァ神の妃で、この時期、夫と共に住むヒマラヤのカイラーサ山からガンガー下流の自分の実家に里帰りし、一〇日目に再びカイラーサ山に戻るとされ、ベンガルではこの神話に則り、最後の日に女神像を川流しします。

ヒンドゥー教徒の結婚式は、占星術に則って相応しい日時が定められています。ドゥルガー祭祀《プージャー》が祝われるアッシン月やカルティク月に、結婚式が行なわれることはありません。タゴールの父デベンドロナトがヒンドゥー教の偶像崇拝を否定するブラーフマ教を信仰していたため、タゴール家の家族の多くは、ヒンドゥーの慣習に必ずしも捉われない、柔軟な思考の持ち主でしたが、結婚はおおむね旧来の慣習に従っており、タゴール自身や彼の子供たちの結婚に際しても同様でした。しかしこの物語ではタゴールはそうした慣習に従わず、結婚の日取りをあえてドゥルガー祭祀《プージャー》の日に設定することによって、娘の結婚が父親の心にもたらす喜びと悲しみを、パールヴァティー女神とシヴァ神の神話と重ね合わせて表現することを選んでいます。

タゴールとマドゥリロタ（ベラ）
（J. アーチャーのパステル画、1887 年）

（五）「処罰」

［一八九四年九月二〇日、ディガパティア[10]への途次、『折々の手紙集』一五三］

……舟に乗って進むうちに、ある場所まで来て不意に小さな川の中に入り込む——そこでは、一方の岸に田圃、もう一方の岸辺に深い藪に囲まれた村——その只中を、満々と水を湛えた河流がくねくね曲がりながら走っている。水は、隙があると見るや流れ込む——陸地が水にこのように圧倒される姿を、たぶん君たちは、今まで見たことがないだろう。村人たちは大きく丸い土製の桶の中にすわり、一本の竹の切れ端を棹代わりにして、あちらこちら行き来している——陸上の道は、どこにもない。もう少し水嵩が増せば、家の中に流れ込むだろう——そうなれば、竹や木で縁台を組み立てて、その上で生活しなければならない、牛たちは、昼も夜も膝まで浸かったまま立ちっぱなし、餌となるべき草は次第に得難くなる。蛇たちは、水に浸かった巣を捨てて粗末な家の屋根の中に住みつき、住み家を失った無数の虫類・爬虫類は人間と共棲することになる。村の四囲は深い藪で覆いつくされ闇に閉ざされている——その上さらに、藪の中に侵入して来る水のため木の葉、蔓、灌木類は腐り続け、牛舎の中も人間の住居の中もありとある塵芥が一面漂い続け、ジュートの腐臭を発する水は青みどろになり、膨らんだ腹にか細い足の痩せこけた子供たちは、裸のまま泥水にまみれ、ところ構わず跳びまわっている。蚊の集団は、腐った水溜りの上に煙幕の層をなして群がり、ぶんぶん音を立てている――この地域の雨季の村々は、あまりに不健全で安らぎのない様相を呈しているので、その側を通るだけで身の毛がよだつ思いがする。家の主婦たちが一枚のびしょびしょのサリーを身体にまといつけ、雨季の寒風にさらされ雨に濡れながら、膝の上までサリーの裾をたくし上げ、水を掻きわけ掻きわけ、従順な獣のようにいつもながらの家事をこなしている――そんな光景が目に入ると、どうにも遣る瀬無い気持ちになる。こんな苦しみ、こんな不快な状況を、どうやって人間が耐えることができるのか、ぼくには考えもつかない――その上、どの家でも、痛風、足のむくれ、止まらぬ洟水、高熱。脾腫を患う子供たちはひっきりなしにぎゃあぎゃあ泣き喚く。彼らの命を救う手立てはない――一人、また一人と死んでいく。そのあまりの杜撰さ、不健康、醜悪、貧困、野蛮状態は、人間の住む場所に、どうあっても、似つかわしくない……

10　ラジシャヒ県ナトルの北北東に近接する、ディガパティアの領主家を訪れた時のものと思われる。なお、ナトルは一八世紀初頭から続く大領主家の本拠地。ナトル領主家とタゴール家とは、密接な関係にあった。

『修行《シャドナ》』誌〈一八九三年七～八月号〉に掲載されたこの作品は、ヒンドゥー最下層のクリ出自《ジャーティ》の、日雇い仕事を主な生業とする、二人兄弟とその妻たちの緻密な人物造型と心理描写を通して、当時の東ベンガル農村社会における階級差と男女差に基づく搾取構造を、余すところなく捉えています。

物語の舞台は、この手紙に書かれているような雨季の重苦しい自然環境に封じ込められた、川辺の農村の極貧の家庭。その耐え難いまでに劣悪な環境が、事件の日の主人公たちの心理や行動にじかに働きかけるかのようです。

主人公の二人兄弟は、裕福な農民《ライオット》ラムロチョンの「随意小作人《コルファ》」、即ち彼の土地を耕しその地代を納める立場です。おまけにこの二人は、「領主」たる地主《ザミンダール》に命じられれば、只働き同然の作業にまる一日を費やさねばなりません。彼らは地主《ザミンダール》と農民《ライオット》ラムロチョンの両者から二重に搾取されています。

地主《ザミンダール》家での仕事に疲れ果てて帰宅した兄のドゥキラムが、積もり積もった鬱憤を爆発させて妻を鎌で切り殺した後、弟のチダムは、その場面に思いがけず訪れたラムロチョンを前に、この殺人の罪を、自分の妻のチョンドラになすりつけます。

彼をこの行動に走らせた要因を、タゴールは、ベンガルの伝統社会で男性が女性に対して抱くほとんど無意識的とも言うべき根深い差別感と、夫婦間の軋轢に基づくチダムの個人的な焦燥という二つの側面から、緻密に描いています。

タゴールは、通常、人間の容貌を詳細に描写することはしませんが、この作品では、チョンドラとその兄嫁ラダ、チダムとその兄のドゥキラムを対照させながら、それぞれの容貌と性格を詳細に描き込み、その上で、チダムとチョンドラの間の心理的軋轢を生むに至った出来事を記述しています。

もう一つ、この作品が持つ際立った特徴は、会話文の持つリアリティです。タゴールは、他の作品では罵り言葉や卑語を一切使わず、サンスクリット語由来の文語表現に言い換えたり、遠回しに表現したりするのが常ですが、この作品に限って、会話文(ラムロチョン)の中で、「マギ(性悪女、売女)」、「チュンリ(小娘、尼っちょ)」と言った卑語をそのまま用い、さらには、ドゥキラムが妻のラダを殺すきっかけとなったラダの言葉にこもるあてこすり(「自分で稼いで持って来い、ってわけ?」)や、チョンドラがラダに向けて放った言葉にこもるあてこすり(「あら義姉さん、何でそんなに、私が怖いのかしら」)など、村人たちの日常生活で使われる、さまざまなニュアンスがこめられた、きわめて口語的な表現を頻出させています。タゴールが、東ベンガル農村の社会生活を、細部に至るまで観察していたことが窺えます。

この作品で、タゴールはとりわけ、チョンドラの内面をどう描写するかに心を砕いていたようです。

チョンドラは心の中で、夫に向かってこう言っていたのだ、「私はあなたを捨て、この初々しい青春のまま絞首台に花環を捧げ、それを人生の伴侶として迎えることにしたの。私の今生の最後の絆は、絞首台とともにあるのだわ」

『修行《シャドナ》』誌掲載時には、この部分の前段に、以下の表現がありました。

「あなたは私を助けたいと思っているの？　私には、助かる気はないわ！　私を、今日、殺人犯だと言って捨てたくせに、明日になればその私を、もう一度自分のものにしたい、ってわけね？　私は戻らないわ！　私に対してあなたは、これっぽっちも敬意を払わないくせに、欲だけはあるのね？　私、絶対、自分をあなたの手に渡さないから！……」

説明的すぎて相応しくないと考えて、削ったものと思われます。

絞首刑に処せられる直前、主席《シヴィル》医務官《サージャン》に夫に会いたいかと問われ、チョンドラはただ一言、「モロン(死)！」と答えます。私が「まっぴら御免ですわ！」と訳したこの表現は、恥じらい、不服、愛情をこめた否定など、さまざまなニュアンスをこめて日常的に使われる女性言葉ですが、ここでは、夫に対する彼女の深い怒りと拒絶《アビマーナ》の気持ちを、一言で端的に表現しています。

(六)「完結」

『修行《シャドナ》』誌〈一八九三年九～一一月号〉に掲載されました。この作品は、「はじめに」で言及されているように、シャジャドプルの川辺で見た、次の光景をきっかけに書かれました。一人の溌剌とした魅力を振りまく村の女性が、無理やり嫁ぎ先へと連れ去られるのを、村の女性たちが見送ります。

[一八九一年七月四日、シャジャドプル、『折々の手紙集』二六]

……とうとう出発の時が来て、ぼくが目にしていたあの短髪の、ふっくらした、手に太い腕環を嵌めた、輝くばかりに素直で美しい顔の娘を、舟に乗せようといろいろ試みるのだが、娘はどうあっても行きたがらない様子だ。とうとう苦心惨憺して、娘を舟に引きずり込んだ。どうやらこの可哀想な娘は、実家から婿の家へ行くところらしい――舟が岸を離れるのを、女たちは陸に立って凝っと見つめていたが、中には二、三人、サリーの裾で、おもむろに目や鼻を拭い始める者もあった。しっかりと髪を引き詰めていた小娘がひとり、歳上の女性の膝に乗ってその首に抱きつき、肩の上に頭を載せて無言のまま泣き続けた。出発した娘はたぶんこの哀れな娘の姉さん格で、お人形さん遊びに時々加わってくれ、彼女が悪戯をしたりすれば時にはどやしつけることもあったのだろう。朝方の陽射しや川岸や周りのすべてが、あまりにも深い悲哀に覆いつくされたかに感じられた。朝方のこの上ない失望のため息が、哀しいラーギニーのように、世界全体をこんなにも美しく、しかし同時にこんなにも痛みに満ちたものにしたのだ！……

本文の中で、主人公ムリヌモイの魅力は、このように描写されています：——

ほとんどの場合、人間の本性は、その顔の中に、自らを完全な形で開陳することはできない。自分の心の穴倉の中に住んでいるあの謎に満ちた「人」が、何の妨げもなく姿を現す——そのような顔は何千もの顔の中にあっても目に留まり、一瞬にして胸に刻まれる。

ここに言及されている「謎に満ちた『人』」は、民間の密教《タントラ》修行者バウル・フォキルの歌に歌われる、身体の中に住む人間の神秘的な本質、「心の人」を指します。シライドホ周辺には、伝説的な修行者ラロン・シャー・フォキル（一七七四〜一八九〇）をはじめ、多くの民間修行者たちが活動しており、タゴールや甥のボレンドロナトは、この時期、そうした民間修行者たちの歌を収集しています。[11] こうした歌に歌われる彼らの思想はタゴールの思想形成に大きな影響を与え、神秘的な個人宗教というべき「生命神」の思想を育む礎を提供しました。

また、物語の後半で、カルカッタに去る前夜、オプルボとムリヌモイの間に起きる行き違いを、タゴールは「銀の杖」と「金の杖」の比喩を用いて描いています。「銀の杖」と「金の杖」はベンガル地方のさまざまな民話の中に登場します。代表的な民話では、王国を襲った人喰い鬼の一族にその両親・家来を呑み込まれてしまった王女が、ただひとり、宮殿で囚われの身にあります。その宮殿を訪れた他国の王子が、その王女を金の杖で目覚めさせ、謀って人喰い鬼たちを退治し王女の両親・家来たちを救い出して、最後には王女とめでたく結ばれます。

この作品では、ムリヌモイの無邪気な笑いが銀の杖、涙が金の杖に喩えられています。そして、彼女が自らの本性に目覚めた時流す涙が、疎遠だった彼女とオプルボの間の関係をめでたく結び合わせる媒体となるのです。

11　そうした中に、郵便配達夫ゴゴン・モンドルが作詞・作曲した、「どこで　私は　彼《か》の人を得よう／おお、私の　心の人を」で始まる歌がある。タゴールはこの歌の旋律を用いて、後にバングラデシュの国歌となる「私の黄金のベンガルよ」を作曲した。

(七)「夜更けに」

月刊誌『修行《シャドナ》』の〈一八九四年一〜二月号〉に掲載されたこの作品では、地主のドッキナチョロン氏《バブー》が、彼のかかりつけの医者と思しき聞き手を前に、その四年間にわたる結婚生活を物語ります。

物語は、構成上、次の五つに分けられます。

(一)フグリ河畔のボロノゴルでの最初の妻との生活
(二)イラーハーバードでの妻の療養生活、妻の主治医ハラン先生の娘モノロマとの出会い
(三)病床にある妻をモノロマとハラン先生が訪問、妻の死
(四)再びボロノゴルに戻り、モノロマとの再婚生活
(五)モノロマとのパドマ河への舟旅

(一)と(四)の舞台であるボロノゴルは、フグリ川西岸の町チョンドンノゴルがモデルです。

(四)と(五)は一続きですが、それ以外は、構成上の区切りのたびに、ドッキナチョロンが話を中断し、聞き手の医者を猜疑の目で見据えます。その猜疑心は話が進むにつれてますます募っていきます。その態度を、医者は、「私が催眠術をしかけて、無理やり彼から言葉を奪い取っているのだ、と言わんばかりに」と述べています。ドッキナチョロンにとって、夜のカンテラの薄暗い灯りの下、彼の面前でひたすら耳を傾ける医者の存在は、彼の心の奥底に潜む罪悪感

を照らし出す鏡のような存在です。

物語の冒頭で、ドッキナチョロンは、カーリダーサの詩句を引用して、最初の妻が「主婦」としては申し分ないが、愛の睦言を交わす相手ではない、と述べています。その一方、イラーハーバードで出会う再婚相手のモノロマ（「心に喜びを与える女性」の意）は、彼の愛に飢えた心の渇きを満たす女性として描かれています。こうした二つの対照的な女性タイプは、タゴールの作品の中に繰り返し形を変えて登場しますが、この作品におけるドッキナチョロンの最初の妻と再婚相手モノロマの対照も、そういった例の一つと考えられます。

物語の中で、ドッキナチョロンとこの二人の女性との関係は、逆説的というほかない齟齬《そご》を来《きた》します。まず、彼が最初の妻と、白分の夕暮れに、花散りしだくミサキノハナの樹下で過ごす時節は、ロマンティックな春。ここでのドッキナチョロンの睦言は、吉祥の女神ラクシュミーに喩えられる妻の、揶揄《やゆ》を交えた笑いによって迎えられます。一方、彼が再婚相手のモノロマと同じ木の下で黒分の夕暮れに過ごす時節は、ラクシュミーの時節たる秋です。ここでのドッキナチョロンの同じ睦言は、彼の心の奥に潜む最初の妻への罪悪感のために、渡り鳥の翼の音を笑い声と誤認することを通して自ずから打ち砕かれるのです。
（二）におけるドッキナチョロンの、妻の介護の疲れとモノロマへの傾倒、さらにはハラン先生と妻が交わす会話が伏線となり、（三）では、暗い妻の病室で濃密な劇が繰り広げられます。

病床で苦しむドッキナチョロンの妻をモノロマが見舞いに訪れ、そのあと続けてその父のハラン先生が二種の薬を持って登場し、繰り返しその一つが毒であることを強調します。やがて妻に促され、ドッキナチョロンはモノロマおよびハラン先生とともに病床を離れます。ハラン先生の家で夕食を摂った後、彼が帰宅してみると、毒である薬を飲んだ妻が苦悶しています。そして、再び呼ばれたハラン先生が救命ポンプを取りに行っている間に、妻は絶命します。

こうした一連の出来事の凝縮した描写を通して、四人の登場人物の錯綜した心理が、見事に浮かび上がって感じられます。

なお、タゴールのいくつかの綺譚に、ヨーロッパのゴシック小説、特にエドガー・アラン・ポーの物語の影響が指摘されることがあります。確かにこの作品のプロットの一部にも、ポーの作品との類似点が見られないでもありません。たとえば、最初の妻の死が再婚相手との関係に呪いのように付きまとう点は「ライジーア」、ドッキナチョロンと聞き手の医者の間の関係はアルターエゴに付きまとわれる「ウィリアム・ウィルソン」、また物語の最後の場面、「あれは、誰?《オケー》」の囁き声の繰り返しがドッキナチョロンの心に惹き起こす切迫した恐怖の描写は「告げ口心臓」の結末、といった具合に。しかし、たとえそのような表面的な影響が見られるとしても、それらの要素はタゴールによって完全に血肉化され、物語の文脈の中で独自の相貌を与えられていると思います。

（八）「**飢えた石**」

一七歳の時、タゴールは、イギリスに行く途次、次兄ショッテンドロナトが判事を勤めるアーメダバードの館に滞在しました。その時のことです：—

『少年時代』一三章」

アーメダバードでは、ある昔の歴史絵の中に、心が巡り漂い始めた。判事の館は、シャヒバーグにある、ムガル皇帝時代の王宮だった。昼間、兄さんは仕事で出かけていた。巨大で空虚な部屋部屋が、どれも口を大きく開けている中を、一日中、亡霊に取り憑かれたかのように歩き回った。正面には広大な石畳の広場——そこからは、サバルマティー川が、膝の深さしかない水を敷き延べ、くねくね曲りながら砂の中を流れていくのを、目にすることができた。広場には、あちこちに水溜め用の石造りの囲いがあり、そこには、王妃たちの沐浴にまつわる貴《あて》やかな消息の数々が、積もり積もっているかのようだった。

ぼくらはカルカッタ育ちだ——そこでは、歴史が頭をもたげて姿を現すのを、見る機会がない。ぼくらの目は、すぐ前の、ごく短い時間にしか届かない。アーメダバードに来て、初めて目にしたのだ——動く歴史がその歩みを止めていて、背後を振り返り見るのが、揺るぎ無い伝統となっているのを。その昔の日々は、まるで夜叉《やしゃ》が抱く宝物のように、地の下に埋もれている。このようにして、ぼくの胸に、「飢えた石」の物語の最初の暗示がもたらされたのだった……

サンスクリット語やペルシア語起源の雅語を駆使した、ベンガル語美文体の粋とも言うべきこの作品は、『修行《シャドナ》』誌〈一八九五年七〜八月号〉に掲載されました。

この作品がアーメダバードでの体験をもとに形成されたことを、タゴールは繰り返し述べているにもかかわらず、物語の舞台は中央インド、ハイダラーバードのニザーム藩王国に設定されています。物語の宮殿があるとされるバリーチャ、グルバーグといった地名は架空のもので、シュスタ川やアラーリー山脈は、それぞれアーメダバードの宮殿前を流れるサバルマティー川とそこから遠望されるアラヴァリ山脈がモデルであるとはいえ、これも架空の地名です。

次兄ショッテンドロナトは、ボンベイ管区の各地に判事として赴任した体験をもとに、『ボンベイ管区素描』(一八八八)を出版し、執筆に協力したタゴールにこの本を献呈しています。タゴールはこの兄の赴任先にしばしば逗留し、マハーラーシュトラ州のショーラープルには二度訪れています。『ボンベイ管区素描』の中には、ショーラープル近郊の、カルナータカ州ビジャープルについての詳しい叙述があり、この地で栄えたアーディル・シャー王朝の詳しい歴史とその繁栄ぶり、そして今に残るたさまざまな建築物の描写があります。タゴールのこうした南インドでの体験や知識が、この作品の構成に大きな影響を与えているように思われます。

物語の聞き手に同行する「神智学者」の親戚のモデルは、タゴールの長兄ディジェンドロナトの長女ショロジャの婿、モヒニモホン・チョットパッダエです。神智学は、西洋と東洋の神秘主義思想を融合した新宗教で、ロシア人の霊媒ヘレナ・P・ブラヴァツキーと、アメリカ人の催眠術師《メスメリスト》、ヘンリー・スティール・オルコットが提唱し、一八七五年にニューヨークで「神智学協会」を創始。一八八二年一二月、「協会」の本部をマドラスのアディヤールに移しますが、同年四月、カルカッタではすでにその支部が開かれ、タゴールの長兄ディジェンドロナトが副会長、四姉ショルノクマリおよびその夫ジョナキナト・ゴシャルが会員として参加しています。またその翌年、ショルノクマリが中心となって、南カルカッタのカシアバガンの自宅にその女性部門を設立、ブラヴァツキーとオルコットは、しばしばこの家を訪れます。

しかし、タゴール家の成員の一部を巻き込んだこの宗教のオカルト的な面に対する熱は長続きせず、一八八六年には、この集いは「女伴侶の集い《ショキ＝ショバ》」（タゴールの命名）と名称を変えて、寡婦や社会的に恵まれない女性たちの自立を援助する組織へと衣替えします。

タゴールは神智学協会のメンバーとなったことはないようです。本作品の冒頭と結末に登場するナレーターが、神智学を信じる同行の親戚に対して見せる皮肉な態度は、神智学のオカルト的な面に対するタゴール自身の距離感を反映していると言えます。

(九)「非望」

[一九三一年九月二四日、ヘモントバラ・デビ宛、『手紙集』9:九四〜九五ページ]

ケーシャルラールの物語は、頭脳の中から生まれた。創造神ブラフマーに頭脳があるかどうかは知らないが、この神様は何もないところから、思いのままに、何かを創り出す。この物語も似たようなものだ。ずっと以前、一度ダージリンに行った時、コチビハル藩王国の女王[12]がいらした。女王は私に、物語を語るよう強く懇願された。女王と一緒にダージリンの道を散策しながら、この物語を語り続けた。「先生」の物語の冒頭部分も、「宝石《モニ》を失って」の物語も、同様に女王に請われて、口頭で作り上げた。

この出来事は、一八九六年の一〇月から一一月、タゴールがダージリン滞在中に起きたと推測されます。続けて翌九七年二月、ジョラシャンコのタゴール家で開かれた第一回「きまぐれの集い[13]」で、「山の物語」と題された物語(後に「靄」と改題)が朗読されました。ダージリンで語った物語を書き起こしたものです。そして最終的には、『インド女神《バロティ》』誌の〈一八九八年四〜五月号〉に、「非望」の題で掲載されました。

この作品は、一見、太守《ナワーブ》の娘が語る歴史ロマンのように見えます。物語の発端は一八五七年のインド大反乱です。彼女によれば、イギリス軍がインド人傭兵に提供した薬莢《やっきょう》に牛脂と豚脂が塗られていたことが契機となり、ヒンドゥー教・イスラーム教のタブーが破られたことに対するインド人傭兵たちの怒りが、この大反乱を巻き起こした、とされています。つまり、反乱の精神的基盤は、ケーシャルラールのバラモン教と同様、宗教上の慣習によるものであり、イギリス支配に抵抗するインドの勇者の物語は、この枠組みの中で進行していきます。

しかし、この作品は、そうした枠組みを、少なくとも二点において相対化しています。

第一に、物語の聞き手を現代ベンガルの西欧かぶれの男性、舞台を白人たちが開発した避暑地に設定し、ムガル王朝の物語とその文明の象徴であるヒンドゥスターニー語の洗練された美し

12 コチビハル藩王国は、現在の西ベンガル州北東端、ダージリンの東に位置した小王国。ブータンからの侵略を防衛するため、一七七三年にイギリスの保護下に入る。一八九六年当時の王妃シュニティ・デビは、「インド＝ブラーフマ協会」の会長ケショブチョンドロ・シェン(註2)の長女。

13 タゴールと、従弟ゴゴネンドロナトの提案で、十数名の友人たちとともに始まった文化的な集い。成員の家々に持ち回りで、この一年、数回にわたり開かれた。その時々の成員の作品の朗読、歌などが披露され、食事が振舞われた。

さを対置することによって、英領インド時代の軽薄な文明を批判する視点を提供していること。第二に、太守の娘の最後の言葉、「私はこれまで、何というまやかしの中を彷徨《さまよ》ってきたことでしょう！　私の少女の心を奪ったバラモン教というものが、単なる慣習、単なる迷信にすぎないとは、知る由もありませんでした」、さらにそれに続けて、ヒンドゥー式の挨拶をイスラーム式に置き換える彼女のジェスチャー。これらを通して、理想化・形式化されたヒンドゥー教とイスラーム教の宗教性を、ともに批判している点。

この時期、タゴールは、神秘主義的な個人宗教を形成しつつありました。インディラに宛てたさまざまな手紙の中にも、この思想が形を成していく様が見られます。

［一八九五年一〇月五日、クシュティア、『折々の手紙集』二三六］

ぼくらが外の経典から得る宗教は、決してぼくの宗教となることはなく、ただ一種の慣習に基づく結びつきを強めるだけなのだ――ぼくの人生の中で、日々の生活の耐え難い苦しみの熱によって析出される宗教こそ、ぼくに相応《ふさわ》しいものだ。他の誰にもそれを理解させることはできないし、理解してもらう必要もない――彼らはその本質を捉えることはできないし、捉えたとしても捻じ曲げてしまうだろう――でも、そのものを自分の中に生み出すことこそ、人間にとって、人間性の最高の果実だ。極限の痛みの中でそれに生を与えなければならない、自分の血を以てそれに生命を与えなければならない——その後、たとえ人生のすべてにおいて、幸福が必ずしも得られなかったとしても、満ち足りた思いとともに死ぬことができる。

こうした、形式的な宗教の否定に基づくきわめて内面的な宗教観は、詩集『変幻自在の女《チトラ》』の中の詩「生命神」によって象徴的に表現され、以後タゴールの思想の根幹となります。

（一〇）「宝石《モニ》を失って」
『インド女神《バロティ》』の〈一八九八年一一〜一二月号〉に掲載されたこの奇譚も、「非望」**（九）**の説明の冒頭で挙げた手紙の中に言及されている通り、コチビハル藩王国の女王、シュニティ・デビの懇願がきっかけとなって作られました。

夕暮れ時の舟着場で、礼拝《ナマーズ》をしている船頭のシルエットを見ながら、荒廃した館を前にひとり思い出に耽る男性（後にフォニブションとわかる）が、通りかかった土地の教師に出会います。そして、両者の間で会話が交わされた後、教師の物語が始まります。
教師の物語は三部に分かれています。

（一）フォニブションとモニマリカの結婚生活の描写
（二）フォニブションの商売上の危機と結婚生活の破綻、モニマリカの出奔、フォニブションの絶望
（三）クリシュナ神の誕生日であるスラボン月の黒分八日[14]の夜に始まり、三夜にわたるモニマリカの骸骨の訪問と、それに引き寄せられてのフォニブションの溺死

（一）と（二）の間には、ジャッカルの哄笑に似た吠え声と、それに続く沈黙が挟まれます。

カルカッタのカレッジで近代教育を受けた西洋かぶれのフォニブションは、学業を終えた後、妻を娶り、叔父が遺した財産と商いを継いで、東ベンガルの川沿いの宏大な館に住みつきます。（一）では、この結婚生活が描写されています。美貌の妻モニマリカには子供がなく、村人との接触もほとんどなく、ひたすら家業に勤しみ、夫から与えられる宝石・装身具を溜め込んでいくことにのみ生き甲斐を感じています。このどこか人間性の欠落した妻に対し、フォニブションは愛の証として、ひたすら装身具を与え続けます。教師は、このいびつな夫婦関係を、ヒンドゥーの伝統社会において男女に賦与されたと彼が信じる役割を根拠に、文明史的な観点から分析してみせます。

（二）では、フォニブションに訪れた商売上の危機が、夫婦の間の意思の疎通の欠如を露わにし、二人の関係は破局に向かいます。夫の言葉を信じないモニマリカは、装身具を身にまと

い、親戚の男モドゥシュドンとともに、実家に向けて出奔します。結婚生活の破綻を内心認めたがらないフォニブションも、老僕の勧告で実家に問い合わせるとこの二人が行方知らずであることがわかり、遂には破局を認めざるを得なくなります。

(三)では、なおもモニマリカに対する執着を捨て切れないフォニブションを、三夜にわたってモニマリカの死霊が訪れます。最初の二夜、死霊との出会いに失敗した彼は、三夜目には密教《タントラ》修行者のように断食して備え、ついに彼女の骸骨と向き合うことに成功します。そして死霊の導くままに、川の中へ、死の旅に向かうのです。

ところで、語り手の教師によれば、これは一五年ほど前に起きた出来事です。この間、この館にまつわるさまざまな噂が、村人たちの間に語り継がれていたことでしょう。フォニブションとモニマリカの生活、モニマリカの失踪事件等についての噂だけでなく、密教《タントラ》修行についての一般的な信仰から、フォニブションがそうした修行によって妻の死霊を呼び寄せ、他界に去ったとの噂も広まっていたに違いありません。この三夜の後、フォニブションは村から姿を消し

---

14 太陰暦に従うので、年によって、スラボン月(七月半ば〜八月半ば)、バドロ月(八月半ば〜九月半ば)のどちらかになる。この作品が掲載された一八九八年(ベンガル暦一三〇五年)は、八月九日だった。

ていたのです。

教師は、物語を始める前のやりとりを通じて、聞き手がフォニブション本人であることに勘づいていました。そしてその彼に、こうした噂話を粉飾した物語を語りました。その物語はあまりに生き生きとしていて、単なる作り話とは思えないほどです。もしこの物語にあるように、モニマリカの死霊に導かれたフォニブションの死が事実であるとすれば、物語の聞き手はフォニブションの亡霊ということになります。

実際、映画監督サタジット・レイは、この物語を脚色した『三人娘』の最後の作品の中で、物語の聞き手をフォニブションの亡霊として扱っています。語り手の学校教師は大麻常習者で、幽霊譚は彼がでっち上げた幽霊譚であり、舟着場の石段にすわって黙ってそれを聞いていたフォニブションの亡霊は、最後にその正体を露わにした後消えてしまいます。

いっぽう、トポブロト・ゴーシュ（『タゴールの物語の作品構成』）の解釈では、妻のモニマリカが失踪した後、絶望したフォニブションもこの館を去り、他の土地で商いを続けます。そして妻との生活を忘れられず、一〇年後に再び旧居に立ち寄り、昔の思い出に耽る場面から物語は始まります。このフォニブションを前に、土地の学校教師は、彼のモニマリカとの結婚生活やその破綻の原因を、時にユーモアを交えながら広い視野から解き明かして見せます。そして最後に、その物語がカタルシスとなって、フォニブションは妻の呪縛から解き放たれます。

私は、サタジット・レイの映画作品は原作を離れた別の作品と考えた方がよく、ゴーシュの解釈の方が、この物語の全体の構成を無理なく説明しているように思います。

訳者あとがき

タゴールの『自選詩集（詩の集まり）』、『歌詞集（歌の花叢）』、『物語集（物語の束）』は、いずれも細かい活字の千ページ前後の分厚い本だが、ベンガル人の中流家庭では、すぐ手の届くところに置かれていることが多い。私はかねがね、タゴール文学の最高の達成は、詩、歌曲、物語にあると思っているが、この三冊の、ベンガル人家庭での聖書のような存在感は、彼らもそう感じていることを、図らずも証明しているように思う。

『物語集』は、タゴールの全生涯にわたる、九五篇の作品を収めている。この中でも、私は、タゴールが東ベンガルを中心に生活していた、三〇歳代の作品群が好きだ。タゴール自身もそうだったと思われるし、一般のベンガル人に愛されている作品も、この時期のものが圧倒的に多い。実に多様なテーマが、どれも瑞々しい筆致で書き込まれている。ほんとうはその中から三〇篇ほど選びたいところだが、紙数の関係で一〇篇しか掲載できなかった。

物語の翻訳とともに、西岡直樹さんに挿絵を描いていただくのが、私の長年の夢だった。西岡さんほど、ベンガルの人と文化を深く理解し愛している人を、私は他に知らない。『インドの樹、ベンガルの大地』（講談社文庫）、『インド花綴り』（木犀社）などに掲載された西岡さんの絵を見ていると、ベンガルの自然・社会の風景が、その土の匂いや鳥の囀りとともに、私の胸に蘇ってくる。本書でこの長年の願いを叶えることができたことが、私には、何よりも嬉しい。

本書の翻訳、および解説の執筆にあたって参照した資料は数多いが、煩雑を避けて、直接引用したものを除き、特に記さなかった。ただ、タゴールの伝記的事実についてはプロシャントクマール・パール著『ロビ伝』(二~五巻)、個々の作品の解釈についてはトポブロト・ゴーシュ著『タゴールの物語の作品構成』に多くを負っていることを、ここに記しておきたい。

本書の植物についての記述は、いつもながら、西岡さんの著書および直接伺ったことに負っている。

中里成章さんからは、歴史的な事柄について、さまざまなご教示を受けた。

カルカッタ在住の親友ドゥルガ・ドットは、原文の疑問箇所の解釈、得難い資料の収集など、多岐にわたって協力してくれた。

大西あゆ子さんには、訳稿を数度にわたって、細部までチェックしていただいた。

面川ユカさんには、度重なる修正で真っ赤になった校正原稿を、丁寧に打ち込んでいただいた。

めこんの桑原晨さんからは、本全体の構成や翻訳内容について、最初から最後まで、濃やかで的確なアドバイスをいただいた。

これらの方々に、心から感謝したい。

表紙絵は、タゴール晩年（一九三五〜三六年頃）の作品である。また、裏カバーの写真は、タゴールが、本書に掲載した物語を書いていた頃のものである。この絵と写真、および解説の（私が撮影した二点を除く）写真や絵の掲載については、ビッショ＝バロティ大学タゴール研究センター（ロビンドロ＝ボボン）の特別研究員、ニランジョン・ボンドパッダエの協力を得た。また、本書をめぐる調査や資料収集に関しては、文部科学省科学研究費（23K00492）の援助を受けた。

なお、本書に収めた翻訳のうち、最後の「宝石《モニ》を失って」は、旧訳「宝石を失った男」（第三文明社『タゴール著作集』第四巻所収）を全面的に改訳したものである。

二〇二四年八月　京都にて　大西正幸

ラビンドラナート・タゴール（ベンガル語：ロビンドロナト・タクル）

インドとバングラデシュの国民詩人。近代ベンガル語の韻文・散文を確立、詩・物語・小説・劇・評論・旅行記・書簡など、あらゆる分野に傑作を残した。両国の国歌を含む数多くの歌曲（ロビンドロ・ションギト）の作詞作曲者、優れた画家としても知られる。

1913年、詩集『ギーターンジャリ』（英語版）によって、ヨーロッパ人以外で最初のノーベル文学賞受賞者となった。岡倉天心・横山大観・荒井寛方等と交流があり、日本にも5度訪れている。

自然の下での全人教育を目指して、彼がシャンティニケトンに設立した学び舎は、現在、国立ビッショ＝バロティ大学（タゴール国際大学）に発展している。

大西正幸（おおにし　まさゆき）

東京大学文学部（英語英米文学科）卒。オーストラリア国立大学にてPhD（言語学）取得。専門は、北東インド・沖縄・ブーゲンビル（パプアニューギニア）の危機言語の記録・記述と、ベンガルの近現代文学・口承文化。

1976～80年、インド（カルカッタとシャンティニケトン）で、ベンガル語文学・口承文化、インド音楽を学ぶ。その後も、ベンガル語文学の翻訳と口承文化の記録に携わっている。

ベンガル語文学の翻訳は、タゴール『家と世界』（レグルス文庫）、モハッシェタ・デビ『ジャグモーハンの死』（めこん）、タラションコル・ボンドパッダエ『船頭タリニ』（めこん）、タゴール『少年時代』（めこん）など。現在、めこんのHPに、近現代短編小説の翻訳を連載中。

西岡直樹（にしおか　なおき）

宇都宮大学農学部卒業後インド西ベンガル州のシャンティニケトン大学、ジャドブプル大学に留学。ベンガル語を学ぶ傍ら村々を巡り、昔話や植物にまつわる話を採話。自筆のイラスト入り著書に『インドの昔話下』（春秋社）、『定本インド花綴り』、『とっておきインド花綴り』（木犀社）、『インドの樹・ベンガルの大地』（講談社文庫）、『インド動物ものがたり』『サラソウジュの木の下で』（平凡社）など、絵本（文）に『サンタルのもりのおおきなき』、『カボチャでゴロゴロ』（福音館書店）などがある。

タゴール　10の物語

初版第1刷発行　2024年9月10日
定価　2,000円＋税

著　者……ラビンドラナート・タゴール
訳・解説……大西正幸
挿　画……西岡直樹

装　幀……臼井新太郎
組　版……面川ユカ

発行者……桑原晨
発　行……株式会社めこん
〒113-0033 東京都文京区本郷3-7-1
電話……03-3815-1688　FAX……03-3815-1810
ホームページ……http://www.mekong-publishing.com
印刷・製本……株式会社太平印刷社

ISBN978-4-8396-0339-7　C0097　Y2000E
0097-2402339-8347